MATTHIAS P. GIBERT
Zirkusluft

TÖDLICHE KONTROLLE Kassel im Frühwinter 2008. Kommissar Paul Lenz und sein Kollege Thilo Hain werden an den Ort eines grausamen Verbrechens gerufen. Auf dem Radweg an der Fulda liegt der Architekt Reinhold Fehling, brutal ermordet durch zwei Schüsse in die Knie und einen in den Kopf.

Keine 24 Stunden später gibt es eine weitere Leiche, Bülent Topuz, ein türkischstämmiger Student. Wieder zwei Schüsse in die Knie, dazu ein tödlicher ins Herz. In der Wohnung des Ermordeten finden die Polizisten nicht nur einen Brief, in dem er die Verantwortung für den Mord am Fahrradweg übernimmt, sondern auch die Tatwaffe. Allerdings stellt sich schnell heraus, dass Topuz nicht der Mörder gewesen sein kann ...

Matthias P. Gibert, 1960 in Königstein im Taunus geboren, lebt seit vielen Jahren mit seiner Frau in Nordhessen. Nach einer kaufmännischen Ausbildung baute er ein Motorradgeschäft auf. 1993 stieg er komplett aus dem Unternehmen aus und orientierte sich neu. Seit 1995 entwickelt und leitet er Seminare in allen Bereichen der Betriebswirtschaftslehre. Mit seiner Frau erarbeitete er ein Konzept zur Depressionsprävention und ist mit diesem seit 2003 sehr erfolgreich für mehrere deutsche Unternehmen tätig. Seit 2009 ist er hauptberuflich Autor.

MATTHIAS P. GIBERT
Zirkusluft
Lenz' dritter Fall

Die automatisierte Analyse des Werkes, um daraus Informationen insbesondere über Muster, Trends und Korrelationen gemäß § 44b UrhG (»Text und Data Mining«) zu gewinnen, ist untersagt.

Bei Fragen zur Produktsicherheit gemäß der Verordnung über die allgemeine Produktsicherheit (GPSR) wenden Sie sich bitte an den Verlag.

Gefällt mir!

Facebook: @Gmeiner.Verlag
Instagram: @gmeinerverlag
Twitter: @GmeinerVerlag

Besuchen Sie uns im Internet:
www.gmeiner-verlag.de

© 2009 – Gmeiner-Verlag GmbH
Im Ehnried 5, 88605 Meßkirch
Telefon 0 75 75/20 95-0
info@gmeiner-verlag.de
Alle Rechte vorbehalten

Lektorat: Claudia Senghaas, Kirchardt
Herstellung: Katja Ernst
Umschlaggestaltung: U.O.R.G. Lutz Eberle, Stuttgart
unter Verwendung eines Bildes von photocase.com, ameise
Druck: Zeitfracht Medien GmbH, Industriestraße 23,
70565 Stuttgart
Printed in Germany
ISBN 978-3-89977-810-6

*Personen und Handlung sind frei erfunden.
Ähnlichkeiten mit lebenden oder toten Personen
sind rein zufällig und nicht beabsichtigt.*

1

Wahlburg sah sich nervös um. Seit mehr als 20 Minuten wartete er auf den Mann, der ihn in diese billige Imbissbude am Stadtrand von Kassel bestellt hatte. Die Bedienung hinter der Theke blätterte gelangweilt in einem Magazin und sehnte augenscheinlich den Feierabend herbei.

»Machen Sie mir bitte noch eine Cola«, sagte er möglichst unbeteiligt, obwohl er sicher war, dass die Frau seine Nervosität spürte.

»Sofort!«, gab sie zurück, ohne den Kopf zu heben. Dann drehte sie den Oberkörper, zog an der Kühlschranktür hinter ihrem Rücken, griff nach einer Colaflasche und platzierte sie auf der Theke. Während der ganzen Aktion hatte sie die Illustrierte keinen Moment aus den Augen gelassen.

»Bitte!«

Der kleine Mann stand auf, ging mit kurzen, trippelnden Schritten auf die Essensausgabe zu, nahm die feuchte Flasche in die Hand und setzte sich wieder.

»Einsfünfzig.«

»Bitte?«, fragte er.

»Macht einsfünfzig, wie bei der ersten Pulle auch.«

»Ich warte auf jemanden. Kann ich später zahlen, wenn wir gehen? Vielleicht essen wir auch noch etwas.«

Sie blickte kurz auf.

»Na, von mir aus!«

Offensichtlich hatte sie keine Angst, dass dieser kleine, übergewichtige Mann sich mit einem beherzten Sprint vor seinen Zahlungsverpflichtungen drücken würde.

Wahlburg öffnete den Verschluss und nahm einen tiefen Schluck. Dann stellte er die Flasche auf den Tisch zurück und roch unauffällig am Ärmel seines Pullovers. Wenn seine Frau riechen würde, dass er in einem Imbiss gesessen hatte, würde er ein Problem bekommen. Ein großes Problem.

Sein Blick durchdrang die fettige, blind gewordene Fensterscheibe und freute sich an den letzten Sonnenstrahlen. Mit einem glücklichen Lächeln betrachtete er die Fahrzeuge, die auf der nahe gelegenen Autobahn an Kassel vorbeirasten. Spätestens übernächstes Jahr würde ein schickes Cabrio in seiner Garage stehen. Einer dieser hübschen Wagen, die per Knopfdruck die uneingeschränkte Sicht auf den blauen Himmel freigaben. Bei der Auswahl schwankte er noch zwischen einem deutschen und einem japanischen Modell, aber bis er das Geld zusammengespart hatte, würde er sich entscheiden. Und mit der Summe, die ihm der Mann, auf den er wartete, gleich übergab, klappte es vielleicht schon im nächsten Jahr.

»Hallo, Herr Wahlburg.«

Der Angesprochene zuckte erschreckt zusammen, wie ein Junge, den man beim Kirschenklauen erwischt hatte, und warf dabei die vor ihm stehende Flasche um. Hastig griff er danach, bekam sie zu fassen und stellte sie wieder vor sich ab. Dann versuchte er mithilfe einer Serviette, die braune Brühe zu binden.

»Nur nicht nervös werden, Herr Wahlburg.«

Der große Mann mit dem dunklen Teint, der, unbemerkt von Wahlburg, den Imbiss betreten hatte, sah mit einem besorgten Blick Richtung Theke, doch die Bedienung hatte nicht einmal den Kopf gehoben.

»Wo bleiben Sie denn? Ich sitze seit einer halben Stunde hier rum und warte auf Sie!«, zischte der Kleine kaum hörbar und nestelte dabei an seiner Brille. »Natürlich hat mich die Warterei nervös gemacht.«

»Jetzt bin ich ja da, also können Sie sich entspannen.«

»Gut. Haben Sie mein Geld?«

Im Gesicht seines Gegenübers war ein Lächeln zu erahnen, als er sich setzte.

»Haben Sie dabei, worum ich Sie gebeten habe?«

Wahlburg klopfte mit der rechten Hand auf eine schwarze Aktentasche, die neben ihm lag.

»Natürlich. Aber ich sage Ihnen gleich, dass ich nicht noch einmal das Risiko eingehe. Es war ganz knapp davor, dass mein Chef mich erwischt hätte. Und ich habe keine Lust, wegen dieser paar Kröten meinen Job zu verlieren.«

»Selbstverständlich nicht, Herr Wahlburg. Unsere Geschäftsbeziehung endet heute, genau, wie wir es vor drei Monaten vereinbart haben. Drei Lieferungen, nicht mehr, das war die Abmachung.«

Der Kleine nickte zustimmend.

»Drei Lieferungen, dann ist Schluss.«

»Aber die heutige Lieferung ist komplett?«

Wahlburg sah ihn empört an.

»Natürlich, was glauben Sie denn? Meinen Sie, ich will Sie übers Ohr hauen?«

Von der anderen Seite des Tisches kam eine beschwichtigende Handbewegung.

»Daran würde ich nicht einmal im Traum denken. Sie bekommen von mir gutes Geld und liefern dafür gute Ware.«

Damit schob der Mann einen braunen DIN-A5-Umschlag über den Tisch. Wahlburg griff gierig danach, riss ihn auf, sah hinein und fing dann an zu grinsen. Sein Traum von einem Cabriolet rückte in diesem Moment in greifbare Nähe.

»Wenn ich dann bitten dürfte …«

»Ja, natürlich«, antwortete Wahlburg, beugte sich zur Seite, öffnete die Aktentasche, nahm einen weißen DIN-A4-Umschlag heraus und legte ihn auf den Tisch. Dann steckte er hastig, als ob er Angst hätte, das Geschäft könne noch platzen, den Umschlag mit dem Geld in die Tasche.

Der hochgewachsene Mann auf der anderen Seite des Tisches stand auf, ohne sich den Inhalt der Ware anzusehen, die er soeben gekauft hatte, und nickte.

»Schön. Es war nett, Sie kennengelernt zu haben. Aber es ist besser, Sie vergessen in diesem Moment, dass wir uns je begegnet sind. Leben Sie wohl, Herr Wahlburg.«

Damit drehte er sich um und verließ ohne ein weiteres Wort den Imbiss.

Wahlburg ließ seinen Geschäftspartner nicht aus den Augen, bis er in das Taxi gestiegen war, das ihn gebracht und dann gewartet hatte, so wie bei jedem ihrer Treffen. Als der elfenbeinfarbene Mercedes den Parkplatz längst verlassen hatte und aus seinem Blickfeld verschwunden war, klopfte er erregt auf die schwarze Ledertasche neben seinem linken Oberschenkel.

Was für ein Idiot!, dachte der korpulente Mann. Zahlt mir 3.000 Euro für ein paar Kopien. 3.000 Euro!

»Eine Currywurst mit Pommes nehme ich noch!«, rief er der Bedienung zu.

2

Das Taxi bog von der Hauptstraße ab und stoppte am Straßenrand. Der Fahrer sah in den Rückspiegel.

»Ich kann Sie gerne bis zum Halteplatz mitnehmen, da stelle ich mich jetzt sowieso hin«, erklärte er seinem Fahrgast.

»Danke, sehr freundlich, aber ich möchte hier aussteigen«, erwiderte der dunkelhaarige Mann und steckte einen Zwanzigeuroschein zwischen die vorderen Sitze. »Stimmt so.«

Der Fahrer nickte dankbar und verstaute das Geld in seinem Portemonnaie.

»Quittung?«

»Nein, danke. Auf Wiedersehen.«

Damit war der Passagier auch schon ausgestiegen. Mit schnellen Schritten überquerte er den Friedrichsplatz, bezahlte an einem der Automaten seinen Parkschein, ging eine Etage nach unten, stieg in einen unauffälligen Mittelklassewagen und verließ das Parkhaus. Kein Passant hatte Notiz von ihm genommen, und der Taxifahrer würde sich vermutlich schon am nächsten Morgen nicht mehr an sein Gesicht erinnern können. Kurze Zeit später rollte er auf den Hof seines Auftraggebers.

Der Mann im Rollstuhl drehte den Kopf, als er das leise Klopfen hörte.

»Ja, bitte.«

Die Tür wurde geöffnet, und der Mann mit dem dunklen Teint trat ein. In der Hand hielt er den weißen DIN-A4-Umschlag, den Wahlburg ihm vor nicht einmal zwei Stunden übergeben hatte.

»Guten Tag, Herr Franck. Schön, dass Sie da sind. Nehmen Sie bitte Platz.«

»Guten Tag, Herr Vogt.«

»Gab es Schwierigkeiten?«

»Ganz und gar nicht. Herr Wahlburg war kooperativ wie immer. Ich tue mich zwar schwer mit Menschen seines Schlages, hoffe allerdings, dass er davon nichts bemerkt hat.«

Vogt lächelte kühl.

»Da vertraue ich auf Ihre schauspielerischen Fähigkeiten. Ist die Lieferung in Ordnung?«

Franck nickte.

»Nach der ersten Durchsicht ja. Die genaue Prüfung werde ich morgen durchführen.«

»Wenn die detaillierte Sichtung keine negativen Überraschungen mit sich bringt, kann die nächste Phase beginnen?«

»Durchaus. Die ersten beiden Lieferungen habe ich ausgewertet; das Material ist erstklassig, die Vorbereitungen sind abgeschlossen. Mit den Informationen aus der dritten Lieferung können wir jederzeit in die nächste Phase einsteigen.«

Vogt stützte sich mit den Händen auf die Greifringe seines Rollstuhls, entlastete die Sitzfläche für einen Moment und ließ sich zurücksacken.

»Ich muss sicher nicht noch einmal darauf hinweisen,

dass wir mit dem Eintritt in Phase zwei die Öffentlichkeit herstellen werden, Herr Franck. Das heißt, dass die Polizei ins Spiel kommen wird. Und da die meiste Arbeit in Ihren Händen liegt, sind Sie die exponierteste Figur in diesem Spiel. Also bitte ich Sie noch einmal, sich explizit an unseren Plan zu halten und jede Abweichung mit mir zu besprechen.«

Franck schloss die Augen und holte tief Luft.

»Ich bin mir der Gefahren, die in den nächsten Wochen auf mich zukommen werden, in gleicher Weise bewusst wie Sie, Herr Vogt. Aber Sie haben mich ausgewählt und beauftragt, weil Sie zu dem Schluss gekommen sind, dass ich der Beste bin, den Sie für diese schwierige und reizvolle Aufgabe finden konnten. Ich danke Ihnen für dieses Vertrauen, muss allerdings im Gegenzug auch darauf bestehen, dass sich daran nichts ändert.«

Der Mann im Rollstuhl fixierte sein Gegenüber mit einem stahlharten Blick.

»Sie können sich auf mich verlassen, Herr Franck.«

»Das Gleiche versichere ich Ihnen, Herr Vogt.«

Es entstand eine kurze, peinliche Pause.

»Ihre Ressourcen sind ausreichend? Brauchen Sie noch Geld oder etwas anderes?«, fuhr Vogt dann fort.

»Nein, alles läuft nach Plan. Ich brauche nichts.«

Franck stand auf.

»In den nächsten Wochen gibt es keinen Grund für Kommunikation zwischen uns, es sei denn, es würde etwas Außergewöhnliches geschehen; dann werde ich den Kontakt mit Ihnen suchen. Ansonsten hören Sie von mir, wenn Phase zwei beendet ist.«

Er fing an zu lächeln.

»Außerdem können Sie den Fortgang meiner Arbeit den Medien entnehmen.«

»Das hoffe ich. Bis dahin wünsche ich Ihnen viel Erfolg und gutes Gelingen, Herr Franck. Auf Wiedersehen.«

»Auf Wiedersehen, Herr Vogt.«

Zwei Minuten später ging Martin Franck durch die diffus beleuchtete, verlassen wirkende Empfangshalle des modernen Industriebaus, drückte auf den kleinen Taster, der ihm die Seitentür ins Freie öffnete, und verließ das Gebäude. Als er mit seinem Wagen vor dem großen Rolltor warten musste, mit dem das Gelände zur Straße hin gesichert war, fiel sein Blick auf das große Firmenschild neben der Eingangstür:

Willkommen bei VogtSecure, dem größten Anbieter von Sicherheitstechnik in Deutschland.

3

»Hallo, Thilo. Schön, dass du wieder da bist.«

Hauptkommissar Paul Lenz sprang erfreut auf und nahm seinen Kollegen in den Arm. Thilo Hain klopfte seinem Vorgesetzten und Kollegen auf die Schulter und befreite sich aus dessen Umklammerung.

»Hallo, hallo, ich freu mich auch, dich wiederzusehen, aber tut es not, mich gleich wieder krankenhausreif zu herzen? Außerdem haben wir uns erst letzten Monat gesehen.«

Lenz ging um seinen Schreibtisch und setzte sich.

»Ich weiß. Das war allerdings privat, und heute ist es dienstlich. Lass mir doch meine Freude darüber, dass du wieder im Dienst bist, dein Arm noch dran ist und du ihn fast wieder wie früher gebrauchen kannst.«

Der Kommissar spielte auf einen Einsatz vor knapp einem Jahr an, bei dem sein junger Kollege von mehreren Schüssen getroffen worden war.

Hain ließ sich in einen Stuhl vor dem Schreibtisch fallen und fing an zu grinsen.

»So sehr habe ich meinen Job gar nicht vermisst, zumindest am Anfang nicht. Aber da dachten ja alle noch, in spätestens vier Wochen wäre ich wieder im Einsatz. Dass sich diese Schultergeschichte entzünden und die ganze Sache dann fast elf Monate dauern würde, damit konnte damals niemand rechnen. Und als ich eben unten durch die Halle gegangen bin, hat es richtig gekribbelt.

Da habe ich gemerkt, dass mir die Arbeit doch mächtig gefehlt hat.«

»Schön. Und die Sache mit deiner Krankengymnastin läuft immer noch gut?«

Hain und seine Physiotherapeutin hatten sich während der Reha ineinander verliebt. Sie hatte daraufhin ihren Mann verlassen und war bei dem Polizisten eingezogen.

»Klasse, ja. Ich hätte nie gedacht, dass ich eine Frau so dicht an mich heranlassen könnte, aber bei Carla ist das kein Problem. Ich freue mich noch immer jeden Abend, wenn sie nach Hause kommt.«

Lenz verzog das Gesicht.

»Na, da müsst ihr beiden euch aber ab heute umstellen. Sie kann jetzt mal ausprobieren, ob sie sich auch freut, wenn du nach einem langen, anstrengenden Einsatz nachts oder morgens zu ihr ins Bett kriechst.«

»Kein Problem, du Nörgler. Darüber, dass nun ein anderer Tanz losgeht, haben wir ausführlich gesprochen. Ich glaube, sie ist eher froh, dass ich wieder im Dienst bin. Wegen der Ausgeglichenheit und so.«

Beide lachten.

»Und was gibt es Neues von den bösen Buben dieser Welt? Was haben Mord und Totschlag gemacht, während ich einen schönen Sommer verlebt hab?«

Lenz lehnte sich in seinem Stuhl zurück und legte die Beine über die Schreibtischkante.

»Ach Thilo, das meiste weißt du doch aus der Zeitung. Eigentlich hatten wir ein ruhiges Jahr mit wenig Mord und Totschlag.«

In diesem Moment flog die Tür auf und Rolf-Werner Gecks stürmte in den Raum.

»Diese Zeiten sind allerdings definitiv vorbei.«

Offenbar hatte der Kollege, der von allen nur RW genannt wurde, Lenz' letzten Satz gehört.

»Denn eben kam die Meldung herein, dass wir einen toten Jogger zwischen Wolfsanger und der Grauen Katze haben.«

Er grinste Hain an.

»Klasse, dass du wieder da bist, Thilo. Jetzt verteilt sich die temporär schlechte Laune des Chefs von K 11 wieder etwas gleichmäßiger unter seinen Mitarbeitern. Ich dachte schon, du würdest auf Frühpensionär machen und ich müsste in deine Rolle schlüpfen.«

Lenz funkelte ihn an.

»Als ob ich schon jemals schlechte Laune versprüht hätte …«

»Kein Geschwätz, Männer«, unterbrach Gecks seinen Einwand.

»Fahrt ihr beiden raus?«

Lenz und Hain sprangen synchron von ihren Stühlen hoch.

»Logisch, RW.«

Hain umkurvte den Uniformierten, der den Verkehr um die Absperrung leitete, und steuerte den Dienstwagen auf den kleinen Parkplatz neben der Straße. Dort standen schon mehrere Einsatzfahrzeuge der Polizei, ein Notarztwagen, zwei Feuerwehrfahrzeuge und ein Leichenwagen. Die beiden Kommissare gingen zu einem asphaltierten

Weg ein paar Schritte abwärts, bogen nach links ab und hatten etwa 200 Meter weiter den großräumig abgesperrten Tatort erreicht. Dort packten die Männer der Spurensicherung gerade ihre Utensilien aus. Dr. Franz, der Rechtsmediziner, stand etwas abseits und sprach in sein Diktiergerät. Lenz hielt direkt auf ihn zu.

»Hallo, Herr Doktor Franz!«

Der Arzt sah ihn mit ausdruckslosem Gesicht an und redete unbeirrt weiter. Dann drückte er einen Knopf an dem Gerät und steckte es in seine Jackentasche.

»Hallo, Herr Lenz.«

»Können Sie mir schon irgendetwas sagen?«

Franz schüttelte den Kopf.

»Wollen Sie sich den armen Kerl nicht wenigstens mal ansehen, bevor Sie Ihr Frage-und-Antwort-Spiel beginnen?«

Der Hauptkommissar kratzte sich verlegen am Kopf.

»Ich dachte ...«

»Schon gut. Wir können gerne zusammen einen Blick auf den Leichnam werfen, und ich erkläre Ihnen am Objekt, was mir bis jetzt aufgefallen ist.«

Ohne eine Antwort des Polizisten abzuwarten, setzte der Mediziner sich in Bewegung, stieg über ein Trassierband und ging auf den Toten zu. Lenz folgte ihm artig.

Die Leiche lag mitten auf dem gekiesten Fahrradweg, der Kassel mit Hannoversch-Münden verbindet. Bekleidet war der auf dem Rücken liegende, durchtrainiert wirkende Mann mit Sportschuhen und Trainingsklamotten. Trotz der ungemütlichen Temperaturen trug er eine kurze, eng anliegende glänzende Hose. Als Lenz die diversen Einschusslöcher in seinem Körper sah, musste er schlucken.

»Schön ist was anderes«, begann Franz, »aber ich vermute, er musste nicht lange unter den Schmerzen leiden, die sein Mörder ihm zugefügt hat.«

Er deutete auf die Beine des Toten.

»Einen Schuss in jedes Knie. So etwas habe ich noch nie gesehen. Als ob der Killer Angst gehabt hätte, sein Opfer würde davonrennen.«

Lenz betrachtete die beiden zerschmetterten Kniegelenke des Mannes.

»Hmm«, machte er.

»Ich vermute, die beiden Schüsse trafen ihn völlig überraschend und haben ihn einfach umgehauen. Er kam wahrscheinlich in der Position am Boden an, in der er jetzt hier vor uns liegt. Dann hat sich sein Mörder über ihn gebeugt, ihm die Waffe an die Stirn gehalten und abgedrückt. Vielleicht haben sie vorher noch gemeinsam gebetet, aber das würde ich eher ausschließen. Passiert ist es vor etwa eineinhalb Stunden.«

Den Blick auf den Kopf hätte Lenz sich lieber erspart. Die Stirn des Getöteten wies ein hässliches, schwarz umrandetes Loch auf, von dem aus ein feiner Blutfaden dem Weg der Schwerkraft folgte. Der Hinterkopf war nicht mehr in seiner ursprünglichen Form vorhanden. Lenz sah mehrere größere und kleinere Teile der hinteren Schädeldecke, die offenbar durch die Wucht des Projektils aus dem Kopf herausgerissen und auf dem Boden verteilt worden waren. An den Haaren klebte Hirnmasse.

»Ach du Scheiße, was für ein Einstand«, murmelte Hain, der zusammen mit Heini Kostkamp von der Spurensicherung neben die beiden getreten war, und drehte sich angewidert weg.

»Eine Hinrichtung. Eine verdammte Hinrichtung«, murmelte der Mediziner.

»Ja, so sieht es zumindest aus«, antwortete Lenz und wandte sich zu Kostkamp.

»Moin, Heini. Hast du schon was für mich?«

Der untersetzte Mann hob einen Klarsichtbeutel hoch und reichte ihn seinem Kollegen.

»Morgen, Paul. Neben den Patronenhülsen dürfte das hier fürs Erste am interessantesten sein. Es ist so etwas wie ein Bekennerschreiben.«

Der Hauptkommissar griff danach und betrachtete den Inhalt der Tüte: Ein akkurat gefaltetes DIN-A4-Blatt. Der Text darauf war in großen Buchstaben gedruckt.

RUHE SANFT, DU ARSCHLOCH

Lenz sah in die Runde, erntete jedoch nur fragende Blicke.

»Wo habt ihr das gefunden, Heini?«

»Es steckte in seinem linken Hosenbein, also in seiner Sporthose. Wie es aussieht, hat der Täter es ihm dort reingesteckt, nachdem er ihn abgeknallt hatte.«

»Irgendwelche Hinweise auf seine Identität?«

Kostkamp zuckte mit den Schultern.

»Die wenigsten Jogger gehen mit Personalausweis in der Tasche ihrem Hobby nach. Wir haben seine Fingerabdrücke genommen und lassen sie im Präsidium durch den Computer laufen.«

»Wer hat ihn gefunden?«

»Ein Kollege vom Polizeirevier Ost. Der trainiert für einen Marathon und ist jeden Morgen hier unterwegs. Er hat das nächste Auto oben an der Straße gestoppt und Bescheid gesagt, genau um Viertel vor acht. Dummerweise wird sein Schwiegervater heute beerdigt, deshalb musste er weg.«

Der Hauptkommissar zuckte mit den Schultern.

»Kein Problem, wir befragen ihn später. Gibt es Hinweise auf Tatzeugen?«

»Bei mir hat sich bis jetzt keiner gemeldet. Und der Rest ist eure Sache«, antwortete Kostkamp und deutete flussabwärts.

»Nach der nächsten Biegung kommt die Graue Katze, vielleicht hat dort jemand was gehört oder gesehen. Wir machen uns jetzt ernsthaft an die Arbeit. Bis später, die Herren.«

Damit drehte er sich um und ging davon.

»Schalldämpfer?«, fragte Hain seinen Chef.

»Möglich«, erwiderte Lenz skeptisch und deutete in die Umgebung.

»Allerdings gibt es hier rundherum jede Menge Wälder, in denen von Jägern rumgeballert wird. Ein paar Schüsse am Morgen dürften nichts Ungewöhnliches sein, was meinst du?«

»Auch richtig.«

Nun blickte der junge Oberkommissar in beide Richtungen des Radweges.

»Es sieht immerhin so aus, als ob der Täter die Stelle bewusst gewählt hätte. Von oben, von der Straße aus, ist sie wegen der steilen Böschung nicht einsehbar, und bis zu den jeweils nächsten Flussbiegungen ist es ein gutes Stück.«

»Trotzdem ein großes Risiko, hier jemandem aufzulauern.«

Hain machte eine unentschlossene Geste mit dem Kopf.

»Nicht wirklich. Ich stelle es mir so vor: Der Täter weiß, dass sein Opfer sich morgens um diese Zeit hier die Beine vertritt. Also streift er sich Joggingklamotten über und tut so, als würde er laufen. Sein Auto steht oben auf dem Parkplatz, wo unseres jetzt auch steht. Unser toter Freund hier kommt ihm entgegen, es fallen ein paar Schüsse, und eine halbe Minute später sitzt der Mörder im Auto und ist weg. So einfach ist das.«

»Zumindest in deiner Fantasie«, pflichtete Lenz seinem Kollegen bei. »Aber das Wichtigste ist jetzt erst einmal herauszufinden, wer er ist. Wenn Heini mit den Fingerabdrücken nicht weiterkommt, müssen uns vielleicht Radio und Fernsehen helfen. Das macht dann am besten Uwe.«

Lenz sprach von seinem Freund Uwe Wagner, dem Pressesprecher der Kasseler Polizei.

»Wir beide folgen jetzt dem Rat des weisen Heini Kostkamp und fahren zur Grauen Katze, vielleicht hat dort wirklich jemand etwas gesehen oder gehört, was für uns von Interesse ist.«

Hain nahm seinen Vorgesetzten am Arm und zog ihn in

Richtung des Ausflugsrestaurants, von dem Lenz gesprochen hatte.

»Auf gar keinen Fall fahren wir dorthin, Paul. Die paar Meter gehen wir schön zu Fuß.«

»Nett hier«, bemerkte Lenz, während sie dem Weg am Fluss folgten. »Ich war bestimmt 20 Jahre nicht mehr hier unterwegs.«

»Schön, ja, wenn man als Jogger oder Radfahrer die Natur genießt und dabei nicht umgebracht wird«, antwortete Hain augenzwinkernd und machte mit dem Daumen eine Bewegung in die Richtung, aus der die beiden Polizisten gekommen waren.

»So viel Glück war dem armen Schwein da hinten leider nicht vergönnt.«

Dann hatten sie den imposanten Gebäudekomplex mit der großen Aufschrift ›Graue Katze – Roter Kater‹ erreicht und nahmen Kurs auf die Eingangstür. Dort wurden sie von einer zuvorkommend lächelnden Bedienung in Schwarz und mit weißer Schürze freundlich begrüßt.

»Guten Morgen, meine Herren. Sie sind aber früh dran.«

Die beiden Polizisten kramten ihre Dienstausweise hervor.

»Guten Morgen. Ich bin Kommissar Lenz von der Kripo Kassel, das ist mein Kollege Thilo Hain«, begann Lenz.

»Wir hätten ein paar Fragen an Sie wegen eines Verbrechens, das sich heute Morgen etwa 500 Meter von hier auf dem Radweg nach Kassel ereignet hat.«

Sie warf das Tuch, mit dem sie die Tische im Gastraum abgewischt hatte, in einen kleinen Plastikeimer und sah die Polizisten mit großen Augen an.

»Was für ein Verbrechen?«

»Dort drüben wurde ein Mann erschossen. Vielleicht haben Sie oder jemand anders im Haus was davon gehört? Oder gesehen?«

»Das tut mir leid, Herr Kommissar, aber ich bin erst vor einer halben Stunde hier angekommen. Und offen gestanden, ist mir gar nichts aufgefallen, aber das hängt sicher damit zusammen, dass ich aus Simmershausen komme, also aus der anderen Richtung.«

»Sie haben keine Gäste?«

»Nein, im Moment ist das Haus leer. Wir renovieren die meisten Zimmer, deshalb machen wir eine kleine Pause. Nur das Café und das Restaurant sind geöffnet.«

»Und außer Ihnen ist kein Personal hier?«

»Nein, ich bin allein. Das Küchenpersonal kommt etwas später, so gegen elf.«

Lenz sah Hain an. Der zuckte mit den Schultern.

»Das war's dann schon, Frau …?«

»Kellner. Astrid Kellner.«

Passt ja, dachte Lenz, bedankte sich bei der Frau und verließ mit seinem Kollegen im Schlepptau das Lokal.

Sie hörten die gellenden Schreie der Frau, noch bevor sie die Flussbiegung erreicht hatten.

»Gleich wissen wir, wer der Tote ist«, orakelte Hain düster und beschleunigte seine Schritte. Lenz hatte Mühe, ihm zu folgen.

Die Szene, die sich ihnen eine Minute später bot, war gruselig. Eine Frau von etwa 35 Jahren wurde von zwei Uniformierten gewaltsam daran gehindert, den Tatort zu betreten. Schreiend und mit stierem Blick versuchte sie, die beiden Beamten abzuschütteln.

»Nein!«, brüllte sie immer wieder völlig aufgelöst und mit sich überschlagender Stimme. »Neiiiiin, das halte ich nicht aus!«

Kurz bevor Lenz und Hain sie erreicht hatten, gelang es ihr, sich von den Uniformierten loszureißen. Damit landete sie direkt in den Armen des Hauptkommissars.

»Ruhig! Bitte beruhigen Sie sich!«

Die Frau hörte kurz auf zu schreien und sah Lenz irritiert ins Gesicht. Dann setzte sie erneut an.

»Er ist mein Mann! Mein Mann!«

Lenz hielt ihren Brustkorb wie einen Schraubstock umklammert, doch die Kräfte der Frau ließen ohnehin nach.

»Mein Mann«, schluchzte sie und trampelte hilflos mit den Füßen auf den Boden.

»Kommen Sie, wir müssen ein paar Schritte zur Seite gehen«, forderte Lenz sie auf und bewegte sich trippelnd vorwärts. Ihr Widerstand erlahmte nun völlig. Meter um Meter schob er sie vor sich her, bis neben ihnen eine Parkbank auftauchte. Ihre Augen fixierten ohne Unterbrechung die Leiche auf dem Radweg.

»Sehen Sie mich an!«

»Warum …?«, begann sie erneut zu schluchzen, hob jedoch den Kopf und sah dem Kommissar ins Gesicht, der sich am liebsten in Luft aufgelöst hätte.

»Ich weiß es nicht«, antwortete er ebenso sanft wie hilflos.

»Aber um es herauszufinden, brauchen wir Ihre Hilfe.«

Wieder wurde ihr Körper von einem Weinkrampf geschüttelt.

»Ich kann ... Ich weiß doch nicht ...«, stammelte sie.

»Vor zwei Stunden ... hat er mir ... Kaffee ans Bett gebracht ... und sich dann von mir verabschiedet.«

Tränenbäche schossen aus ihren Augen.

»So wie immer, wenn er ... morgens ... laufen gegangen ist.«

Lenz betrachtete das völlig durchgeweichte Papiertaschentuch in ihrer Hand und fing an, seine Taschen nach einem Ersatz abzusuchen, allerdings ohne Erfolg.

»Können Sie mir Ihren Namen sagen?«, fragte er vorsichtig.

»Fehling. Britta Fehling.«

»Ich bin mir sicher, Frau Fehling, dass dies hier die größte Tragödie ist, die einem Menschen zustoßen kann, und es ist für mich schwer, überhaupt irgendwelche Worte zu finden.«

Wieder wurde er von ihrem Schluchzen unterbrochen.

»Warum? Reinhold hat doch keinem Menschen etwas getan.«

»Frau Fehling, es tut mir leid, aber ich kann Ihnen ein paar Fragen nicht ersparen. Und es wäre wichtig, dass ich möglichst schnell die Antworten von Ihnen bekomme.«

Britta Fehling blickte wieder in Richtung des Toten,

drehte dann den Kopf und ließ ihn kraftlos auf die Schulter des Polizisten sinken. Lenz deutete diese Geste als Zustimmung.

»Ihr Mann hat also vor etwa zwei Stunden das Haus verlassen?«

Sie nickte stumm.

»Wo genau wohnen Sie?«

»In der Gottschalkstraße 28, bei der Universität.«

»Und Ihr Mann ist öfter zum Joggen hier gewesen, auf dem Radweg?«

Wieder ein Nicken.

»Er hat es geliebt, den Fluss und die grünen Wiesen.«

Während sie sprach, hoben zwei Bestatter die Leiche ihres Mannes auf das Untergestell eines Kunststoffsarges und fixierten im Anschluss das kuppelartige Oberteil. Irgendwo klingelte ein Mobiltelefon.

»Als er nicht nach Hause kam, fingen Sie an, sich zu sorgen, und sind ihm nachgefahren?«

»Ja. Ich dachte, vielleicht ist er umgeknickt oder hat sich sonst irgendwie verletzt. Dann habe ich dort oben am Parkplatz die vielen Polizeiautos gesehen und gewusst, dass ihm etwas passiert sein muss.«

Sie nahm den Kopf von Lenz' Schulter und presste zitternd die Augen zusammen.

»Aber ich konnte doch nicht ahnen, dass er tot ist.«

»Gibt es jemanden, mit dem Ihr Mann Streit hatte, der vielleicht einen Grund gehabt haben könnte, ihm etwas Derartiges anzutun?«

Die Frau schüttelte energisch den Kopf.

»Nein, niemand. Reinhold hat viele Freunde.«

»Und keine Feinde?«, hakte der Kommissar behutsam nach.

Wieder schüttelte sie den Kopf und schluchzte.

»Keine Feinde.«

Aus dem Augenwinkel sah Lenz, dass der Polizeipsychologe Werner Aumüller die Böschung hinunterlief und auf sie zukam. Genau im richtigen Moment, dachte er. Diese Frau brauchte die professionelle Hilfe eines Spezialisten. Und vielleicht eine Nacht unter Beobachtung.

»Im Moment wären das meine Fragen, Frau Fehling. Wahrscheinlich müssen wir später noch miteinander sprechen, aber jetzt würde ich Sie gerne in die Hände unseres Psychologen übergeben, wenn Sie das möchten.«

Sie überlegte einen Moment und nickte dann zögernd.

Erneut wurde sie von einem Weinkrampf geschüttelt.

Lenz stand auf, nickte Aumüller zu, der die Situation sofort richtig deutete, und verabschiedete sich.

»Mein Name ist Aumüller«, hörte er den Psychologen noch sagen.

4

»Lange schaff ich das nicht mehr, Thilo. Dann geh ich auch zum Seelenklempner und lass mich dienstuntauglich schreiben. Und nach einem Drama wie dem eben kann das nur gut für mich sein.«

Hain wendete den Dienstwagen, legte den ersten Gang ein und beschleunigte.

»Wer wollte dir das verdenken. Wir haben ja schon viel zusammen erlebt, aber das hat auch mir die Tränen in die Augen getrieben.«

»Ich war noch nie so froh, den Aumüller auftauchen zu sehen, wie vorhin. Am liebsten wäre ich im Boden versunken oder unsichtbar geworden. Die Frau hat mir in ihrer hilflosen Trauer unendlich leidgetan.«

Hain nickte.

»Dito. Und was tun wir jetzt, um den Mörder ihres Gatten zu finden?«

»Zunächst müssen wir mehr über ihn herausbekommen. Freunde, Hobbys, Job.«

In diesem Moment meldete sein Mobiltelefon den Empfang einer SMS. Lenz zog es aus der Jackentasche und las die Meldung:

Heute Abend um neun. Wenn du nicht kommen kannst, melde dich, sonst bis später. Ich freu mich auf dich, M.

Mit einem zufriedenen Lächeln löschte Lenz die Nachricht.

Hain sah auf die Uhr und griff mit zwei Fingern zur Nase.

»10.12 Uhr. Hauptkommissar Lenz empfängt eine weitere seiner ominösen Textnachrichten«, meldete er lispelnd und mit trötiger Stimme.

»Wie immer alles ganz harmlos, Thilo. Du solltest aufhören, etwas in diese SMS hineinzuinterpretieren«, erwiderte Lenz.

»Nicht, bevor du aufgehört hast, ein solches Geheimnis daraus zu machen.«

»Und wenn er das zufällige Opfer eines völlig durchgeknallten Irren ist?«, kam Hain auf den Mord an Reinhold Fehling zurück.

»Dann haben wir noch mehr Arbeit, aber dafür stehen wir ja morgens auf und kriegen am Ende des Monats eine dicke Überweisung aufs Konto. Außerdem glaube ich nicht an diese Möglichkeit, denn das ominöse Schreiben spricht absolut dagegen. Nein, dem hat einer aufgelauert, genau dem, einer, der ihn kannte, und hat ihn wie in einem bösen Film hingerichtet.«

Der Hauptkommissar dachte einen Moment nach.

»Fahr doch mal durch die Gottschalkstraße. Ich will mir ansehen, wo er gewohnt hat. Und danach brauche ich einen starken Kaffee, um den Tag ertragen zu können.«

Das Gelände um die Universität lag an diesem feuchtkalten Wintermorgen in leichtem Dunst. Die meisten Studenten saßen in den Hörsälen, vereinzelte andere strebten mit schnellen Schritten auf die Gebäude zu und verschwanden darin. Lenz hatte sein Mobiltelefon am Ohr und sprach mit Rolf-Werner Gecks.

»Hör zu, RW, ich brauche alles, was du kriegen kannst, über unseren Toten vom Radweg, einem Reinhold Fehling aus der Gottschalkstraße 28 hier in Kassel. Geburtsdatum hab ich keins, aber du schaffst das auch so. Wir sehen uns in einer halben Stunde in deinem Büro.«

Damit beendete er das Gespräch. Hain ließ den Opel auf dem Seitenstreifen im Anwohnerparkbereich ausrollen, stellte den Motor ab und deutete auf die gegenüberliegende Straßenseite. »Da ist die Nummer 28. Sieht ein bisschen abgewohnt aus, was meinst du?«

»Das soll nichts heißen. Hier haben schon immer viele Studenten gewohnt. Manche sind einfach hiergeblieben, nachdem sie mit ihrem Studium fertig waren. Die meisten Wohnungen sehen von innen bestimmt besser aus als von außen.«

Hain sah dem Verlauf der Straße nach.

»Und außerdem ist es ein lebendiges Viertel«, bemerkte er mit Blick auf die Kneipen und Bistros, die wie an einer Perlenschnur aufgereiht vor ihnen lagen.

»Das auf jeden Fall.«

»Und was gibt es deiner Meinung nach hier zu sehen?«

»Gar nichts, wie es scheint. Lass uns zum Präsidium fahren.«

Gecks war am Telefonieren, als Lenz und Hain sein Büro betraten. Er machte eine Handbewegung, mit der er seinen Kollegen zu verstehen gab, dass sie sich setzen sollten. Eine halbe Minute später war sein Gespräch beendet.

»Das war ein Freund von mir, der beim Finanzamt arbeitet«, begann er. »Der hat mir das bestätigt, was unsere einschlägigen Computerprogramme, die Schufa, das Einwohnermeldeamt und das Verkehrszentralregister schon ausgespuckt hatten. Dass es nämlich nichts zu bestätigen gibt. Der Mann ist sozusagen blütenweiß. Zahlt seine Steuern immer pünktlich, hat keine Schulden, lebt seit zwölf Jahren in der gleichen Wohnung, ist verheiratet und arbeitet als Architekt in einem Büro in Oberzwehren.«

»Wenn du das jetzt alles noch in die passendere Vergangenheitsform bringst, bin ich mit deinen Ermittlungen vollends zufrieden«, sah Lenz ihn traurig an. »Aber auch so, gute Arbeit, RW.«

Gecks blickte verwirrt vom einen zum anderen.

»Was ist denn mit euch los? Ihr seht ja aus, als hätte der Tote versucht, ein Lied mit euch zu singen.«

»So ähnlich«, mischte Hain sich ein und schilderte seinem Kollegen die Leiche und den Auftritt der Frau.

»Schöne Scheiße! Wenn das so ist, kann ich euch gut verstehen. Das würde mir auch an die Nieren gehen.«

Er tippte mit dem Zeigefinger auf die Notizen vor sich.

»Allerdings fragt mich mein alter Kriminalerinstinkt gerade, was einen dermaßen farblosen Menschen dazu prädestiniert, bei seinen morgendlichen Körperertüchtigungen auf solch brutale Art gemeuchelt zu werden.«

»Na, na, RW«, widersprach Hain.

»Nur, weil er keine Steuerschulden hatte, muss er nicht zwangsläufig langweilig und farblos gewesen sein. Vielleicht hat er ja rumgehurt, gespielt und gesoffen?«

»Klar. Und zum Ausgleich hat er morgens um sieben ein paar Runden an der Fulda gedreht. So siehst du aus.«

Lenz hob kopfschüttelnd die Hände.

»Männer, euer Gezeter hilft uns nicht weiter«, unterbrach er die beiden.

»Nachdem wir nun wissen, dass er solide und in vermutlich finanzieller Unabhängigkeit gelebt hat, werden wir uns sein Umfeld vornehmen. RW, du prüfst, ob der Mann in irgendeiner Form auffällig geworden ist, die uns bisher verborgen geblieben ist. Thilo und ich werden mit seinem Arbeitgeber sprechen und danach sehen, ob seine Frau vernehmungsfähig ist.«

»Viel Spaß«, wünschte Gecks seinen Kollegen zum Abschied.

Lenz wollte sich gerade anschnallen, als sein Telefon klingelte.

»Ja, Lenz«, meldete er sich.

»Aumüller hier, hallo, Herr Lenz.«

»Grüß Sie, Herr Aumüller. Wie ist die Lage?«

»Nun ja, das ist der Grund meines Anrufes. Ich wollte Sie darüber informieren, dass Frau Fehling gegen meine ausdrückliche Empfehlung darauf bestanden hat, in ihre Wohnung zurückzukehren und keine weitere Hilfe in Anspruch zu nehmen.«

Der Hauptkommissar überlegte einen Moment.

»Bereitet Ihnen das Sorgen?«

»Ja und nein«, antwortete der Psychologe.

»Sie wirkte zum Ende unseres Gespräches hin sehr gefasst und stark, was allerdings nicht der Realität entsprechen muss. Solche außergewöhnlichen Stresssituationen wie jene, der sie heute Morgen ausgesetzt war, setzen bei manchen Menschen erstaunliche physische wie psychische Kräfte frei, die allerdings sehr starken Schwankungen unterliegen können.«

»Das heißt?«, fragte Lenz unsicher.

»Das heißt, dass es mir wesentlich lieber gewesen wäre, sie unter Beobachtung zu behalten, aber natürlich kann ich das nicht gegen ihren Willen anordnen.«

»Natürlich nicht. Befürchten Sie, dass sie sich etwas antun könnte?«

»So weit würde ich nicht gehen, aber auszuschließen ist eine solche Reaktion natürlich nie.«

Bloß nicht festlegen, dachte Lenz.

»Wenn es Sie beruhigt, Herr Aumüller, wir werden der Frau später noch einen Besuch abstatten. Dann sehen wir ganz genau hin, und wenn uns etwas auffällt, melde ich mich bei Ihnen. Versprochen.«

»Das ist gut. Dann höre ich vielleicht im Anschluss von Ihnen.«

»So machen wir es«, bestätigte der Hauptkommissar und beendete das Gespräch.

»Er macht sich Sorgen«, dachte er laut und steckte dabei das Telefon in seine Jacke, »weil Frau Fehling nach Hause wollte. Für uns ist das nicht so schlecht, weil wir sie vielleicht später noch befragen können.«

Hain nickte.

»Aber nach der Szene von vorhin sollten wir wirklich vorsichtig mit ihr umgehen. Lieber einen Tag warten, wenn es ihr nicht gut geht.«

Kurz darauf parkte er im Innenhof eines futuristisch wirkenden, dreigeschossigen Bürohauses im Stadtteil Oberzwehren.

»Nette Hütte«, bemerkte Hain.

Lenz sah ihn süffisant grinsend an.

»Das dachte ich mir. Genau dein Stil.«

Durch eine schwere Edelstahltür gelangten sie ins Treppenhaus, gingen in den ersten Stock und Lenz legte den Finger auf die Klingel mit der Aufschrift: *Architekturwerkstatt*.

Sekunden später öffnete ein etwa 40-jähriger, kreidebleicher, erschrocken dreinblickender Mann, der in der rechten Hand einen vollgepackten aufgeklappten Ordner hielt, in der linken einen Taschenrechner und zwischen linker Schulter und Ohr ein Telefon eingeklemmt hatte.

»Ja, bitte«, begrüßte er die Beamten abwesend.

»Kommissar Lenz, Kriminalpolizei Kassel, guten Tag. Das ist mein Kollege Thilo Hain. Wir würden Sie gerne wegen einem Ihrer Mitarbeiter sprechen, Herrn Fehling.«

Der Mann machte mit dem Kopf eine Bewegung und ging zurück in den Flur. Die beiden Kommissare folgten ihm.

»Du, Britta, das ist die Polizei, wegen Reinhold. Lass uns später telefonieren, ja? Gut, bis dann. Und halt die Ohren steif.«

Damit legte er alles, was er in den Händen hielt, auf einen Schreibtisch und sah die Polizisten fragend an.

»Ja, Herr ...?«

»Bartels. Holger Bartels. Ich bin der Eigentümer des Büros.«

»Also, Herr Bartels, dann hat Sie die traurige Nachricht vom Tod Ihres Mitarbeiters bereits erreicht. Wir hätten, wenn es Ihnen nichts ausmacht, ein paar Fragen zu seinem Umfeld, seinen Freunden und Arbeitskollegen und eigentlich allem, was uns bei der Klärung des Verbrechens helfen könnte.«

»Wenn es Ihnen im Gegenzug nichts ausmacht, würde ich mich dabei gerne setzen. Diese Nachricht muss ich zuerst einmal verdauen. Kommen Sie, wir gehen in mein Büro.«

Er betrat einen großen, lichtdurchfluteten Raum, steuerte auf die am Fenster positionierte lederne Sitzgruppe zu und bot den Beamten einen Platz an. Dann setzte auch er sich.

»Zunächst«, begann Lenz, »möchten wir Ihnen unser tief empfundenes Beileid aussprechen. Eine solche Nachricht, die immer unvorbereitet trifft, ist schrecklich.«

Er räusperte sich.

»Wie ich allerdings schon erwähnte, sind wir zur Klärung des Verbrechens darauf angewiesen, so viel wie möglich über Herrn Fehling zu erfahren. Wie lange hat er bei Ihnen gearbeitet?«

»Seit dem Jahr 2000. Ich hatte ihn seinerzeit für ein Projekt engagiert. Die Zusammenarbeit entwickelte sich so erfreulich, dass ich ihn danach fest angestellt habe.«

»Und seitdem ohne Unterbrechung?«

»Ja.«

»Wie viele Mitarbeiter haben Sie?«

»Das schwankt, je nach Auftragslage. In unserer Branche wird in der Hauptsache mit projektbezogenen Mitarbeitern gearbeitet. In der Regel habe ich vier Festangestellte.«

»Mit Herrn Fehling?«

Der Architekt nickte traurig.

»Wie ist das Klima hier im Büro?«

»Bestens. Wir sind ein kleines Kernteam, das sich seit Jahren kennt und sehr gut harmoniert. Mir war es immer wichtiger, dass die Menschen, die hier arbeiten, persönlich stimmig sind. Das Fachliche kann ich ihnen beibringen; zu uns zu passen, eher nicht.«

»Und Herr Fehling hat zu Ihnen gepasst?«, wollte Hain wissen.

»Perfekt, ja, wie ich schon gesagt habe.«

»Sind Sie persönlich befreundet gewesen?«

»Als Freundschaft würde ich unser Verhältnis nicht bezeichnen. Meine Frau arbeitet in einem großen Hotel in Hamburg, aus diesem Grund verbringe ich die Wochenenden, soweit es mir möglich ist, dort, was zur Folge hat, dass mein soziales Umfeld sich in den letzten Jahren mehr und mehr nach Norddeutschland verlagert hat.«

Er atmete tief durch.

»Reinhold und ich sind manchmal abends ein Bier trinken gewesen, unsere Gespräche drehten sich allerdings fast ausschließlich um den Job.«

Lenz nickte.

»Hatten Sie in der letzten Zeit Probleme mit Auftraggebern oder mit Wettbewerbern?«

»Nein. Wir arbeiten im Augenblick ein großes Bauvorhaben für ein Unternehmen aus Düsseldorf ab. Allerdings könnte dieser Auftrag nicht besser laufen.«

»Herr Fehling hatte auch keine Probleme, von denen Sie wissen?«

»Nein. Er ist zur Arbeit gekommen, hat hier einen guten Job gemacht und ist wieder nach Hause gefahren. Reinhold ist ein eher introvertierter Typ, wenn ich das so sagen kann. Deshalb bin ich umso mehr erschüttert, dass er ermordet worden sein soll.«

»Daran besteht leider kein Zweifel«, erwiderte Hain.

»Wie ich dem Telefonat von vorhin entnehmen konnte, sind Sie mit seiner Frau bekannt?«, fuhr Lenz fort.

»Natürlich.«

»Haben die beiden Kinder?«

»Britta ist schwanger; wenn ich recht erinnere, im vierten Monat.«

Der Hauptkommissar schluckte.

5

Martin Franck rangierte seinen Kombi in die Parklücke, stellte den Motor ab und stieg aus. Als er mit einem Parkticket in der Hand wieder vor seinem Wagen stand, hörte er über sich ein leises, konstantes Geräusch, sah nach oben und erspähte die kleine, einmotorige Maschine mit dem Werbebanner eines Zirkus im Schlepptau. Ein zufriedenes Grinsen huschte über sein Gesicht. Dann legte er den Parkschein auf dem Armaturenbrett ab, verschloss das Auto und betrat ein paar Sekunden später die zugige Bahnhofshalle.

Ohne die riesige Anzeigetafel im Eingangsbereich zu beachten, ging er geradeaus und über die lange Rampe hinunter zu den Gleisen.

»Meine Damen und Herren, bitte Vorsicht an Gleis 2, es hat Einfahrt Intercityexpress 875 von Berlin Ostbahnhof nach Basel SBB. Planmäßige Ankunft 11.13 Uhr, planmäßige Weiterfahrt des Zuges 11.15 Uhr«, tönte es in diesem Moment blechern aus den Lautsprechern über seinem Kopf. Sekunden später fuhr der ICE mit schrill singenden Bremsen an ihm vorüber, wurde langsamer und kam schließlich zum Stehen. Franck trat ein paar Meter nach links, um nicht im Strom der ein- und aussteigenden Reisenden stehen zu müssen, steckte die Hände in die Manteltaschen und musterte die Gesichter der Menschen, die den Zug verließen.

»Verehrte Fahrgäste, wir begrüßen Sie in Kassel Wil-

helmshöhe. Sie haben Umsteigemöglichkeiten in Richtung...«

Franck hörte nicht mehr auf die Lautsprecherdurchsage, weil er das Gesicht, das er erwartete, in der Menge entdeckt hatte. Die Frau hob den Kopf, nickte kaum merklich und fing an zu lächeln. Dann ging sie mit schnellen Schritten in seine Richtung, ließ ihr Gepäck fallen, legte die Hände um seinen Hals und küsste ihn leidenschaftlich. Jeder Unbeteiligte, der die Situation beobachtete, musste glauben, dass hier zwei temporär voneinander getrennte Menschen den Beginn eines stürmischen Wiedersehens einläuteten.

»Schwarz steht Ihnen gut«, flüsterte Franck der Frau ins Ohr. »Ich war der festen Überzeugung, dass Sie die blonden Haare von unserem letzten Treffen nicht mehr würden toppen können, aber ich gestehe gerne ein, dass dieser Gedanke ein Irrtum war.«

Sie grub die Hände tiefer in seine dunklen Haare und ließ ihn ihre Fingernägel spüren.

»Charmant wie immer, der Herr. Leider kann ich das Kompliment nicht zurückgeben. Sie sehen zum Weglaufen aus mit diesem Vollbart«, antwortete sie mit einem kaum wahrnehmbaren Akzent.

»Er ist der Situation geschuldet, ich bitte dafür um Verzeihung.«

Sie nickte.

»Lassen Sie uns gehen, mein Zug geht in einer halben Stunde. Bis dahin haben wir noch ein paar Details zu besprechen.«

Er griff mit der linken Hand nach ihrer Reisetasche,

warf sie über seine Schulter, legte den rechten Arm um ihre Taille und schob sie sanft in Richtung der Rampe. Die Frau lächelte ihn glücklich an.

»Haben Sie das Geld?«, fragte sie leise.

Franck sah sie erstaunt an.

»Natürlich«, antwortete er ebenso flüsternd.

Ihr Gesichtsausdruck wurde eine Nuance härter.

»Wenn heute alles zu unserer Zufriedenheit abläuft, stellen wir die bestellte Ware heute in einer Woche zu. Sie sollten die besprochenen Sicherheitsvorkehrungen treffen, damit Ihnen und uns böse Überraschungen erspart bleiben. Auf das enorme Gefahrenpotenzial, das von der Lieferung ausgeht, muss ich Sie sicher nicht noch einmal hinweisen.«

Er strich ihr sanft über den Po.

»Beleidigen Sie bitte nicht meine Intelligenz. Sie würden sich nicht einmal in meiner Nähe blicken lassen, wenn Sie Zweifel an meiner Professionalität hätten.«

»Das ist richtig«, stimmte sie lächelnd zu.

Den Rest der Rampe gingen sie schweigend und einen zufriedenen Eindruck erweckend Arm in Arm nebeneinanderher. Am oberen Ende löste die Frau sich von ihm, trat einen halben Schritt zur Seite und sah ihn erwartungsfroh an. Franck griff in die Innentasche seiner Jacke, holte einen Schlüssel heraus, drehte sich um und ging auf die Batterie der Schließfächer hinter ihm zu. Dort öffnete er eine der Türen, nahm eine dunkelbraune Ledertasche, die er am Tag zuvor dort deponiert hatte, aus dem Fach, wischte mit einer geschickten Bewegung seine Fingerabdrücke vom Schlüssel und drehte sich wieder der Frau zu. Die ganze Aktion hatte keine 15 Sekunden gedauert.

»Darf ich Sie zu einer Tasse Kaffee einladen?«

»Hier im Bahnhof?«

»Nein, wo denken Sie hin. Auf der anderen Seite des Platzes gibt es ein italienisches Eiscafé mit einem vorzüglichen Espresso.«

Sie sah kurz auf die Uhr.

»Warum nicht? Aber ich möchte bezahlen.«

Eng umschlungen verließen sie den Bahnhof, schlenderten über den weitläufigen Vorplatz, überquerten die Wilhelmshöher Allee und betraten ein paar Augenblicke später das trotz der Jahreszeit gut besuchte Eiscafé.

»Was werden Sie mit dem Inhalt der Lieferung machen?«, fragte die Frau, nachdem der Ober die beiden Espressi vor ihnen abgestellt und sich entfernt hatte. Franck sah sich um, doch keiner der anderen Gäste nahm Notiz von ihnen.

»Was werden Sie mit dem vielen Geld anstellen, das Sie von mir dafür bekommen?«, fragte er leise zurück.

Die Frau lachte auf.

»Sie wissen genau, dass in meiner Branche die Gewinnspanne auf viele Hände verteilt wird. Und in diesem speziellen Fall sind es noch mehr Hände, die geschlossen werden wollen, und viele Augen, die zugedrückt werden müssen. Außerdem ist es nicht seriös, eine Frage mit einer Gegenfrage zu beantworten.«

»Ich hätte auch sagen können, dass Sie das gar nichts angeht, doch das klingt so unhöflich. Natürlich werde ich mit Ihnen nicht über die Verwendung meiner Bestellung sprechen, genauso wenig wie Sie mir die Herkunft preisgeben werden. Richtig?«

»Absolut richtig«, bestätigte sie, griff in ihre Handtasche und kramte eine Schachtel Zigaretten und ein Feuerzeug heraus. Franck sah sie kurz an, griff sanft nach der Packung und schob sie zurück in die Tasche.

»Besser nicht. Wir sind hier in einem Bundesland, in dem Rauchen in der Gastronomie schon länger nicht mehr gestattet ist. Und speziell wir beide sollten uns dezidiert daran halten.«

Mit einem Kopfschütteln steckte sie das Feuerzeug ebenfalls zurück.

»Ich kann mich noch immer nicht daran gewöhnen, dass in Ihrem Land diese Einschränkungen gelten. Egal, in welchen Zug oder in welches Flugzeug ich steige, überall leuchtet mir das Nichtraucherschild entgegen. Und in Restaurants oder Cafés wie diesem ist es absurd, das Rauchen zu verbieten.«

Franck sah durch die Fensterfront nach draußen, wo gerade ein Polizeiwagen langsam um die Ecke bog und einen Moment später verschwunden war.

»Des einen Glück, des anderen Pech«, erwiderte er charmant und trank seinen Kaffee.

»So kann nur ein Nichtraucher sprechen.«

»Das stimmt.«

Sie stand auf, warf einen Fünfeuroschein auf den Tisch und griff nach der Ledertasche, die er eine Viertelstunde zuvor aus dem Schließfach genommen hatte.

»Nachzählen werde ich zu Hause. Aber ich bin sicher, dass ich Ihnen vertrauen kann.«

Er nickte.

»Und jetzt dürfen Sie mich zu meinem Zug bringen

und in genau einer Woche wieder am Bahnsteig auf mich warten, um Ihre Lieferung in Empfang zu nehmen.«

Der ICE nach Berlin Ostbahnhof lief planmäßig ein. Franck nahm die Frau noch einmal in den Arm, küsste sie und half ihr beim Einsteigen. Kurz bevor sich die Türen schlossen, beugte sie sich noch einmal zu ihm hinab, griff nach seinem Hals und zog ihn zu sich. Als ihr Mund direkt über seinem Ohr war, flüsterte sie einen letzten Satz.

»Wenn Sie noch einmal meinen Hintern anfassen, bringe ich Sie um.« Dabei grub sie ihre Zähne in sein Ohrläppchen.

»Haben Sie das verstanden?«

Er löste sich aus ihrer Umklammerung und trat einen halben Schritt zurück. Mit einem schnellen Blick nach links und rechts vergewisserte er sich, dass außer der Zugbegleiterin am anderen Ende des ICE niemand in ihrer Nähe war.

»Ich werde es mir merken«, antwortete er höflich.

»Aber nehmen Sie sich bitte nicht zu viel vor. Und nun wünsche ich Ihnen eine gute Reise in die kalte Ukraina, Tatjana Medwedewa.«

Mit einem Schlag wich alles Blut aus ihrem Gesicht. Sie sah ihn fassungslos an.

»Woher ...«

Der Rest ihrer Frage wurde vom Geräusch der schließenden Tür geschluckt. Franck lächelte frostig, winkte ihr noch einmal zu, drehte sich um und ging.

6

Lenz legte den Finger auf die Klingel und trat einen Schritt zurück. Es dauerte keine fünf Sekunden, dann wurde der Türöffner betätigt und die beiden Polizisten traten in den Flur. Hain bedachte seinen Vorgesetzten mit einem despektierlichen Blick.

»Soso, von innen schöner als von außen …«

»Hätte ja sein können«, versuchte Lenz sich in Schadensbegrenzung und betrachtete den Berg der hinter dem Eingang aufgetürmten gelben Säcke. Daneben waren zwei halb auseinandergenommene Fahrräder zu erkennen, und das ganze Müllpotpourri wurde abgerundet von Stapeln alter Zeitungen.

In einem der oberen Stockwerke wurde eine Tür geöffnet, und eine Frauenstimme ertönte.

»Hallo?«

Die Kommissare sprangen zwei Stockwerke nach oben, erblickten eine pausbäckige ältere Dame in der offen stehenden Tür mit dem großen Keramikschild »FEHLING« daneben und sahen sie abwartend an.

»Wollen Sie zu Fehling?«, fragte die Frau.

»Genau«, antwortete Lenz höflich und zog seinen Dienstausweis aus der Jacke.

»Ich bin Hauptkommissar Paul Lenz, das ist mein Kollege Thilo Hain. Und wer sind Sie, wenn ich fragen darf?«

»Margarete Ellwert. Ich bin die Mutter von Frau Fehling ... Britta.«

»Guten Tag, Frau Ellwert. Dürfen wir einen Moment hereinkommen?«

Die Frau sah auf seinen Ausweis, den er noch immer hochhielt, nickte und ging langsam zur Seite.

»Bitte sehr. Meine Tochter ist in der Küche.«

Die Polizisten drängten sich an ihr vorbei und traten in den Flur.

»Ganz hinten rechts«, erklärte sie.

Dieses Hinweises hätte es nicht bedurft, denn aus der offenen Küchentür drang das Schluchzen von Britta Fehling.

Auf das leise Klopfen des Hauptkommissars am Türrahmen hin hob sie den Kopf, sah ihn mit tränenüberströmtem Gesicht an und schlug erneut die Hände vor die Augen.

»Bitte, setzen Sie sich doch«, sagte ihre Mutter hinter den Beamten. »Wollen Sie einen Kaffee, ich habe gerade welchen durchlaufen lassen?«

Beide schüttelten synchron die Köpfe.

»Danke, nein«, begann Lenz vorsichtig. »Wir wollen auch gar nicht lange stören.«

Er wandte sich zu Britta Fehling.

»Können wir Ihnen ein paar Fragen zumuten, Frau Fehling?«

Wieder hob sie den Kopf, sah den Kommissar mit diesem unendlich traurigen Blick an, schnäuzte sich und nickte.

»Es geht schon.«

Lenz setzte sich ihr gegenüber, Hain blieb stehen. Margarete Ellwert nahm den Stuhl neben ihrer Tochter.

»Zunächst muss ich noch einmal auf meine Frage von heute früh zurückkommen, ob Ihr Mann möglicherweise Feinde gehabt hat. Vielleicht gibt es doch jemanden, dem Sie eine solche Tat zutrauen?«

Britta Fehling wischte sich ein letztes Mal über die Augen, holte tief Luft und antwortete dann mit brüchiger Stimme.

»Es gibt niemanden. Wir sind ganz normale Leute, die ihr ganz normales Leben gelebt haben, bis heute zumindest. Wir haben Freunde, mit denen wir uns ab und zu treffen, und Bekannte, die sehen wir halt weniger. Reinhold ist … war nie der große Partylöwe, doch das wusste ich, als ich ihn geheiratet habe, und es hat mir nichts ausgemacht.«

Sie lehnte sich zurück und dachte nach.

»Den letzten Streit, an den ich mich erinnern kann, hatte Reinhold vor zwei Jahren mit einem anderen Autofahrer, der ihm hinten draufgefahren war und danach behauptete, Reinhold sei rückwärtsgefahren und hätte so den Unfall verursacht. Die Sache ging zu Gericht und hat sich aufgeklärt, weil es zwei Zeugen gab, die alles gesehen hatten.«

»Haben Sie den Namen des damaligen Unfallgegners?«

Wieder dachte sie einen Moment nach.

»Der Mann hieß Döring. Günther Döring aus Lohfelden.«

Hain notierte den Namen.

Sie schüttelte den Kopf.

»Aber warum sollte er nach mehr als zwei Jahren Reinhold so etwas antun? Das ergibt doch überhaupt keinen Sinn.«

»Offensichtlich nicht«, bestätigte Lenz, »allerdings ist jeder Anhaltspunkt für uns wichtig.«

Er atmete hörbar aus.

»Und Ihr Mann ist heute wie immer gewesen, oder ist Ihnen irgendeine Veränderung an ihm aufgefallen?«

Wieder dachte sie einen Moment nach.

»Nein. Er war lieb wie immer, hat mir einen Kaffee ans Bett gebracht und dann das Haus verlassen. Normalerweise ist er spätestens nach eineinhalb Stunden wieder zurück.«

Wieder schossen Tränen über ihr Gesicht.

»Nur heute nicht …«

Lenz ließ ihr einen Moment Zeit.

»War Ihr Mann Mitglied in einem Verein oder hat er ein Hobby gehabt, das er mit anderen gemeinsam ausgeübt hat?«

Sie schüttelte den Kopf.

»Nein. Seine große Leidenschaft war das Laufen, aber er ist nie mit anderen unterwegs gewesen, außer im Wettkampf. Von Vereinsmeierei hat er nicht viel gehalten.«

»Außerdem hat er die Zeit zwischen Jogging und Arbeit ohnehin am Computer verbracht«, mischte sich Margarete Ellwert ein. Ihre Tochter bedachte sie mit einem bösen Blick.

»Das stimmt so nicht, Mutter. Reinhold hat sicher viel Zeit am Computer verbracht, aber er hat auch andere Dinge wichtig genommen.«

»Was genau hat er denn gemacht, wenn er sich mit dem Computer beschäftigt hat?«, wollte Hain wissen.

»Ehrlich gesagt, keine Ahnung. Diese Kisten haben mich nie interessiert, das wusste er. Also haben wir darüber nicht gesprochen. Und weil man viel Zeit am Computer verbringt, wird man doch noch lange nicht erschossen, oder?«

»Nein, vermutlich nicht. Aber wir müssen, wie gesagt, jedem noch so vagen Anhaltspunkt nachgehen.«

Lenz rutschte nervös auf seinem Stuhl herum.

»Der Chef Ihres Mannes hat erwähnt, dass Sie schwanger seien, Frau Fehling.«

Sofort brach sie wieder in Tränen aus, nickte dabei aber energisch mit dem Kopf.

»Im vierten Monat«, erklärte ihre Mutter leise.

7

»Wer erschießt einen joggenden Architekten, der nach unseren bisherigen Erkenntnissen nichts und niemandem etwas getan hat?«, fragte Lenz mehr sich selbst als seine Kollegen.

»Wer erschießt ihn auf diese brutale und grausame Art?«, präzisierte Hain den Gedanken und nippte an seinem Kaffee.

Die beiden Polizisten saßen mit Uwe Wagner in dessen Büro und hatten den Pressesprecher in den vergangenen 15 Minuten mit den Details des Mordes an Reinhold Fehling vertraut gemacht.

»Dass seine Frau schwanger ist, setzt der ganzen Geschichte die Krone auf«, bemerkte Wagner.

»Sie hat noch gar nicht begriffen, inwieweit ihr Leben sich mit diesem Mord verändert hat«, ergänzte Lenz. »Auch als wir ihr auf Anraten von Aumüller hin angeboten haben, sich in die Obhut eines Therapeuten oder in eine Klinik zu begeben, hat sie nur den Kopf geschüttelt und gemeint, es würde schon gehen. Das böse Erwachen kommt wahrscheinlich in den nächsten Tagen.«

Hain nahm einen weiteren Schluck Kaffee und stellte die Tasse auf den Tisch.

»Als wir bei ihr in der Wohnung saßen, hat mich für einen Moment der Gedanke durchzuckt, dass das Kind von einem anderen sein könnte, der seinen Nebenbuhler aus dem Weg geräumt hat. Aber dann habe ich der

Frau ins Gesicht gesehen und war mir sicher, dass ich Movies mache.«

Lenz nickte.

»Den Gedanken hatte ich natürlich auch, habe ihn allerdings genauso schnell verworfen wie du. Sie hat nichts damit zu tun, in welcher Form auch immer, da bin ich mir absolut sicher.«

»Also habt ihr einen Verdächtigen weniger. Leider könnt ihr im Moment gar niemanden vorweisen, der als Verdächtiger infrage kommt. Wie ihr die Sache geschildert habt, sieht das für mich wie ein Auftragsmord aus. Aber wer beauftragt einen Killer damit, einen völlig harmlosen Typen wie diesen Fehling umzubringen? Und, noch wichtiger, aus welchem Grund?«

»Und steckt ihm dann diesen Zettel in die Unterhose. ›Ruhe sanft, du Arschloch‹.

Wenn es nicht so traurig wäre, könnte man gepflegt darüber lachen.«

Lenz stand auf, stellte seine Kaffeetasse neben die von Hain und sah auf die Uhr.

»Vielleicht hat er doch irgendwelchen Dreck am Stecken, den wir bis jetzt nur noch nicht entdeckt haben. Also machen wir uns auf die Socken und suchen danach.«

Er machte eine auffordernde Geste zu seinem Kollegen hin, der ihm ungerührt zusah.

»Komm, Thilo, erheb dich, du bist wieder im Dienst. Wir haben einen Mörder zu finden.«

Hain sah seinen Vorgesetzten irritiert an.

»Was siehst du denn, wenn du auf die Uhr guckst, Herr Hauptkommissar?«

»15 Uhr. Also noch reichlich Zeit, dem Bösen auf die Füße zu treten und der Gerechtigkeit zum Sieg zu verhelfen.«

Hain und Wagner schüttelten synchron die Köpfe.

»Deine Uhr braucht wahrscheinlich eine neue Batterie«, vermutete Hain. »Auf meiner ist es nämlich 16.15 Uhr, und ich habe eine Automatik, die geht immer richtig.«

Nun nickte Wagner. »Da hat der Thilo ausnahmsweise mal recht. Es ist wirklich so.«

Lenz sah erneut auf seine Uhr und dann durchs Fenster zum dunklen Abendhimmel.

»Tja, wenn ihr das sagt ... Dann gehen wir eben morgen wieder auf Mörderjagd und machen für heute Feierabend. Bringst du mich nach Hause, Thilo?«

»Nichts lieber als das, mein Herr und Gebieter. Sollen wir uns auf dem Weg noch um eine neue Batterie für deine Uhr kümmern?«

»Wenn's passt, gerne.«

8

Die Straßenbahn klingelte schrill und verjagte damit den Hund und seinen träumenden Leinenhalter von den Gleisen. Bülent Topuz schreckte hoch, sah aus dem Fenster und rieb sich die Augen. Als die Tram an der Haltestelle Annastraße stoppte, nahm er seinen Rucksack vom Sitz neben sich, stand auf und sprang hinaus. Zwei Minuten später steckte er den Schlüssel ins Schloss seiner Wohnungstür, sperrte auf und trat in den hell erleuchteten Flur.

»Hallo, Bülent!«, rief seine Frau aus der Küche.

»Hallo«, erwiderte er missmutig. »Wie oft muss ich dir noch sagen, dass es nicht notwendig ist, den unbewohnten Flur zu beleuchten, wenn du in der Küche sitzt?«

»Hör auf rumzustressen, Bülent«, kam die Antwort von einer anderen Stimme.

Topuz zog seine Jacke aus, hängte sie an die Garderobe, griff nach dem Rucksack und stellte sich in den Eingang zur Küche.

»Das hätte ich mir denken können. Seit du arbeitslos bist, habe ich den Eindruck, dass du hier einziehen willst, Sabine.«

Die beiden Frauen sahen sich an und prusteten los. Topuz' Frau Petra stand auf und küsste ihren Mann flüchtig auf den Mund.

»Lass meine Schwester in Ruhe. Sie hat mich mit dem Auto zum Arzt und danach zum Einkaufen gefahren, sonst hätte ich mich wieder mit dem Windelkram abschleppen müssen, weil der Herr unbedingt zu seinen Teesäufergenossen musste.«

Topuz ignorierte ihren Vorwurf.

»Geht es dem Kleinen besser?«

»Er schläft. Das ist doch immerhin schon mal etwas.«

Der Türke mit deutschem Pass ging zum Ende des Flurs, öffnete leise die Tür zum Schlafzimmer und sah vorsichtig hinein. Sein elf Monate alter Sohn lag in dem kitschigen Kinderbett und schlummerte friedlich. Das war in den letzten Wochen nicht immer so gewesen, weil der Kleine unter einem hartnäckigen Virus litt, der sich immer wieder mit Fieberschüben gemeldet hatte.

»Das Schlimmste ist vorbei, meint der Doc«, hörte er die Stimme seiner Frau hinter sich.

»Hoffentlich. Sollte es in der nächsten Woche nicht besser sein, gehe ich mit ihm zu einem von unseren Heilern.«

Petra Topuz stöhnte auf.

»Das hatten wir nun oft genug, Bülent. Der Junge kriegt die bestmögliche Versorgung, und zwar vom Kinderarzt und nicht von einem dieser Schamanen, die bestimmt mehr schaden als sie nützen.«

Er bedachte sie mit einem beleidigten Blick.

»Wenigstens probieren könnten wir es.«

Sie verzog provozierend den Mund.

»Lies es von meinen Lippen: N E I N, nein!«

Diese Diskussion hatten die beiden in den vergangenen Wochen mehr als einmal geführt. Bülent Topuz hatte immer wieder Vorstöße unternommen, seine Frau von den Vorzügen eines Hodschas zu überzeugen. Ohne Erfolg. Nun schloss er leise die Tür und betrat wortlos den danebenliegenden Raum.

»Willst du schon wieder den ganzen Abend vor dem Computer hängen?«, rief ihm seine Frau hinterher.

»Ich hab zu tun«, antwortete er kurz angebunden.

Sie drängte sich in das kleine Büro und baute sich vor ihm auf.

»Ich hab zu tun, ich hab zu tun, haha. Ich hab auch viel zu tun, aber ich verbringe nicht die meiste Zeit meines Lebens mit einer Rechenmaschine. Wenn du so weitermachst, bin ich schneller weg, als du gucken kannst.«

Auch diese Diskussion kannte Topuz und hatte sie in den letzten Monaten oft geführt.

»Lass mich in Ruhe, Petra. Geh mit deiner Schwester ins Kino oder sonst wohin, ich hab wirklich zu tun.«

Sie fixierte ihn für einen Moment mit zusammengekniffenen Augen, stürmte in den Flur und griff nach einer Jacke an der Garderobe.

»Komm, Sabine, wir dürfen ins Kino gehen, dein großzügiger Schwager hat es erlaubt.«

Damit öffnete sie die Haustür und trat ins Treppenhaus. Sabine Schramm stand kopfschüttelnd auf, trank den Rest ihres Kaffees aus, griff nach ihrer Jacke, die über der Lehne eines Küchenstuhls hing, und wollte ihrer Schwester in den Hausflur folgen. Dann jedoch überlegte sie es sich anders, ging zum Büro und sah ihren Schwager kopfschüttelnd an.

»Du hast sie nicht alle, Bülent, und du entwickelst dich

immer mehr zu einem Riesenarschloch. So, wie du dich in den letzten Monaten verhalten hast, hat Petra gar keine andere Wahl, als hier abzuhauen. Und von mir aus sollte sie es lieber heute als morgen machen.«

Ohne sie eines Blickes zu würdigen, drückte er eine Taste auf der Tastatur seines Computers, der daraufhin anlief.

»Verschwinde!«, zischte er.

»Komm, lass, Sabine, er will es anscheinend nicht anders!«, rief ihre Schwester aus dem Hausflur.

»Das glaube ich auch«, erwiderte diese und verließ die Wohnung.

Als die beiden Frauen eine Etage tiefer angekommen waren, hörten sie, wie über ihren Köpfen eine Tür aufgerissen wurde.

»Von mir aus brauchst du gar nicht mehr wiederzukommen!«, brüllte Topuz ihnen wutschnaubend hinterher. »Zieh doch zu deiner Schwester, dieser Zicke, dann siehst du Hassan nie mehr wieder.«

Sabine Schramm schob ihre zögernde Schwester weiter.

»Komm, lass ihn reden. Bis du nach Hause kommst, hat er sich beruhigt, und falls nicht, schläfst du bei mir. Und das mit dem Kleinen meint er garantiert nicht so, dazu ist er viel zu bequem.«

Bülent Topuz warf die Tür ins Schloss und trat von innen dagegen.

»Blöde Kuh!«, schrie er dabei. Dann ging er, noch immer schwer atmend, in die Küche und bereitete sich einen Tee zu. Ein paar Minuten danach ließ er sich, nun ein wenig ruhiger, in seinen Bürodrehstuhl fallen, stellte die Teetasse auf dem Schreibtisch ab und griff zur Maus. Mit ein paar schnellen Klicks gelangte er zum Ziel seiner elektronischen Reise, loggte sich mit seinem Benutzernamen ein und fing an zu tippen.

Eine Stunde später streckte er sich, sah zufrieden auf den Bildschirm und trank den Rest seines inzwischen kalt gewordenen Tees. Als er auf dem Weg in die Küche war, um Wasser für eine neue Tasse aufzusetzen, klingelte es an der Tür. Topuz grinste arrogant bei dem Gedanken, dass Petra ihren Schlüssel vergessen haben könnte und nun von seiner Gnade abhängig wäre, sie hereinzulassen. Er stellte bedächtig die benutzte Teetasse auf den Küchentisch, füllte Wasser in den Schnellkocher, schaltete das Gerät an und ging dann langsam auf die Tür zu, beseelt von dem Gedanken, dass seine Frau auf der anderen Seite stehen und ihr die Situation mächtig peinlich sein würde. Mit der linken Hand drückte er die Klinke herunter, holte tief Luft, öffnete die Tür und starrte in den dunklen Hausflur. Dann wurde es schwarz um ihn herum.

9

Maria griff nach ihrem Glas und trank einen Schluck Sekt.

»Nächstes Jahr im März wird der Kasseler Oberbürgermeister gewählt.«

Lenz hob eine Augenbraue und sah sie skeptisch an.

»Soll ich gegen deinen Mann antreten und versuchen, der neue Kasseler OB zu werden?«

»Das hätte was. Außerdem könntest du mich gleich mit übernehmen.«

»Heißt das, du bist der Hauptpreis bei der nächsten OB-Wahl?«

»Wenn du mitmachst, würde ich das Risiko eingehen, ansonsten nicht.«

Lenz rückte ein wenig näher an sie heran und zog sich die Decke bis unters Kinn.

»Treib keinen Schabernack mit mir, Maria. Du weißt, dass ich lieber heute als morgen mit dir unter einem Dach leben und mit dir alt werden würde, also weck besser keine Hoffnungen, die du nicht erfüllen kannst oder willst.«

Maria Zeislinger, die Frau des Kasseler Oberbürgermeisters Erich Zeislinger, legte den Kopf auf seine Brust.

»Wie lange geht das jetzt schon mit uns, Paul? Sechs Jahre?«

»Mehr als sieben«, korrigierte er.

»Sieben Jahre. Mehr als sieben Jahre habe ich nun nicht mehr mit Erich geschlafen. Mehr als sieben Jahre habe ich aber immer, wenn es irgendwie ging, mit dir geschlafen. Ich habe verdrängt, seit wie vielen Jahren mir mein Mann auf die Nerven geht, mal mehr, mal weniger. Und nur in ganz wenigen Momenten habe ich daran gedacht, ihn zu verlassen und mich in deine Arme zu werfen. Insgeheim wusste ich immer, dass mir eine Trennung zu viel Aufregung und Öffentlichkeit bescheren würde.«

Sie stockte.

»Aber in den letzten Monaten habe ich öfter darüber nachgedacht, wie es wäre, mit dir zu leben. Wie es wäre, ein paar Wochen in der lokalen und vielleicht auch in der überregionalen Presse durch den Moralkakao gezogen zu werden und dem Bild einer öffentlichen Schlampe ziemlich genau zu entsprechen. Und, was es für dich und mich bedeuten würde, wenn wir uns nicht mehr heimlich in einer Arztpraxis treffen müssten, sondern wie ein ganz gewöhnliches Paar abends miteinander ins Bett gehen würden und morgens miteinander aufstünden, auch wie ein normales Paar.«

Lenz hatte bei jedem ihrer Worte die Augen ein klein wenig weiter aufgerissen.

»Guck mich nicht so an, Paul. Ich bin keine 20 mehr, und langsam muss ich mich entscheiden, ob ich weiter in Saus und Braus und großem gesellschaftlichen Ansehen leben will, allerdings mit einem Mann, der mir nichts bedeutet und dessen Anblick mich schon seit Jahren fast in den Wahnsinn treibt. Ganz zu schweigen von seinem Geruch. Oder ob ich die Frau eines Kriminalkommissars sein möchte, der mir nicht viel mehr bieten kann als abends eine Kriminalgeschichte, die ziemlich genau dem entspricht, was er tagsüber erlebt hat.«

»Und die häufig dröge und langweilig ist«, ergänzte Lenz und klang dabei ein klein wenig beleidigt.

Sie blickte auf und sah ihn treuherzig an.

»Nun gib nicht die Mimose. Ich hab nie einen Hehl daraus gemacht, dass ich bis jetzt aus primär wirtschaftlichen Erwägungen bei Erich geblieben bin. Das war die ganzen Jahre richtig, davon bin ich auch heute noch überzeugt. Aber, wie gesagt, in den letzten Monaten habe ich zunehmend Zweifel bekommen«, fügte sie kleinlaut hinzu.

Lenz schob sie zur Seite, setzte sich aufrecht, verschränkte die Arme vor der Brust und sah sie ernst an.

»Was um alles in der Welt versuchst du mir zu erklären, Maria? Und was hat das alles mit den Wahlen im nächsten Frühjahr zu tun?«

Sie stand auf, ging nackt, wie sie war, zum Fenster, zog den Vorhang einen Spalt auseinander und spähte auf den verlassen wirkenden Fritzlarer Marktplatz. Dann drehte sie sich um und schaute Lenz an.

»Wenn Erich die Wahl im nächsten Frühjahr verliert, und darauf deutet auch nach seinen eigenen Aussagen einiges hin, wäre ich gerne die neue Frau an der Seite des Leiters der Mordkommission in Kassel.«

Lenz widerstand dem Impuls, aufzuspringen und sie in seine Arme zu reißen, denn in seinem Kopf klingelte hell und laut das erste Wort ihrer Anfrage. Zögernd beantwortete er ihre Frage mit der einzig möglichen Gegenfrage.

»Und was möchtest du sein, wenn er die Wahl nicht verliert?«

Wieder drehte sie sich um und sah einen Moment lang aus dem Fenster. Dann ging sie langsam zurück zur Couch, setzte sich auf die Kante und zog die Schultern hoch.

»Dann müssen wir uns noch gedulden, du genauso wie ich. Ich werde ihn nicht verlassen, solange er OB ist. Aber ich verspreche dir heute Abend hoch und heilig, dass ich ihn spätestens drei Monate nach seiner Wahlniederlage im März verlassen werde. Dann stehe ich mit Sack und Pack vor deiner Tür und verschwinde auch so schnell nicht wieder.«

Lenz kratzte sich hörbar am Kinn.

»Nur, dass ich es auch ganz genau verstehe und nichts falsch interpretiere: Ich soll meine Zukunft mit dir von einem Haufen Menschen abhängig machen, die entweder links oder rechts ihr Kreuzchen machen?«

Maria sah ihn mit einem vielsagenden Grinsen an, schlüpfte unter die Decke und fand sofort mit ihrer Zunge seine Brustwarze.

»Genau. Deshalb solltest du anfangen, dir Gedanken über deinen Wahlkampf zu machen«, nuschelte sie.

Eine halbe Stunde später lagen die beiden restlos erschöpft, aber entspannt nebeneinander.

»Das war doch mal eine aussagefähige Bewerbung«, meinte Maria trocken.

»He, he, Moment mal. Du hast dich bei mir beworben, nicht ich bei dir. Ich hab nie davon gesprochen, mit Sack und Pack vor deiner Tür aufzutauchen.«

»Gut, dann hast du eben meine Bewerbung entgegengenommen. Hat's dem Herrn gefallen?«

Er drehte sich zu ihr und küsste ihre schweißnasse Stirn.

»Durchaus«, begann er, »wobei, im Mittelteil ...«

Weiter kam er nicht, denn sie schlug und trat sofort mit allem nach ihm, was an ihr gewachsen war.

»Stopp, stopp, ich ergebe mich!«, rief er, griff nach ihren Armen und rollte sich auf sie. »Natürlich war das eine prima Bewerbung.«

»Alles andere hätte ich auch als schwere Belastung unserer bilateralen Beziehungen angesehen.«

»Das klang jetzt wie bei einer Politikerin.«

Sie lachte laut auf.

»Stimmt. Wie würde es denn mein Kripomann ausdrücken?«

Lenz wurde ernst.

»Anders.«

Maria sah ihn aufmerksam an.

»Was ist denn plötzlich, Paul?«

»Ich habe nur gerade darüber nachgedacht, dass Erich Zeislinger vielleicht nächstes Jahr nicht mehr der OB von Kassel ist und ich abends nach Hause komme und solche Dinge erlebt habe wie heute.«

»Erzähl.«

»Bist du sicher?«

»Na ja. Wir können immerhin schon mal üben für den Fall, dass im nächsten Jahr ein anderer OB ins Kasseler Rathaus einzieht.«

»Was ich doch sehr hoffe«, ergänzte Lenz und begann,

ihr vom Mord am Fuldaradweg und den daraus resultierenden Ereignissen zu berichten.

»Mein lieber Mann«, versuchte Maria, Worte für das Gehörte zu finden, »wir leben doch in Kassel und nicht in Bogota oder Rio, wo jeden Tag Menschen auf solch brutale Weise umgebracht werden. Und die Frau tut mir wirklich leid, mit einem Baby im Bauch.«

Lenz musste erneut an die Szene vom Morgen denken.

»Es war gruselig, wirklich. Am liebsten wäre ich im Erdboden versunken.«

»Und es gibt gar keinen Anhaltspunkt, wer es gewesen sein könnte?«

»Leider nicht. Wir tappen völlig im Dunkeln.«

Sie griff zu ihrem Sektglas und trank einen Schluck des inzwischen warm und schal gewordenen Getränks.

»Vielleicht hat der Mörder sich ja geirrt und wollte eigentlich jemand anderen umbringen?«

»Das ist eine Möglichkeit, aber auch dafür fehlen uns im Moment die Anhaltspunkte. In den nächsten Tagen nehmen wir sein komplettes Umfeld unter die Lupe, vielleicht ergibt sich ja dadurch etwas.«

»Ich wünsche es dir.«

Ihr Blick fiel auf die Uhr an seinem Arm.

»Erst halb eins? Das kann nicht sein, Paul!«

Mit fliegenden Fingern griff sie nach ihrem Mobiltelefon und drückte eine Taste.

»Sag ich doch, schon nach zwei.«

»Dann war es wohl doch nicht die Batterie«, sinnierte Lenz.

Maria legte das Telefon zurück auf den Tisch und schmiegte sich an ihn.

»Noch fünf Minuten, dann muss ich los. Aber bis dahin will ich möglichst viel Haut von dir spüren. Und ich will das Versprechen, dass du mir immer abends deinen Tag erzählst, so wie jetzt. Ich mag nämlich Krimigeschichten, auch wenn es sich vorhin nicht so angehört hat. Und ich mag dich. Ich mag dich sogar sehr.«

»Wie wäre es, wenn du jetzt und in diesem Moment mal das böse L-Wort in den Mund nehmen würdest?«

Sie stöhnte auf und versuchte, sich von ihm zu lösen.

»Oje, jetzt muss ich aber wirklich nach Hause, sonst rede ich mich vielleicht noch um Kopf und Kragen.«

Er hielt sie fest und sah ihr in die Augen.

»Ich liebe dich und freue mich auf den Wahlausgang im März.«

Sie versteifte sich für einen Moment, ergab sich dann jedoch seiner Kraft und schlang ihre Arme um seinen Hals.

»Ich mich auch, Paul. Und fühl dich, als hätte ich das L-Wort gesagt, aber lass mir noch ein bisschen Zeit zum Üben.«

10

Bülent Topuz hob ein Augenlid. Er versuchte, seine wirren Gedanken zu ordnen und etwas zu erkennen, aber weder das eine noch das andere wollte ihm gelingen. Sein Kopf fühlte sich an, als säße jemand darin und prügelte bei jedem Pulsschlag mit einem Hammer gegen irgendwelche Gehirnwindungen. Er schloss das Auge, um im nächsten Moment beide zu öffnen, doch noch immer konnte er keine Konturen ausmachen. Der Raum, in dem er sich befand, war stockdunkel.

»Haben Sie Schmerzen?«

Topuz zuckte panisch zusammen, als ihm klar wurde, dass er nicht allein war. Dann wurde es schlagartig hell. Er kniff die Augen zusammen und versuchte zu blinzeln, aber das helle Licht bereitete ihm zusätzliche Schmerzen im Kopf.

Die andere Person im Raum schaltete das grelle Licht wieder aus und ein anderes, weniger helles an.

»Besser so?«

Die Stimme eines Mannes.

»Wer sind Sie?«, wollte Topuz fragen, aber es kamen keine Worte aus seinem Mund. Nur ein undeutliches Stöhnen. Die Panik, die den jungen Mann ergriffen hatte, wurde immer schlimmer, jedoch konnte er nun erkennen, dass er auf dem Boden seines eigenen Wohnzimmers lag. Und er spürte, dass seine Hände hinter dem Rücken gefesselt waren und sein Mund mit Klebeband präpariert.

Der Mann, der ihn angesprochen hatte, kam auf ihn zu und baute sich über ihm auf. Ein groß gewachsener Mann mit hellen Haaren, Kinnbart, dunkler Mütze und einem freundlichen Gesicht. Einzig die schwarzen Lederhandschuhe, die er trug, wollten nicht ins Bild passen.

»Ich muss sicher sein, dass Sie keinen Unsinn machen, dann nehme ich Ihnen die Fesseln ab.«

Topuz nickte eifrig und gab bestätigende Laute von sich.

»Ich vertraue Ihnen«, bemerkte der Fremde, beugte sich über ihn und durchtrennte mit einem Messer den Kabelbinder, mit dem Topuz' Hände zusammengebunden waren. Dann griff er dem Türken unter den Arm und hievte ihn auf einen Sessel. In diesem Moment sah Bülent Topuz die Waffe in der Hand des Mannes. Eine große, dunkel und bedrohlich schimmernde Waffe mit einem glänzenden Schalldämpfer. Bülent hatte oft genug in Filmen Gangster mit schallgedämpften Pistolen gesehen, um genau zu wissen, was los war. Sein Blick erstarrte.

»Haben Sie bitte keine Angst, Herr Topuz.«

Bülent Topuz hatte bis zu diesem Moment gehofft, er wäre das Opfer eines Missverständnisses, der unschuldige Leidtragende einer Verwechslung. Diese Hoffnung war nun schlagartig gestorben.

»Bitte«, wollte er sagen, aber es kam wieder nur ein unverständliches Stöhnen aus seinem verschlossenen Mund.

Er zog die beiden Arme nach vorne, rieb sich die Handgelenke und holte tief Luft.

»Möchten Sie mit mir sprechen, Herr Topuz? Soll ich das Tape von Ihrem Mund nehmen?«

Wieder nickte der Türke eifrig.

»Aber ich verlasse mich darauf, dass Sie keinen Unsinn machen und nicht schreien. Kann ich Ihnen vertrauen?«

Topuz riss die Augen auf und nickte erneut.

Der Fremde trat vor ihn, riss mit einem hässlichen Geräusch das Klebeband aus seinem Gesicht, zerknüllte es und steckte den Klumpen in die Hosentasche.

»Was ...«, begann der Türke sofort, aber der erhobene Zeigefinger seines Gegenübers und die auf ihn gerichtete Waffe in der anderen Hand ließen ihn verstummen. Offenbar wollte der Fremde etwas sagen, doch anstatt den Mund zu öffnen, verdrehte er die Augen und schluckte deutlich sichtbar, so, als würde er sich jeden Moment übergeben.

Topuz presste sich mit dem Rücken gegen die Lehne des Sessels, um möglichst viel Abstand zwischen sich und den Unbekannten zu bringen, auf dessen Kinn jetzt eine helle Flüssigkeit zu sehen war. Mit weit aufgerissenen Augen beobachtete der Türke, wie sein Gegenüber zu röcheln begann, sein Körper in wilde Zuckungen verfiel und ihm die Beine wegknickten. Noch bevor er auf dem Boden aufschlug, hatte sich die Waffe aus seiner Hand gelöst und war mit einem dumpfen Schlag auf dem Teppich gelandet. Dann lag der Fremde zusammengekrümmt vor ihm und zuckte spastisch.

Bülent brauchte einige Sekunden, um zu verstehen, dass der Mann offenbar einen epileptischen Anfall oder etwas Ähnliches hatte. Dann sprang er auf, griff nach der Pistole und richtete sie zitternd auf den Eindringling.

So stand er etwa 20 Sekunden da, unfähig, sich zu bewegen, und starrte auf den zuckenden Mann vor seinen Füßen. Ganz langsam ging er rückwärts, bis er den Sessel erreicht hatte, auf den ihn der Mann vorher bugsiert hatte, ließ sich fallen und schloss kurz die Augen.

Welch ein Albtraum, dachte er.

Der Blonde zuckte weiterhin, doch nun wurden seine Bewegungen spärlicher. Innerhalb von Sekunden ließen sie ganz nach, und der Körper erschlaffte.

In Topuz' Kopf pochte noch immer ein durchdringender, betäubender Schmerz, der es ihm schwer machte, einen klaren Gedanken zu fassen. Wie in Trance realisierte er, dass der Fremde nun den Kopf hob, ihn angrinste und mit der linken Hand unter die rechte Achselhöhle griff. Als die Hand wieder zum Vorschein kam, lag eine Pistole darin. Topuz' Blick sprang von dieser Pistole, die ebenfalls mit einem Schalldämpfer bestückt war, zu der Pistole in seiner Hand und wieder zurück. Er verkrampfte sich völlig, als sich die Hand hob und die Mündung der Waffe direkt auf sein Gesicht zeigte. Dann bewegte der Mann den Daumen und machte sich offenbar schussbereit.

Topuz hatte noch nie eine echte Waffe in der Hand gehalten, und wie man eine bediente, war ihm höchstens aus Filmen bekannt. Aber er wusste, dass er den Zeigefinger würde krümmen müssen, wenn er vor dem Fremden schießen wollte. Reflexartig ertastete er den Abzug, fand den Druckpunkt und zog den Finger weiter durch. Das Geräusch, das dabei entstand, erstaunte ihn, denn es war deutlich lauter als das, was schallgedämpfte Pistolen im Kino oder im Fernsehen an Lärm produzierten. Es klang, als klatsche man laut in die Hände.

Sein Gegenüber sah ihn unbeeindruckt an. Noch immer grinste der Mann und bedrohte Topuz mit der Waffe in seiner linken Hand. Der Türke drückte erneut ab. Und noch einmal. Wieder keine Reaktion. Es war, als durchschlügen die Projektile den Körper des Mannes, ohne eine Verletzung zu verursachen.

Sieben Mal schoss Topuz insgesamt, doch der Gesichtsausdruck des Blonden veränderte sich nicht. Er grinste.

Völlig verwirrt betrachtete Topuz die Waffe in seiner Hand. Er hatte geschossen, das war klar, aber die Kugeln hatten keinen Schaden angerichtet. Und in diesem Moment setzte schlagartig eine Angst ein, wie er sie noch nie erlebt hatte. Mit einem kehligen Schrei warf er die Pistole nach dem Mann, verfehlte ihn aber trotz der kurzen Distanz um einen halben Meter. Dann sprang er auf, hetzte an dem völlig ruhig dasitzenden Fremden vorbei und wollte nach der Türklinke greifen.

Der Schmerz kam augenblicklich. Es war, als hätte ihm jemand das rechte Bein abgetrennt. Bei vollem Bewusstsein. Er schlug hart auf dem Teppich auf, versuchte, sich an der Türklinke hochzuziehen, dann explodierte sein linkes Bein. Der gleiche Schmerz.

Wimmernd sackte er zusammen, während der Schütze sich erhob und langsam auf ihn zukam.

Topuz wollte schreien, brachte jedoch keinen Ton heraus. Als ihm mit unausweichlicher Sicherheit klar wurde, dass er in den nächsten Sekunden sterben würde, war in seinem Kopf nur noch Platz für einen letzten Gedanken an seinen Sohn Hassan, der ein Zimmer weiter im Bett lag und schlief.

11

Martin Franck unterdrückte einen vom Pulverdampf ausgelösten Hustenreiz, stand langsam auf und betrachtete den sterbenden Bülent Topuz, dessen Körper die Tür zum Flur blockierte. Mit geschickten Fingern schraubte er den Schalldämpfer von der Pistole in seiner Hand, ließ das klobige Metallteil in seinen Rucksack fallen, der neben der Tür stand, und steckte die Waffe in das Holster unterhalb der Achselhöhle. Dann bugsierte er Topuz aus dem Weg, zog einen Kunststoffkeil, den er zuvor zwischen der Unterkante der Tür und dem Boden eingeklemmt hatte, heraus, und trat auf den Flur. Dort atmete er tief durch und lauschte. Bis auf die Kakofonie des Verkehrs der nahen Friedrich-Ebert-Straße hörte er nichts Beunruhigendes. Mit einer ruckartigen Bewegung drehte er sich um, ging zurück ins Wohnzimmer, griff in den Rucksack und zog eine kleine LED-Taschenlampe heraus, mit deren Hilfe er Topuz' Pupillenreaktion überprüfte. Zu seiner Zufriedenheit stellte er fest, dass es nichts festzustellen gab. Der Mann war tot.

Die Taschenlampe landete wieder im Rucksack, aus dem er nun einen kleinen Wasserzerstäuber für Blumen holte und den Bereich des Bodens, auf dem er den Anfall vorgetäuscht hatte, komplett einnebelte. Essigsaurer Geruch machte sich breit. Franck blinzelte und steckte die Flasche zurück. Anschließend beugte er sich nach unten, sammelte jede einzelne der Patronenhülsen auf, die Topuz auf ihn verfeuert hatte, und warf sie in den Rucksack. Mit einem zufriedenen Gesichtsausdruck griff er nach der Waffe, ließ das Magazin herausspringen, entlud den Schuss, der im Patronenlager steckte, und ließ auch diese Utensilien im Rucksack verschwinden. Als Nächstes öffnete er den Reißverschluss einer äußeren Tasche des Gepäckbeutels, entnahm ein Magazin, führte es ein, zog den Schlitten zurück und machte die Waffe damit wieder schussbereit.

Für einen Moment hielt er inne und lauschte auf ein Geräusch aus dem Hausflur, das jedoch sofort wieder verstummte. 20 Sekunden später verließ er das Wohnzimmer, betrat das danebenliegende Schlafzimmer, stellte sich vor das kleine Kinderbett, in dem Hassan Topuz schlief, und betrachtete den Jungen für ein paar Augenblicke. Dann ging er zu Topuz' Schreibtisch, wo der Computer noch immer lief, und steckte die Pistole in die unterste Schublade des Bürocontainers. Kurze Zeit danach hatte er ein Schreiben verfasst und ausgedruckt, das er neben der Waffe deponierte.

12

Wilhelm Vogt brachte den Wahlhebel der Automatik in die Stellung P, drehte den Zündschlüssel um und zog ihn ab. Walther Olms, sein Chauffeur und Faktotum, stieg auf der Beifahrerseite der schweren Limousine aus, hob den Rollstuhl aus dem Kofferraum und befestigte die Fußstützen an der Spezialanfertigung aus einer sündhaft teuren Titanlegierung.

»Es ist gut, Olms«, informierte Vogt seinen Mitarbeiter, als er im Rollstuhl saß. »Ich brauche Sie im Moment nicht mehr. Bitte warten Sie am Empfang auf mich.«

Dann beschleunigte er sein Gefährt und rollte auf den Haupteingang des Unternehmens zu, das er vor 42 Jahren, im Alter von 25, gegründet hatte.

Damals war nicht zu erwarten gewesen, dass er einmal 450 Mitarbeiter beschäftigen und 800 Millionen Euro Umsatz machen würde. Angefangen hatte für den leidenschaftlichen Ingenieur alles in einer kleinen Halle, in der er Alarmanlagen und seine selbst konstruierten Überwachungskameras zusammenschraubte, die schon zu dieser Zeit nur halb so groß wie die Geräte der Wettbewerber waren. Und früher als andere hatte er das Potenzial der Halbleitertechnik erkannt und seine Produktion darauf umgestellt. Mit den Jahren kamen weitere Produktzweige hinzu. So war Vogt einer der Ersten in der Republik, der elektronische Fluchttürsteuerungen im Angebot hatte.

Als sein Unternehmen 1982 den Auftrag für die komplette Neubestückung aller Bundeswehrkasernen mit Überwachungstechnik an Land zog und damit den größten Deal in der Firmengeschichte, war das nicht nur finanziell äußerst lukrativ, denn ab diesem Moment hatte er zu den wirklich wichtigen Entscheidern im Land Zugang gefunden. So folgte Auftrag um Auftrag, das Unternehmen wuchs und wurde stetig lukrativer. Finanzinsider drängten den Patriarchen immer wieder, seine Anteile an der Börse zu versilbern, doch Vogt stand diesen Avancen immer skeptisch gegenüber. Er wollte sich nicht mit Aktionären herumplagen und sich nicht in die Bücher schauen lassen, wollte keine Quartalsberichte seines Unternehmens in der Zeitung lesen und nicht an Roadshows zur Gewinnung von Investoren teilnehmen.

Wilhelm Vogts Leben verlief in einem dynamischen Aufwärtstrend bis zu jenem Tag im Januar 1998. Wie an jedem Morgen saßen seine Frau, die im Unternehmen für die PR zuständig war, und die achtjährige Adoptivtochter Lona im Wagen.

Er hatte den Kieslaster einfach übersehen. War zügig über die Rechts-vor-Links-Kreuzung am Ende der kleinen Straße, die aus ihrem Wohngebiet herausführte, gefahren. Im Krankenhaus hatte man ihm eine Woche lang verschwiegen, dass seine Frau und seine Tochter noch an der Unfallstelle gestorben waren. Seine Verletzungen waren ihm schon nach dem Aufwachen aus der Narkose klar. Er würde nie mehr in seinem Leben auf seinen eigenen Beinen stehen können.

Paraplegiker.

Dieser Begriff war ihm bis dahin völlig unbekannt gewesen. Rollstuhlfahrer waren für ihn Menschen, die in seinem Unternehmen die Einhaltung der Behindertenquote sicherstellten. Noch im Verlauf der anschließenden Reha-Maßnahme dachte er mehrfach darüber nach, sich das Leben zu nehmen, entschied sich jedoch dagegen und nahm den Kampf mit der Behinderung an. Schneller als jeder andere Querschnittsgelähmte in seinem Alter machte Vogt sich mit den Bedingungen und Umstellungen vertraut, die sein neues Leben ihm auferlegten. Nach einem Monat konnte er Auto und Handfahrrad fahren, allein aus dem Bett aufstehen und seiner Körperpflege nachkommen. Einen weiteren Monat später kam er zurück in sein komplett behindertengerecht umgebautes Haus und begann sein zweites Leben, wie er es nannte.

Die juristische Schuld am Tod seiner Frau und seiner Tochter wurde durch das Einwirken eines befreundeten Staatsanwalts gar nicht erst untersucht. Die moralische Schuld allerdings war sein treuer Begleiter geblieben, und so sehr er sich auch dagegen wehrte, die Kraft der Bilder in seinem Kopf, die Gedanken an das fröhliche Lachen der Tochter und das Gefühl der tiefen, innigen Liebe zu seiner Frau wurden nicht weniger.

»Schön, dass Sie kommen konnten, Herr Bürgermeister«, begrüßte er den Gast in seinem Büro zwei Minuten, nachdem er durch den Haupteingang gerollt war. »Und verzeihen Sie bitte meine Verspätung. Manchmal stellen sich einem Dinge in den Weg, mit denen niemand rechnen kann.«

Erich Zeislinger stand auf und streckte die rechte Hand aus.

»Überhaupt kein Problem, Herr Vogt. Mein Arbeitstag ist schon lange um, nicht, und ein Termin bei Ihnen und mit Ihnen ist doch ein Vergnügen für mich.«

»Das weiß ich zu schätzen. Und es ist ein gutes Gefühl, den Abend in so angenehmer Gesellschaft zu verbringen. Nehmen Sie doch bitte wieder Platz.«

Vogt rollte um seinen Schreibtisch herum und stoppte vor einem Wandschrank. Dort öffnete er eine Tür und sah in das Regal dahinter.

»Ist Ihnen ein Brunello di Montalcino recht, Herr Bürgermeister?«

Über Zeislingers Gesicht huschte ein Ausdruck der Vorfreude.

»Mir ist alles recht, was sich hinter dieser Tür verbirgt, Herr Vogt«, entgegnete er mit einem Blick in Richtung des Wandschranks.

Der Unternehmer nickte, griff nach der Flasche, hielt sie unter einen vollautomatischen elektrischen Korkenzieher, der an der rechten Seite des kleinen Weinlagers angebracht war, und entkorkte den Wein. Dann stellte er zwei Gläser und die Flasche auf einen kleinen Beistelltisch.

»Kann ich Ihnen helfen?«, fragte Zeislinger.

»Nein, nein, bleiben Sie nur sitzen, dann kann ich Ihnen meine neueste Kreation vorführen«, erwiderte Vogt, nahm eine scheckkartengroße Fernbedienung vom

Schreibtisch und richtete sie auf den kleinen Tisch. Der setzte sich wie von Geisterhand in Bewegung und stoppte vor Zeislingers Stuhl.

»Genial!«, rief der OB. »Ihre Erfindung?«

»Entworfen habe ich ihn schon; diesen Prototypen haben dann meine Mitarbeiter im Versuchslabor angefertigt.«

Er griff nach der Flasche und füllte die Gläser mit dem Wein.

»Geben wir ihm die Zeit, die er braucht. Bis dahin kann ich Ihnen mein Bedauern darüber zum Ausdruck bringen, dass Ihre Frau es offenbar wieder nicht geschafft hat, Sie zu begleiten.«

Zeislinger verbarg die Tatsache, dass er seiner Frau gegenüber den Termin nicht einmal erwähnt hatte, hinter einem traurigen Gesicht.

»Das Bedauern ist ganz auf meiner Seite, nicht. Aber meine Frau hat sich seit einigen Jahren der Esoterik verschrieben, und an manchen Tagen ist sie durch nichts davon abzubringen, sich mit ihrem esoterischen Zirkel zu treffen und Dinge zu machen, von denen ich beim besten Willen keine Ahnung habe.«

Vogt erwiderte nichts.

»Sie hat mir einmal erklärt, nicht, dass sie und ihre Kolleginnen sich Besen schnitzen würden, um damit an Vollmond durch die Gegend zu fliegen. Natürlich ist das Nonsens, aber ich fahre gut damit, einige ihrer Aktivitäten nicht zu hinterfragen. Das bringt mir manche Freiheit ein, die ich sonst nicht hätte, nicht?«

»Ich verstehe«, erwiderte Vogt verschwörerisch, obwohl

er keine Ahnung hatte, wovon der OB sprach. »Und so bedauernswert es auch sein mag, umso mehr freue ich mich, dass Sie meiner Einladung folgen konnten.«

Er reichte Zeislinger eines der Weingläser, nahm das andere in die Hand und hob es an.

»Zum Wohl!«

»Zum Wohl, Herr Vogt.«

Nachdem beide zuerst genippt und danach einen größeren Schluck genommen hatten, stellten sie die Gläser zurück.

»Eine Pracht«, lobte Zeislinger den Wein.

»Ja, ein guter Tropfen.«

Der Politiker räusperte sich.

»Aber sicher haben Sie mich nicht hierher eingeladen, um mit mir Ihren besten Brunello zu köpfen. Sehe ich das richtig?«

Vogt nickte.

»Durchaus. Natürlich wollte ich mich auch mit Ihnen über den Sachstand in Bezug auf die flächendeckende Videoüberwachung aller öffentlichen Plätze unterhalten.«

Zeislinger stöhnte auf.

»Aber Herr Vogt«, begann er pathetisch, »Sie wissen doch ganz genau, dass ich mit Ihnen als potenziellem Teilnehmer an der Ausschreibung gar nicht über das Projekt sprechen dürfte, ohne ein, sagen wir mal, Geschmäckle zu provozieren, nicht?«

»Nun bleiben Sie mal auf dem Teppich, Herr Zeislinger.«

Vogts Tonfall war eine Spur schneidender geworden.

»Gegen ein informelles Gespräch zweier Menschen,

die in die gleiche Richtung denken, kann und wird niemand einen Einwand haben.«

»Das sagen Sie so. In unserer heutigen Zeit ist man schon wegen kleinerer Irritationen rücktrittsgefährdet. Vergessen Sie bitte nicht, dass im März der OB zur Wahl steht.«

»Genau darum geht es mir, Herr Zeislinger. Weder Sie noch ich wollen, dass Ihren politischen Gegnern die Macht in die Hände fällt.«

Er griff in die Innentasche seines Sakkos, beförderte einen Briefumschlag hervor und reichte ihn dem OB.

»Das sollte Ihre Bemühungen, im Amt zu bleiben, in gebührender Weise unterstützen.«

»Aber Herr Vogt, Sie wissen doch, nicht, wie sensibel Barspenden ...«

Der Unternehmer winkte ab.

»Machen Sie damit, was Sie wollen, ich benötige nicht einmal eine Spendenquittung. Ich übergebe Ihnen das zu Ihrer freien Verfügung und sichere Ihnen weitere Mittel zu, die Sie mit einem Anruf abrufen können. Meine einzige Bedingung: Ersparen Sie mir einen Wechsel an der Rathausspitze.«

Nun griff Zeislinger nach dem Umschlag, warf einen flüchtigen Blick hinein und steckte ihn in seine Jacke.

»Ich werde tun, was ich kann, nicht, obwohl die momentanen Umfragewerte eher schlecht für mich sind.«

Er klopfte auf das Geld in seiner Tasche. »Aber diese Unterstützung kann viel bewirken, das versichere ich Ihnen.«

Vogt nickte zufrieden.

»So möchte ich Sie hören. Und nun erzählen Sie mir von Ihren Bemühungen in Bezug auf die Überwachungsmaßnahmen.«

Zeislinger nahm einen weiteren Schluck Wein, lehnte sich zurück und faltete die Hände vor dem Bauch.

Ein Politiker eben, dachte Vogt verächtlich.

»Natürlich gäbe es schon die lückenlose Überwachung aller öffentlichen Plätze, wenn es nach uns ginge, nicht, aber leider sind die Konstellationen in Berlin und Wiesbaden im Moment alles andere als einfach. Und seit der Herr Bundesinnenminister die eine oder andere Rüge des Bundesverfassungsgerichtes wegen seiner Gesetze zur Inneren Sicherheit einstecken musste, ist ein Vorstoß in diese Richtung noch problematischer. Allerdings kann ich Ihnen berichten, dass ich vor einer Woche mit dem MP, also dem Ministerpräsidenten, zu Mittag gegessen und das Thema angesprochen habe. Er hat mir zugesichert, sein ganzes politisches Gewicht in die Waagschale zu werfen, um die Dinge in unserem Interesse zu beschleunigen. Hätten wir in Wiesbaden noch die Mehrheitsverhältnisse der letzten Legislaturperiode, wäre das Gesetz, zumindest für Hessen, längst verabschiedet. Und er steht mit dem Bundesinnenministerium in engstem Kontakt, um auch im Bund für klare Verhältnisse zu sorgen.«

»Das bedeutet, dass wir in absehbarer Zeit mit einer Entscheidung rechnen können?«

Zeislinger hob entschuldigend die Hände.

»Ich hoffe es.«

Vogt drückte sich mit beiden Händen an den Greifringen seines Rollstuhls ab, entspannte seine Sitzfläche und ließ sich zurückfallen.

»Da wäre noch etwas, Herr Zeislinger.«

Der OB winkte ab.

»Ich weiß, das Interesse der Italiener an dem Auftrag. Da kann ich Sie voll und ganz beruhigen, Herr Vogt. Solange ich im Amt bin, wird in Kassel keine ›Spaghetti-Kamera‹ montiert werden.«

»Aber Aufträge dieser Größenordnung müssen nun einmal EU-weit ausgeschrieben werden. Ein gewisses Restrisiko bleibt bei dieser dummen Praxis immer bestehen, das können Sie nicht leugnen.«

»Will ich doch gar nicht, natürlich nicht. Allerdings haben wir noch immer unsere Mittel und Wege gefunden, damit ortsfremde Anbieter unseren hiesigen Unternehmen nicht die Butter vom Brot nehmen. Und in diesem Fall …«, er klopfte erneut auf den Umschlag in seiner Tasche, »… habe ich sogar ein höchst persönliches Interesse an der Sache.«

Vogt bewegte seinen Rollstuhl ein paar Zentimeter in die Richtung des OB.

»Und es wird nicht Ihr Schaden sein, Herr Zeislinger, auch wenn Sie mal nicht mehr OB sein sollten. Menschen, die in die richtige Richtung denken, so wie Sie, sind mir als Berater immer herzlich willkommen.«

Er rieb Daumen und Zeigefinger der rechten Hand aneinander.

»Gegen ein bekömmliches Honorar, versteht sich.«

»Natürlich«, erwiderte der OB und lächelte dabei.

13

Lenz gähnte herzhaft, kratzte die dünne Eisschicht von der Frontscheibe des französischen Kleinwagens, startete den Motor und verließ den großen Parkplatz hinter der Fußgängerzone in Fritzlar. Als er auf die Autobahn einbog, tanzten die ersten Schneeflocken des Winters vor seinen Scheinwerfern. Er drehte das Radio lauter, summte die Melodie mit und machte sich ernsthaft Gedanken darüber, wie er den Ausgang der Kasseler OB-Wahl im März beeinflussen könnte. Und er war zum ersten Mal seit vielen Jahren nicht mehr davon überzeugt, dass sein Leben als Single enden würde.

»Sie will ihn verlassen«, begann er das Gespräch mit seinem Freund Uwe Wagner am nächsten Morgen. Der brauchte einen Moment, bis er Lenz' Worte und dessen penetrante gute Laune eingeordnet hatte.

»Maria ihren Schoppen-Erich?«

»Genau!«

»Red keinen Scheiß. Warum sollte eine so tolle Frau einen so mächtigen Mann wie Erich Zeislinger wegen eines kleinen Kripobeamten wie dir sitzen lassen?«

Wagner war einer der ganz wenigen Menschen, die in die Liaison zwischen dem Kommissar und der Frau des OB eingeweiht waren.

»Animalische Ausstrahlung? Sexuelle Anziehung? Mein

prall gefülltes Portemonnaie? Such dir was aus, mir ist es egal«, gab Lenz vergnügt zurück. »Wir haben uns gestern ...«

Weiter kam er nicht, weil in diesem Moment die Tür aufflog und Thilo Hain in den Raum stürmte.

»Das war klar, dass du hier sitzt und Kaffee trinkst«, begann der Oberkommissar hechelnd.

Lenz und Wagner sahen ihn erschrocken an.

»Wer ist denn hinter dir her, Thilo?«, fand der Pressesprecher als Erster zu Worten.

Hain stemmte die Arme auf die Knie und japste nach Luft.

»Wir haben einen Toten in der Westendstraße. Die Jungs, die vor Ort sind, sagen, es gäbe signifikante Ähnlichkeiten mit der Geschichte von gestern.«

Wieder schnappte er nach Luft.

Lenz war aus dem Stuhl hochgesprungen und sah seinen Kollegen fassungslos an.

»Wie, signifikante Ähnlichkeiten?«

»Schüsse in beide Knie, danach gab's den Rest«, antwortete der Oberkommissar.

Das Haus, in dem Bülent Topuz gestorben war, machte von außen einen gepflegten Eindruck. Hain fuhr bis dicht an die von zwei Uniformierten bewachte Absperrung und stellte den Motor ab.

»Dann los«, sagte Lenz gequält und schälte sich aus dem Opel Vectra.

Im Hausflur trafen sie auf Heini Kostkamp, der versuchte, sich in einen Tyvekanzug zu zwängen.

»Na, Heini, ist das Ding im Schrank geschrumpft?«, begrüßte Lenz den Mann von der Spurensicherung.

Kostkamp bedachte ihn mit einem verächtlichen Blick und zog den Bauch ein.

»Wenn ihr reinwollt, zieht euch was an die Füße. Da drin hat einer mit Essigsäure gespielt, zumindest riecht es so.«

»Und das heißt?«, wollte Hain wissen.

»Dass es vielleicht genetische Spuren zu sichern gibt, die der Täter uns vorenthalten wollte. Also zieht euch was an die Füße, bevor ihr reingeht, fasst nichts an, und lästert nie mehr über meinen Astralkörper.«

»Versprochen«, gab Lenz zurück. »Aber kannst du uns vielleicht jedem ein Paar von deinen hübschen Überziehern leihen, wir haben nämlich keine dabei.«

Kostkamps Gesicht hellte sich schlagartig auf.

»Vergiss es. Wenn ihr so schlecht vorbereitet zum Tatort kommt, müsst ihr eben warten, bis wir fertig sind.«

»Oder sie nehmen die Überzieher, die ich ihnen ausleihe«, erklärte eine Stimme hinter ihnen. Dr. Franz, der Rechtsmediziner, war unbemerkt die Treppe hochgekommen.

»Das ist nett, Herr Doktor, vielen Dank.«

Franz beugte sich nach unten und zog zwei Paar Einwegfüßlinge aus seiner riesigen Ledertasche.

»Der eine liegt noch bei mir auf dem Tisch, da präsentieren Sie mir schon den Nächsten. Was ist nur aus dem beschaulichen, spießigen Kassel geworden, Herr Lenz?«

»Tja, Herr Doktor«, antwortete der Hauptkommissar, während er sich das Gummi über die Ferse zog. »Ich war's nicht, und wenn es nach mir ginge, würden Morde eh verboten. Aber Sie sind doch derjenige, der mir bei jeder sich bietenden Gelegenheit erklärt, dass das Leben kein Wunschkonzert ist.«

Franz nickte nur bestätigend und folgte den Polizisten in die Wohnung. Dort war Kostkamp jetzt am Auspacken.

Eine Uniformierte stand neben der Tür und begrüßte die Beamten.

»Der Anruf ging um 7.52 Uhr in der Leitstelle ein«, begann die Frau. »Wir waren drei Minuten später hier und sind im Flur von der Frau des Toten erwartet worden, die ihn gefunden hatte. Sie war völlig durch den Wind, hat nur geschrien und war nicht zu beruhigen; deshalb haben wir sie ins Klinikum bringen lassen.«

Sie machte eine Pause und wartete offenbar auf Zwischenfragen, doch Lenz gab ihr zu verstehen, dass sie weitersprechen solle.

»Ihre Schwester war dabei und hielt den einjährigen Sohn des Toten und der Frau auf dem Arm. Die haben wir bei einer Nachbarin geparkt, einer Frau Hilbert im Erdgeschoss, mit dem Kind zusammen. Wenn ich es richtig verstanden habe, sind die beiden Frauen gestern Abend gemeinsam weggegangen und erst heute Morgen wiedergekommen.«

»Wer ist der Tote?«, wollte Lenz wissen.

Die Beamtin zog einen kleinen Notizblock aus der Brusttasche.

»Er heißt Bülent Topuz. Geboren 16.11.1985 in Izmir in der Türkei. Seit 1988 in Deutschland und deutscher Staatsbürger. Mehr konnte ich nicht herausfinden.«

Lenz nickte freundlich.

»Vielen Dank, um den Rest kümmern wir uns ...«

Er sah auf das Namensschild der Polizistin.

»... Frau Ritter.«

Hain beugte sich zu der Frau und schrieb die Daten ab.

»Ihr könnt einen kurzen Blick auf ihn werfen, dann müsst ihr euch verdrücken«, erklärte Martin Hansmann, Kostkamps Mitarbeiter, der schon vor seinem Chef am Tatort eingetroffen war. Lenz und Hain betraten vorsichtig das Wohnzimmer und sahen auf den Toten, der mit weit aufgerissenen Augen dalag. Auf seinem Pullover waren ein großer, eingetrockneter Blutfleck und das dazugehörige Einschussloch zu sehen. Außerdem waren die Hosenbeine im Bereich der beiden Kniescheiben blutgetränkt. Dr. Franz sah sich um, legte Zeige- und Ringfinger an den Hals des Toten und machte sich eine Notiz. Dann steckte er der Leiche ein kleines Messgerät ins Ohr, nahm es wieder heraus und las den darauf angezeigten Wert ab.

»Zimmertemperatur«, bemerkte er trocken. »Das heißt, er ist mindestens sechs Stunden tot, sofern hier durchgängig die gleichen klimatischen Bedingungen geherrscht haben. Todesursache dürfte der Treffer in die Brust gewesen sein, vorbehaltlich weiterer Prüfungen natürlich.«

»Raus mit euch, aber dalli!«, hörten sie Kostkamps Stimme aus dem Hintergrund.

Hain ging voraus, warf einen Blick in die Küche und schüttelte den Kopf.

»Lass uns warten, bis die Spurensicherung die Bude

freigibt. Alles andere gäbe Ärger, und darauf hab ich an meinem zweiten Arbeitstag überhaupt keine Lust.«

»Das sehe ich genauso«, bestätigte Lenz. »Wir gehen nach unten und hören, was uns die Schwägerin des Toten zu erzählen hat. Wie hieß die Nachbarin noch?«

»Hilbert, du Erinnerungslücke. Manchmal frage ich mich, was du ohne mich machen würdest.«

Lenz zwinkerte seinem Assistenten zu.

»Einen anderen Oberkommissar quälen, was sonst.«

Vor der Tür trennten sie sich von den Überziehern an ihren Schuhen und machten sich auf den Weg nach unten. Im Treppenhaus kam ihnen Rolf-Werner Gecks entgegen.

»Das hört ja nicht mehr auf!«, begrüßte er die Kollegen mit ernstem Gesicht.

»Gut, dass du da bist, RW. Klopf an jeder Tür hier im Haus und frag nach, ob jemandem was Ungewöhnliches aufgefallen ist. Der Tatzeitpunkt dürfte mindestens sechs Stunden zurückliegen. Also ist alles interessant, was sich seit gestern Abend hier im Haus abgespielt hat. Wir gehen ins Erdgeschoss und befragen die Schwägerin des Toten und die Nachbarin, bei der sie wartet.«

»Ich hab's schon unten von den Kollegen gehört, dass sie das Baby des Toten und ihrer Schwester dabeihat.«

»Genau. Wir sehen uns oben in der Wohnung, wenn du fertig bist.«

Gecks nickte, zog einen kleinen Notizblock aus der Jackentasche und machte sich an die Arbeit. Lenz und Hain standen ein paar Sekunden später vor Elfriede Hilberts Tür und klingelten.

Die Frau war Mitte 60, hatte schlohweißes Haar und trug eine Kittelschürze.

»Kommen Sie rein, meine Herren. Frau Schramm sitzt im Wohnzimmer.«

Sie ging voraus und brachte die Kommissare zu einem Raum, der ohne Probleme als Teil eines Botanischen Gartens durchgegangen wäre. Dort saß eine Frau mit einem schlafenden Kleinkind auf dem Arm.

Lenz und Hain stellten sich vor und reichten ihr die Hand.

»Guten Tag, Frau ... Schramm?«

Sie nickte.

»Ja, Sabine Schramm. Ich bin die Schwester von Bülents Frau«, begann sie umständlich.

»Zunächst möchten wir Ihnen unser Beileid aussprechen, Frau Schramm. Es ist tragisch, einen nahen Verwandten auf diese Weise zu verlieren.«

»Nun brechen Sie sich mal keinen ab. Bülent und ich waren nie so dicke, und daran hätte sich selbst dann nichts mehr geändert, wenn er 100 geworden wäre.«

Lenz und Hain tauschten kaum merklich einen Blick aus.

»Aber Sie haben Ihren Schwager gestern Abend gesehen?«

»Ja«, bestätigte sie. »Petra und ich sind gestern Mittag zusammen beim Kinderarzt gewesen, wegen Hassan.«

Sie nickte in Richtung des Babys. »Dann waren wir hier, bis Bülent nach Hause gekommen ist. Nachdem die beiden sich gefetzt hatten, sind wir abgehauen.«

»Wann genau war das?«

»Ungefähr um 19.30 Uhr. Ganz genau kann ich es Ihnen aber nicht sagen.«

»Das macht nichts. Als Sie und Ihre Schwester die Wohnung verlassen haben, ging es Ihrem Schwager noch richtig gut?«

»Na ja. Er hat vor Wut gekocht und uns im Hausflur ziemlich üble Sachen nachgebrüllt. Aber er war lebendig, soviel ist sicher.«

»War er allein, als Sie gingen?«

»Klar. Er war allein und hat das gemacht, was er immer gemacht hat: am Computer gehockt.«

»Was hat er denn dort gemacht?«, wollte Hain wissen.

»Fragen Sie mich nicht, keine Ahnung. Aber er hat jeden Abend und bis tief in die Nacht am Rechner gesessen und irgendwas getippt, das weiß ich ganz genau.«

»Worum ging es denn bei dem Streit der beiden?«, fragte Lenz.

»Ach, eigentlich eine Kleinigkeit. Hassan hier ist seit Längerem krank, ein hartnäckiges Virus. Und Bülent versucht seit Wochen, ihn zu einem türkischen Wunderheiler zu schleppen, was Petra natürlich nicht zulässt. Würde ich übrigens auch nicht. Und gestern haben die beiden sich deswegen wieder mal gezofft.«

Sie machte eine wegwerfende Handbewegung.

»Ich hätte diesen Arsch schon längst in die Wüste geschickt, an ihrer Stelle.«

»Wo sind Sie hingegangen, nachdem Sie das Haus verlassen hatten?«

»Zuerst waren wir im Kino. Danach sind wir in einer Kneipe bei mir um die Ecke gewesen, so bis um eins.

Dann waren wir ein bisschen angetütert und haben uns schlafen gelegt. Bei mir zu Hause.«

»Sie leben allein?«, fragte der Hauptkommissar weiter.

»Meistens, ja.«

»Gibt es Zeugen dafür, dass Sie im Kino waren?«

Sie legte den Kleinen neben sich aufs Sofa, griff in die hintere Tasche ihrer Jeans und zog zwei Eintrittskarten heraus.

»Wenn Ihnen das weiterhilft? In der Kneipe haben uns zwei Dutzend Leute gesehen, nur zu Hause waren wir dann unbeobachtet.«

Hain griff nach den Kinokarten, warf einen Blick darauf und nickte.

»Bitte haben Sie Verständnis für unsere Fragen, immerhin wurde ein Mensch getötet.«

»Ich kann Ihnen versichern, dass weder ich noch meine Schwester etwas damit zu tun haben. Aber ich bringe ein gewisses Verständnis für denjenigen auf, der Bülent umgebracht hat.«

»Haben Sie eine Idee, wer es gewesen sein könnte?«

»Absolut nicht, nein. Fragen Sie in seiner Teestube nach, da hat er sich rumgetrieben, wenn er nicht am Computer gesessen hat.«

Sie nannte ihm die Adresse.

»Was hat Ihr Schwager denn gearbeitet? Offenbar hatte er eine ganze Menge Zeit.«

»Bülent Topuz, der ewige Student. Maschinenbau hat er studiert, im gefühlten 146. Semester.«

»Und wie hat er das finanziert?«

»Bis vor vier Jahren hat er nebenbei gearbeitet, im

Laden seiner Eltern in Bettenhausen. Die sind dann bei einem Autounfall in der Türkei ums Leben gekommen. Soweit ich weiß, hat er eine Menge geerbt, davon haben Petra und er in den letzten Jahren gelebt.«

»Was war das für ein Laden?«

»Ein großer türkischer Einkaufsmarkt. Bülents Vater hat wohl als einer der ersten Gastarbeiter erkannt, dass Gastarbeiter am liebsten bei ihresgleichen einkaufen, und den Laden eröffnet.«

Irgendwo in seinem Hinterkopf konnte Lenz sich an die Schlagzeilen in der Lokalpresse von vor ein paar Jahren erinnern. Der Unfalltod des Ehepaares beim Heimaturlaub war seinerzeit der große Aufmacher im Sommerloch gewesen.

»Und wie war das, als Sie und Ihre Schwester heute Morgen nach Hause gekommen sind?«

»Gruselig. Ich hatte Petra hierher gebracht und wollte eigentlich gleich weiter, aber sie hat mich zu einem Kaffee überredet. Wir haben Hassans Schreie schon im Hausflur gehört, sind in die Wohnung gestürmt und gleich ins Schlafzimmer, wo er in seiner Pisse und seiner Scheiße gelegen hat. Petra ist total fuchsig geworden, weil sie dachte, dass Bülent ihn einfach sich selbst überlassen hat und weggegangen ist. Wir haben den Kleinen gewickelt und ihm was zu futtern gegeben, danach ist Petra ins Wohnzimmer gegangen, weil sie den Rollladen hochziehen wollte. Dabei hat sie ihn gefunden.«

»Und gleich die Polizei gerufen?«

»Sofort, ja. Und den Notarzt. Aber mir war klar, dass er den nicht mehr brauchen würde. Ich bin Arzthelferin.«

»Aha«, machte Lenz.

»Hat Herr Topuz in der letzten Zeit mit irgendwem Ärger gehabt?«, mischte Hain sich ein.

»Nicht, dass ich wüsste. Aber er war, na ja, ein ziemlich schwieriger Charakter. Der konnte schon aus der Haut fahren, wenn ihn jemand schief angeschaut hat. Und das ist öfter passiert, weil er so eine provozierende Art hatte.«

»Wie meinen Sie ...?«

Der Oberkommissar wurde von der Türklingel unterbrochen. Frau Hilbert sprang erschreckt auf, rannte in den Hausflur, wo ein kurzes Gemurmel entstand, und kam mit einem kreidebleichen Heini Kostkamp im Schlepptau zurück.

»Ihr müsst hochkommen«, erklärte er kurz angebunden, drehte auf dem Absatz um und war auch schon verschwunden.

Lenz und Hain sahen sich verwundert an, entschuldigten sich bei den beiden Frauen und verließen die Wohnung. Kostkamp erwartete sie in Bülents Flur.

»Haltet euch fest, Jungs, was jetzt kommt, hat die Welt noch nicht gesehen«, orakelte der Spurensicherer.

Lenz baute sich vor ihm auf.

»Was hat die Welt noch nicht gesehen, Heini?«, fragte er mit deutlich unfreundlichem Unterton.

Kostkamp deutete auf eine Klarsichthülle auf dem Schreibtisch in Bülents Arbeitszimmer.

»Hat Martin in der Schreibtischschublade gefunden. Klingt wie ein Bekennerbrief.«

Er griff in die Schublade und zog eine Pistole mit Schalldämpfer heraus.

»Lag auf diesem hübschen kleinen Spielzeug.«

Lenz und Hain schossen mit den Köpfen nach vorne und betrachteten wie hypnotisiert die Waffe, die Kostkamp nun in einen Beutel gleiten ließ.

»Eine Beretta FS, 9 mm Para. Bevor euch die Augen aus dem Kopf kullern, solltet ihr vielleicht besser erstmal lesen, was der gute Bülent Topuz so alles angestellt hat, bevor er selbst kaltgemacht wurde.«

Er reichte Lenz die Klarsichthülle. Darin steckte ein mit wenigen Sätzen bedrucktes DIN-A4-Blatt. Hain griff danach und fing an zu lesen.

An die Deutsche Presse-Agentur
Ich habe Reinhold Fehling erschossen.
Er musste sterben, weil er mich beleidigt hat. Er hat so viele Menschen beleidigt, dass es bestimmt für alle eine Freude sein wird, dass er tot ist.
Der Mörder

Lenz nahm seinem Kollegen das Schreiben aus der Hand und las den Text noch einmal. Dann griff er geistesabwesend zu der Tüte mit der Waffe und nahm sie hoch.

»Das gibt's doch gar nicht. Was ist denn hier los?«

»Was immer hier los ist, Paul«, antwortete Hain, »es ist eine größere Sache. Als Erstes müssen Heini und seine Jungs die ganze Bude auf den Kopf stellen, und zwar mit chirurgischer Präzision und bevor noch mehr Leute durchmarschieren.« Er betrachtete Lenz und seine Schuhe.

»Was wir im Moment hier veranstalten, ist suboptimal.«

Lenz nickte, legte die beiden Tüten auf den Schreibtisch und verließ den Raum.

»Wie lange braucht ihr, Heini?«

Kostkamp lächelte gequält.

»Wenn ich alle verfügbaren Leute kriege, die ich benötige, sind wir heute Abend mit der Wohnung fertig. Die Auswertung zieht sich garantiert über Tage hin.«

»Das ist klar. Ruf mich einfach an, wenn wir reinkönnen.«

»Jetzt ruf ich erst mal meine Frau an und sag ihr, dass sie zum Abendessen nicht mit mir zu rechnen braucht. Dann besorg ich mir die Kollegen, und dann drehen wir jede Faser in der Bude um.«

Lenz nickte, griff nach einem Bild, das neben dem Monitor stand und Bülent Topuz, vermutlich seine Frau und den kleinen Hassan zeigte, und steckte es in die Tasche.

Die beiden Beamten waren schon an der Tür, als der Hauptkommissar sich noch einmal zu Kostkamp umdrehte.

»Wenn ich dich jetzt nach Schmauchspuren an seinen Händen frage, haust du mir wahrscheinlich eine runter, oder?«

»Nein«, erwiderte der Mann von der Spurensicherung. »Da kann ich deine Neugier sehr gut verstehen. Gib mir fünf Minuten, vielleicht finde ich auf die Schnelle was.«

Während die beiden Kommissare auf dem Flur warteten, untersuchte Kostkamp die Hände des toten Bülent Topuz auf die typischen Spuren nach dem Abfeuern einer Waffe.

Eine Viertelstunde später kam er aus der Wohnung.

»Eindeutig. Worauf er geschossen hat, musst du mir sagen, ich kann dir dafür sagen, dass er geschossen hat. Rechte Hand, kein Zweifel möglich. Wahrscheinlich hat er sich danach höchstens einmal die Hände gewaschen, ich konnte den Schmauch sogar noch riechen.«

14

»Was ist denn mit euch passiert?«, fragte Rolf-Werner Gecks, der in dem Moment die Treppe herunterkam, in dem Kostkamp die Wohnungstür hinter sich zuzog.

»Grande Casino, RW«, gab Hain zurück. »Es sieht so aus, als ob der Tote da drin der Mörder von Reinhold Fehling ist.«

Gecks zog skeptisch die Augenbrauen hoch.

»Dem Typen, der gestern auf dem Radweg gelegen hat?«

»Genau dem«, bestätigte Lenz.

»Wie kommt ihr darauf?«

»Durch ein nettes Bekennerschreiben, adressiert an die dpa, und eine Beretta mit Schalldämpfer.«

»Das habt ihr da drin gefunden?«

Lenz und Hain nickten. Gecks schüttelte ungläubig den Kopf und dachte einen Moment nach.

»Also zuerst schießt er den Fehling über den Haufen, um am gleichen Abend selbst abgeknallt zu werden. Kommt euch das nicht ein bisschen spanisch vor?«

»Was meinst du?«

»Na ja, vielleicht will ihm der echte Mörder die Sache in die Schuhe schieben?«

»Daran habe ich auch schon gedacht«, erwiderte Lenz, »und deshalb Heini gebeten, seine Hände mal eben auf

Schmauchspuren zu untersuchen. Das Ergebnis ist eindeutig positiv. Er hat geschossen.«

Gecks zog einen kleinen Notizblock aus der Jacke und fing an zu lesen.

»Na ja, wie auch immer. Er war jedenfalls nicht sonderlich beliebt im Haus, unser Bülent. Die Nachbarin ganz oben, eine fast 80-Jährige, hält oder hielt ihn für einen Mädchenhändler. ›Der hat immer nur rumgelungert und nichts gearbeitet‹, waren ihre Worte. In der Etage darunter hat eine Frau sich beschwert, dass er manchmal bis tief in die Nacht Musik gehört hätte. Und ihr Nachbar auf dem Flur hat sich ebenfalls darüber mokiert, dass Topuz nie etwas arbeitete. Allerdings lungert er selbst um diese Zeit im Feinrippunterhemd und mit der Bierflasche auf dem Tisch zu Hause rum.«

»In der letzten Nacht hat niemand etwas Auffälliges bemerkt?«

»Nada, nichts. Alle haben um 23 Uhr in der Falle gelegen und geschlafen. Nach deren übereinstimmenden Aussagen gab es keine besonderen Geräusche oder Ähnliches im Verlauf der Nacht.«

»Das hilft uns alles nicht weiter. RW, du bleibst hier und gehst in die Nachbarschaft. Frag jeden aus, der dir über den Weg läuft oder seine Nase aus der Tür streckt. Thilo und ich fahren noch mal bei Fehlings Witwe vorbei und hören, ob ihr der Name Bülent Topuz was sagt. Solange Heini und seine Jungs da oben wirbeln, können wir nicht in die Wohnung, also treffen wir uns heute Mittag im Präsidium.«

»Ich habe eigentlich heute Nachmittag einen Zahnarzttermin«, erklärte Gecks seinem Vorgesetzten. Lenz bedachte ihn mit einem mitleidigen Blick.

»Schon gut. Ich ruf an und sag ab.«

»Sollten wir nicht mal mit dieser Sabine Schramm klären, ob sie etwas mit dem Namen Reinhold Fehling anfangen kann?«, fragte Hain, als die beiden an Elfriede Hilberts Tür vorbeihasteten. Lenz stoppte, dachte kurz nach und legte den Finger auf die Klingel.

»Gute Idee.«

Sabine Schramm wickelte den kleinen Hassan, als die Polizisten das Wohnzimmer betraten.

»Kleinen Moment, bitte, ich bin gleich so weit«, bat sie die Beamten. »Übrigens hat gerade meine Schwester angerufen. Die haben ihr im Krankenhaus eine Spritze verpasst und sie ruhiggestellt. Wenn sie will, kann sie jederzeit nach Hause, haben die Ärzte ihr gesagt.«

»Vielleicht wäre es besser, sie bliebe über Nacht in der Klinik«, gab Hain zu bedenken.

»Hab ich ihr auch gesagt.«

»In welches Krankenhaus wurde sie denn gebracht?«, wollte Lenz wissen.

»In die psychiatrische Ambulanz in Wilhelmshöhe.«

Sie stellte den Kleinen auf die Beine, zog ihm die Hose hoch und nahm ihn auf den Arm.

»Fertig.«

Hain zog seinen Notizblock aus der Tasche und blätterte darin.

»Kennen Sie einen Reinhold Fehling, Frau Schramm?«

Sie dachte kurz nach.

»Nein, tut mir leid, den Namen habe nie gehört.«

»Britta Fehling?«

Wieder überlegte sie.

»Nein. Ich kannte mal eine Britta Rehner, aber eine Britta Fehling kenne ich nicht.«

»Wissen Sie, wo Ihr Schwager gestern Morgen zwischen sieben und acht Uhr gewesen ist?«

»Nein, keine Ahnung. Meine Schwester hat mir erzählt, dass er um sieben aus dem Haus gegangen ist.«

»Ziemlich früh, nicht?«, wollte der Oberkommissar wissen.

»Ja, finde ich auch. Aber Bülent hatte immer komische Zeiten. Meistens hat er bis spät in die Nacht am Computer gesessen und ist dann morgens schlecht aus dem Bett gekommen. Zu anderen Zeiten ist er dafür um fünf aufgestanden und zu irgendeiner Demo gefahren.«

»Hat Ihr Schwager gejoggt?«, wollte Lenz wissen.

Sie lachte laut auf.

»Bülent? Nein, nie. Für den war jede Form der körperlichen Betätigung ein Gräuel. Petra und ich gehen manchmal ins Studio. Bülent hat sich darüber nur lustig gemacht.«

Lenz wandte sich zu Elfriede Hilbert.

»Ihnen sagen die Namen auch nichts, nehme ich an.«

Die Frau zuckte mit den Schultern.

»Nein, Herr Inspektor, da kann ich Ihnen leider nicht helfen, diese Leute kenne ich nicht.«

»Und Sie haben letzte Nacht auch nichts gehört im Treppenhaus oder aus der Wohnung?«

»Nichts. Gar nichts. Ich muss aber dazusagen, dass

ich nicht mehr so gut höre und deswegen dieses Ding da trage, wenn ich, so wie gestern, abends fernsehe.«

Sie deutete auf einen Funkkopfhörer neben dem Fernseher.

»Na dann«, erwiderte Lenz mit einem freundlichen Lächeln.

Britta Fehling empfing die Beamten in einem schwarzen Kleid, schwarzen Strümpfen und schwarzen Schuhen.

Ihre Mutter stand in der Küche am Herd und kochte. Lenz kam sofort zur Sache, zog das Foto des Türken aus der Tasche und legte es auf den Tisch.

»Kennen Sie den Mann auf diesem Foto, Frau Fehling?«

Sie beugte sich nach vorn, sah sich das Bild genau an und schüttelte den Kopf.

»Nein. Den habe ich noch nie gesehen. Wer soll das sein? Hat er etwas mit dem Mord an Reinhold zu tun?«

»Das versuchen wir herauszufinden. Es deutet einiges darauf hin; allerdings wurde der Mann letzte Nacht selbst das Opfer eines Gewaltverbrechens.«

Sie sah den Kommissar verstört an.

»Heißt das ... dass er ... wurde er auch umgebracht?«

Lenz steckte das Foto zurück in die Jacke, zog die Augenbrauen hoch und holte tief Luft.

»Das heißt es, ja.«

»Aber warum sollte er Reinhold das antun? Kannte er Reinhold überhaupt?«

»Er hat in einem Schreiben behauptet, Ihr Mann hätte

ihn beleidigt. Und er hätte viele weitere Menschen beleidigt«, mischte Hain sich ein.

Die Frau griff zum Tisch, hielt sich daran fest und ließ sich auf einen Stuhl fallen.

»Was reden Sie denn da? Reinhold hat niemanden beleidigt, das weiß ich ganz genau. Wie kommt dieser Mann dazu, so etwas zu behaupten?«

Lenz beugte sich nach vorn und legte ihr eine Hand auf die Schulter.

»Zunächst einmal ist davon noch gar nichts bewiesen, Frau Fehling. Wir haben einen weiteren Toten, der in einem Schreiben behauptet, Ihr Mann habe ihn beleidigt und er hätte ihn deswegen erschossen. Aber wir haben im Moment keine Ahnung, wie das alles zusammenpasst.«

Sie fing an zu schluchzen.

»Aber Reinhold hat niemanden beleidigt. Er war ein friedlicher Mensch«, gab sie trotzig von sich.

»Das bezweifeln wir auch nicht, Frau Fehling«, bestätigte Hain. »Ich hätte allerdings die Bitte, den Computer Ihres Mannes untersuchen zu dürfen. Dafür würde ich das Gerät gerne mit ins Präsidium nehmen.«

Lenz warf ihm einen irritierten Blick zu, doch sein Kollege ließ sich nicht beirren.

»Sowohl Ihr Mann als auch der Tote von letzter Nacht haben viel Zeit am Computer verbracht. Das ist bis jetzt die einzige Verbindung oder Gemeinsamkeit, die uns aufgefallen ist. Wir möchten deshalb herausfinden, ob die beiden sich vielleicht auf diesem Weg kennengelernt haben.«

»Ich glaube nicht, dass meine Tochter was dagegen haben könnte, wenn es Ihre Ermittlungen unterstützt«, mischte sich Margarete Ellwert ein, die noch immer einen Kochlöffel in der Hand hielt. Britta Fehling funkelte sie mit roten Augen an.

»Was redest du da, Mutter! Natürlich habe ich etwas dagegen, wenn wildfremde Menschen in Reinholds privaten Sachen herumschnüffeln wollen.«

Lenz und Hain sahen sich erstaunt an.

»Nun, immerhin sind wir von der Polizei und haben zwei Morde zu untersuchen. Außerdem kann ich Ihnen garantieren, dass niemand etwas von den darauf gespeicherten Daten erfahren wird. Mein Kollege und ich werden die Einzigen sein, die sich die Dateien ansehen.«

»Ich will es trotzdem nicht«, bekräftigte sie ihre Ablehnung.

Lenz setzte sich neben die junge Frau, sah sie ernst an und sprach langsam, aber bestimmt.

»Wir haben zwei Möglichkeiten, Frau Fehling. Entweder Sie geben uns den Computer freiwillig, weil Sie daran interessiert sind, dass der Mord an Ihrem Mann so schnell wie möglich aufgeklärt wird. Dann hätten wir es leichter. Andernfalls ist mein Kollege in einer halben Stunde mit einer richterlichen Verfügung zurück, die uns die Beschlagnahme ermöglicht. Sie haben die Wahl.«

»Britta!«, zischte Margarete Ellwert ihre Tochter an.

Die fing erneut an zu schluchzen.

»Ich weiß doch auch nicht, was gut ist und was nicht. Natürlich will ich, dass der Mörder von Reinhold so schnell wie möglich gefasst wird, aber ich will nicht, dass deswegen sein ganzes Leben öffentlich wird.«

Lenz streckte ihr seine rechte Hand entgegen.

»Wird es nicht, Frau Fehling. Das verspreche ich Ihnen.«

Nach einem kurzen Moment Bedenkzeit nickte sie schließlich und griff nach seiner Hand.

»Gut, aber ich verlasse mich auf Ihr Versprechen. Nur Sie und Ihr Kollege!«

»Sonst niemand, mein Ehrenwort.«

»Ich verspreche Ihnen, dass nur mein Kollege und ich uns mit den Daten beschäftigen werden«, frotzelte Hain, während er Fehlings Rechner an den Monitor in seinem Büro andockte.

»Was hätte ich denn sagen sollen? Dass ich überhaupt keine Ahnung davon habe, wie man so ein Ding dazu überredet, seinen Inhalt preiszugeben?«

»Nein, nein, schon in Ordnung, Paul. Es klingt nur so lustig, wenn ein Blinder über Farben spricht.«

Damit stöpselte er Maus und Tastatur an und schaltete das Gerät ein. Eine Minute später ertönte eine Melodie und der Bildschirm wurde bunt.

»Nun denn«, bemerkte der junge Oberkommissar und griff nach der Maus. Lenz setzte sich neben ihn.

»Wenn ich dich jetzt frage, was du als Erstes machst, lachst du mich wahrscheinlich aus.«

Hain tippte mit dem rechten Zeigefinger und antwortete, ohne aufzusehen.

»Nein, vergiss es. Ich habe immerhin einen Rest an

Toleranz übrig für Menschen wie dich. Wir sehen uns an, welche Internetseiten er zuletzt besucht hat. Das mache ich gerade. Wenn alles normal läuft, sehen wir ...« Er verstummte und gab einen weiteren Befehl ein.

»Da haben wir's.« Er deutete mit der Spitze eines Bleistifts auf eine Liste.

»Das ist die Chronik der Internetseiten, die er aufgerufen hat. Bei dem Webbrowser, den er benutzt, und seinen Einstellungen können wir uns die ...« Er machte wieder eine Pause und schnalzte dann mit der Zunge.

»... Einträge der letzten 100 Tage ansehen. Das ist ungewöhnlich und deutet auf einen zutiefst faulen Menschen hin.«

Lenz hob erstaunt den Kopf.

»Warum faul?«

»Ganz einfach, Paul. Mal angenommen, du warst vor zwei oder drei Wochen auf einer Internetseite, hast sie aber nicht gespeichert. Nun müsstest du eigentlich wieder anfangen zu suchen, weil du garantiert den Namen vergessen hast. In unserem Fall allerdings können wir uns in Ruhe ansehen, was der Kollege Fehling so alles im Internet getrieben hat, weil er nun mal faul war. Das machen übrigens viele Menschen so, weil es halt viele faule Menschen gibt auf unserem schönen Planeten.«

»So weit die Theorie«, bremste Lenz die Ausführungen seines Kollegen, »aber was hat er sich nun praktisch angesehen?«

Der Oberkommissar fuhr mit der Bleistiftspitze die Liste abwärts und fing an zu grinsen.

»Oh, oh, ein Freund der freizügigen sexuellen Darstellung ist er schon mal gewesen, der Herr Fehling.« Er tippte auf zwei Einträge. »Hier und hier, das sind Pornoseiten. Hardcore aus Amerika.«

Wieder sah Lenz ihn erstaunt an.

»Und das weißt du alles aus dem Kopf?«

»Rein dienstlich«, antwortete Hain, noch immer grinsend, und bewegte den Bleistift weiter abwärts.

»Hier gibt es Seiten, von denen habe ich noch nie etwas gehört, die müssen wir uns später genauer ansehen.«

Er blätterte weiter nach unten.

»Viele Onlineausgaben von Zeitungen hat er angeklickt. Hier die Süddeutsche, dann wieder den Spiegel, die FAZ, und hier die Lokalpresse. Da war er oft drin, immer in verschiedenen Unterverzeichnissen oder Foren.«

»Kannst du sehen, was er da gemacht hat?«

»Nein, das geht nicht so einfach. Aber ich vermute, er war als Benutzer und Mitglied unterwegs, das heißt, er hat wahrscheinlich Kommentare verfasst.«

Lenz sah ihn verwirrt an.

»Wie jetzt, Kommentare verfasst?«

Hain versuchte, möglichst ruhig und sachlich zu bleiben, während er seinen Chef in die Grundlagen von Forumsdiskussionen einweihte.

»Stell dir vor, du sitzt in einem Café und liest in einer Zeitung, zusammen mit vielen anderen Cafébesuchern. Ihr alle lest in der gleichen Zeitung. Dann steht einer auf und fängt an, seine Meinung zu einem bestimmten Artikel herauszuposaunen. Ein anderer antwortet darauf, ein dritter mischt sich auch noch ein. Ruckzuck steckst du mitten in einer lebhaften bis zutiefst unsachlichen Diskussion. Und wenn du dir weiterhin vorstellst, dass alle anonym sind und du von keinem irgendwas zu befürchten hast, reißt du dein Maul bestimmt ziemlich weit auf, wenn dir eine andere Meinung nicht passt.«

Lenz überlegte einen Moment.

»Und das hat Fehling gemacht?«

»Vermutlich, ja. Um es genau zu wissen, müssen wir uns wahrscheinlich ein paar Stunden länger mit dem Rechner beschäftigen und vielleicht ein bisschen rumtelefonieren.«

»Und wie bist du darauf gekommen, dass das die Verbindung zwischen den beiden ist?«

»Als ich Bülents Schreiben gesehen hab, kam mir der Verdacht. Wie beleidigt man jemanden, den man gar nicht kennt? Da beide viel Zeit am Computer verbracht haben, war die Verknüpfung nicht sonderlich schwer. Allerdings ist das bis jetzt alles reine Vermutung, nicht mehr. Der größte Haken dabei ist nämlich, dass es für Otto Normalverbraucher nahezu unmöglich ist, an mehr als den eingetragenen Forumsnamen des anderen heranzukommen.«

Lenz atmete tief ein.

»Was heißt denn das jetzt wieder, Thilo?«

»Ganz einfach. Jeder Teilnehmer eines Forums meldet sich mit einem Fantasienamen an. Er muss zwar in der Regel eine E-Mail-Adresse angeben, aber das besagt gar nichts, weil auch die ohne Personalisierung vergeben wird. Also gibt es jede Menge Möglichkeiten, seine wahre Identität zu verschleiern. Und von den sogenannten Anonymizern will ich jetzt gar nicht reden. Der einzig vorstellbare Weg, zumindest für einen Halbgebildeten wie mich, an die persönlichen Daten eines Teilnehmers zu kommen, ist demnach über die IP-Adresse.«

»Der Adresse des Internetnutzers?«

Hain winkte ab.

»Wenn es so einfach wäre. Mal angenommen, Fehling hat keinen Anonymizer benutzt, ein Programm, das die eigene IP beim Surfen verschleiert. Und er hat sich nicht in einem Internetcafé herumgetrieben und von dort aus eingewählt, dann könnte man über den Zeitpunkt, zu dem er online war, seine IP herausbekommen. Aber damit hat man noch gar nichts gewonnen, selbst wenn man jetzt den Provider, also den Anbieter, über den er sich ins Internet einwählt, herausbekommen haben sollte, was noch lange nicht sicher ist. Alles Weitere geht nämlich in der Regel nur mit einem richterlichen Beschluss, von ganz wenigen Ausnahmen abgesehen, und die sehe ich hier nicht. Außerdem ist Topuz kein Staatsanwalt gewesen.«

Lenz griff sich an den Kopf.

»Meine Güte …«

»Und als ob das alles noch nicht genug wäre, gibt es ein weiteres Problem: Sollte Fehling eine Flatrate, also eine monatliche Pauschale für den Zugang zum Internet gehabt haben, gibt es gar keine Verbindungsdaten. Die sind in diesem Fall nicht mehr notwendig.«

»War da nicht irgendwann mal was mit Vorratsdatenspeicherung?«, fiel Lenz ein.

»Kannst du vergessen. Die greift, wenn überhaupt, für Internetprovider frühestens zum 1. Januar. Und nach dem Urteil des Bundesverfassungsgerichts vom Februar oder März sieht es für das ganze Gesetz nicht gut aus.«

Lenz stand auf und streckte sich.

»Tut mir leid, Thilo, aber mir raucht jetzt schon der Kopf. Viel mehr Informationen über Internetzugänge und Provider vertrage ich heute nicht. Also lass uns Arbeitsteilung vereinbaren: Ich kümmere mich darum, dass Topuz' Computer neben den von Fehling kommt, und du sorgst dafür, dass wir alles erfahren, was die beiden so damit getrieben haben.«

»Wenn es wirklich so war, wie ich vermute. Noch mal, Paul, das ist bis jetzt nur ein ganz vager Verdacht.«

»Der aber ziemlich logisch klingt. Und es kostet uns nichts, ihm nachzugehen.«

Hain nickte. »Dann besorg mir die andere Rechenmaschine, und ich sehe, was aus der Geschichte wird.«

»Und du gibst mir die Adresse der Teestube, die seine Schwägerin dir genannt hat.«

Hain nannte ihm die Adresse aus dem Kopf.

Der Hauptkommissar nickte anerkennend und schrieb sich Straße und Hausnummer auf einen Zettel.

»Das muss am Alter liegen, dass du dir das alles merken kannst. Bis später dann.«

Als Lenz schon fast aus dem Raum war, rief sein Kollege ihn noch einmal zurück.

»Schau doch mal nach, ob du die Abrechnungsunterlagen bei Topuz findest. Normalerweise heben die Leute so was auf, also kram in den Ordnern, die im Büro stehen. Und dann fährst du bei Frau Fehling vorbei und bittest sie, dir den Provider ihres Mannes zu nennen, das vereinfacht die Sache für mich ein bisschen. Wenn sie eine Rechnung rausrückt, umso besser, wenn nicht, ist es auch gut.«

»Ich tue mein Bestes«, gab Lenz zurück und zog die Tür hinter sich ins Schloss.

15

»Wie, der Tote in der Westendstraße ist der Mörder von dem Kerl auf dem Radweg? Geht da nicht eure Fantasie ein bisschen mit euch durch?« Uwe Wagner sah seinen Freund und Kollegen ungläubig an.

Lenz gab einen Schuss Milch in seinen Kaffee und rührte um.

»Ganz und gar nicht, wie es aussieht. Er hatte einen Bekennerbrief vorbereitet und deutliche Schmauchspuren an der Hand. Heini sagt, es gibt keinen Zweifel, dass er eine Waffe abgefeuert hat.«

Lenz gab ihm in kurzen Worten den Inhalt des Schreibens wieder.

»Und diese ominösen Beleidigungen reichen dir als Motiv? Ist das nicht ein klein wenig Wunschdenken?«

Lenz zuckte mit den Schultern.

»Nun lass uns doch erst mal unsere Arbeit machen, dann sehen wir weiter. Thilo hat eine Theorie, aber ich habe jetzt keine Lust, dir das zu erklären. Wenn du mehr darüber wissen willst, ruf ihn an, er sitzt in seinem Büro.«

»Mach ich. Mal angenommen, dieser Türke ist wirklich der Mörder vom Radwegjogger. Bleibt immer noch die spannende Frage, wer wiederum ihn ins Jenseits befördert hat, noch dazu in Form eines Copykills?«

»Möglicherweise ein Komplize, was weiß ich. Natürlich arbeiten wir auch daran, seinen Mörder zu finden, aber bis Heini und seine Jungs die Wohnung freigeben, können wir uns zunächst um den ersten Mord kümmern.«

»Der Gedanke an einen Komplizen liegt nahe, vielleicht zu nahe. Gibt es am Tatort Hinweise, dass Fehling von einem Duo gekillt wurde?«

»Bis jetzt nicht. Aber es könnte immerhin sein, dass der Zweite im Wagen gewartet hat.«

»Stimmt.« Wagner fing an zu grinsen.

»Aber wir sind vorhin von Thilo so unsanft unterbrochen worden, dass du mir gar nicht zu Ende erzählen konntest, wie Maria Zeislinger sich das Ende ihrer Ehe mit dem alten Despoten Erich Zeislinger so vorstellt.«

»Wenn er die Wahl im März verliert, lässt sie sich scheiden.«

Wagner überlegte einen Moment.

»Und wenn nicht?«

»Dann wird neu verhandelt. Ich finde ihre Idee auf jeden Fall gut.«

»Mag sein, dass die Idee für euch einen gewissen Charme hat, aber habt ihr schon mal darüber nachgedacht, was dann in der Stadt los sein wird? Das ist ein gefundenes Fressen für jeden Schreiberling und jeden Kameramann.«

Er sah Lenz ernst an.

»Wenn es um irgendeine Scheiße geht, die deinen Job betrifft, kannst du immer mich vorschieben. Das wird in diesem Fall allerdings schlecht gehen. Du wirst wahrscheinlich für ein paar Wochen der regionale Medienmann Nummer eins sein, mein lieber Paul.«

»Die Alternative wäre, dass wir beide bis zum Ende unseres Lebens so weitermachen wie bisher. Da ist mir die öffentliche Variante deutlich lieber, auch wenn sie mit ein paar Schwierigkeiten verbunden ist.«

»Unser Dienstherr wird begeistert sein.«

»Das nehme ich auch an, kann es aber nicht ändern. Sie werden mich schon nicht rausschmeißen.«

»Nein, das werden sie bestimmt nicht. Aber deinem Fanklub beitreten werden sie auch nicht.«

Lenz stellte seine Tasse auf den Schreibtisch und stand auf.

»Du kannst es dir wahrscheinlich schwer vorstellen, aber ich freue mich drauf.«

Wagner schüttelte resigniert den Kopf.

»Du musst wissen, was du machst. Alt genug bist du, und meinen Segen hast du ohnehin.«

»Danke für den Kaffee und für deine Freundschaft. Ich fahre jetzt zu der Teestube, in der Topuz seine karge Freizeit verbracht haben soll. Wir sehen uns später.«

Die Adresse lag im Norden der Stadt. Lenz fuhr an der Universität und am Hauptfriedhof vorbei, verließ die breite Ausfallstraße in Höhe eines türkischen Lebensmittelmarktes und bog nach links ab. Zwei Minuten später parkte er den Wagen auf dem Bürgersteig und stieg aus.

An dem flachen Gebäude bröckelte der Putz von der Wand, und die Gardinen hinter den Fenstern im Erdgeschoss waren ockergelb. Über dem Eingang hing ein improvisiertes, selbst gemaltes Schild mit dem Banner der Türkei. *Çay Evi* stand darauf. Ein in die Scheibe links neben der Tür eingesetzter Ventilator drehte sich müde und quietschend. Aus dem Innern drang gedämpft orientalisch klingende Musik.

Lenz zog am großen Griff der Eingangstür, doch sie war verschlossen. Er ging einen Schritt zurück, sah sich um, trat wieder nach vorne und klopfte laut. Ein paar Sekunden später wurde das Gesicht eines Mannes sichtbar, der sich zwischen den schweren Sichtschutzvorhang und die Tür drängte.

»Ja?«, fragte er kurz.

Lenz kramte seinen Ausweis hervor und hielt ihn dem dunkelhaarigen Mann mit dem imposanten Schnauzbart entgegen.

»Ich bin von der Polizei, kann ich kurz hereinkommen?«

»Polizei?«, fragte der Mann, als ob er nicht richtig verstanden hätte.

Dann zwängte sich ein weiterer, wesentlich jüngerer Mann daneben, sah den Kommissar groß an, griff zum Schlüssel, der von innen steckte, und öffnete die Tür einen Spalt.

»Ja, bitte«, sagte er freundlich.

»Mein Name ist Lenz, ich bin von der Polizei und habe ein paar Fragen zu einem Mann, der hier angeblich verkehrt. Sein Name ist Topuz. Bülent Topuz.«

Der Jüngere öffnete die Tür komplett und machte eine einladende Geste.

»Mein Name ist Tayfun Özönder. Bitte, Herr Lenz, kommen Sie herein«, antwortete er akzentfrei.

Die Teestube bestand aus einem einzelnen, großen

Raum. An der rechten Stirnwand war ein großer Flachbildfernseher montiert, in dem ein stummes Fußballspiel lief. Aus zwei großen Lautsprechern an der Wand kam die Musik, die Lenz von draußen gehört hatte. Links gab es eine kleine Theke, dazwischen einen Durchgang, von wo aus man vermutlich zur Küche gelangte. Im Raum verteilt standen etwa acht Tische, die aussahen, als hätten sie schon in diversen Kneipen und Lokalen Dienst getan. Auf einem in der hinteren Ecke erkannte Lenz einen modern aussehenden Computer. Die Luft roch so intensiv nach kaltem Rauch, dass dem Kommissar übel wurde. Özönder, schmächtig und mit tiefschwarzen, gegelten Haaren, ging bis zur Mitte des Raumes und blieb dann stehen. Sein Kollege bewegte sich nicht vom Eingang weg.

»Worum genau geht es? Ist irgendetwas mit Bülent nicht in Ordnung?«

Lenz steckte seinen Ausweis weg und sah ihn ernst an.

»Sie kennen ihn?«

»Natürlich, er ist ein guter Freund von mir. Wir studieren zusammen.«

»Herr Topuz wurde leider in der vergangenen Nacht das Opfer eines Gewaltverbrechens.«

Der Junge schluckte.

»Das ist ja furchtbar! Wie geht es ihm? Ist er schwer verletzt?«

Lenz schüttelte den Kopf.

»Es tut mir leid, Ihnen das sagen zu müssen, aber er ist tot.«

Özönder riss die Augen auf und legte die rechte Hand vor den Mund.

»Tot …? Bülent? Das ist unmöglich!«

Der Mann an der Tür fragte etwas auf Türkisch. Özönder antwortete leise, ohne ihn anzusehen.

»Definitiv nicht, es gibt keinen Zweifel. War Herr Topuz gestern hier?«

Das Blut war komplett aus dem Gesicht des Türken gewichen. Kreidebleich nickte er abwesend.

»Ja, gestern Nachmittag. Wir waren zusammen an der Uni und danach hier.«

»Wie lange etwa?«

»Ich musste um 17.30 Uhr weg, weil ich einen Nachhilfeschüler hatte. Wann er gegangen ist, weiß ich nicht.«

Lenz sah, dass ihm Tränen in die Augen stiegen.

»Wo ist das passiert? Ich meine, wie …?«

»Zu Hause, in seiner Wohnung. Ich kann Ihnen aus ermittlungstaktischen Gründen keine Einzelheiten sagen, hätte aber noch die eine oder andere Frage.«

Er sah dem Jungen in die Augen.

»Meinen Sie, das geht?«

Özönder nickte mit zusammengepressten Lippen.

»Natürlich.«

»Wissen Sie zufällig, wo Herr Topuz gestern Morgen zwischen sieben und acht Uhr war?«

Der Türke dachte einen Moment nach.

»Ich nehme an, zu Hause. Wir haben uns um 10.30 Uhr in der Uni getroffen. Was er vorher gemacht hat, weiß ich nicht.«

»Er hat auch nichts erwähnt oder eine Andeutung gemacht?«

»Nein, warum?«

»Kam er Ihnen irgendwie verändert vor? Oder hat er vielleicht angespannt auf Sie gewirkt?«

Wieder dachte Özönder einen Moment nach.

»Nein, gar nicht. Er war wie immer.«

»Ist er oft hier gewesen?«

»Eigentlich ...«

Irgendwo im Raum klingelte gedämpft ein Mobiltelefon.

Der junge Türke hob die Hand, ging zu einem Rucksack, der neben einem Tisch stand, griff hinein, sah auf das Display und nahm das Gespräch an. Zuerst hörte er nur zu, dann sprach er selbst in seiner Muttersprache. Lenz hatte den Eindruck, dass der Anrufer ihn über Bülent Topuz' Tod informieren wollte. Özönder nickte mehrmals, wiederholte dabei immer das Gleiche und legte auf.

»Ein Freund, der an seinem Haus vorbeigekommen ist und erfahren hat, was los ist.«

Er dachte einen Moment nach.

»Aber Sie wollten wissen, ob er oft hier gewesen ist. Ja, natürlich, fast jeden Tag eigentlich. Seit er einen Sohn hat, etwas weniger, aber immer noch oft.«

»Kennen Sie seine Frau?«

»Ich habe sie ein paar Mal gesehen, aber kennen ist zu viel gesagt. Sie ist keine Türkin, verstehen Sie?«

»Nein, verstehe ich nicht.«

»Na, ja, Bülent ist Türke. Alle haben erwartet, dass er eine Türkin heiraten würde, aber er wollte unbedingt diese Frau. Sie konnte mit uns nie was anfangen, und wir hätten wahrscheinlich auch mit ihr nichts anfangen können.«

Lenz sah sich um.

»Frauen haben hier keinen Zutritt?«

»Doch, doch, natürlich. Aber es kommen nie welche.« Er zuckte die Schultern. »Ist halt so.«

»Was machen Sie denn, wenn Sie sich hier treffen?«

Özönder setzte sich auf die Kante eines Tisches.

»Tee trinken, Tavla spielen, reden. Unsere Kultur pflegen.«

»Aha«, machte der Kommissar. »Gibt es hier einen Computer?«

»Nein. Manchmal habe ich mein Laptop dabei oder Bülent, aber hier gibt es keinen.«

»Hat Herr Topuz Feinde gehabt, von denen Sie wissen? Oder irgendwelchen Ärger?«

Der junge Mann atmete tief durch.

»Manchmal hat er schon Ärger gehabt. Er war ein bisschen aufbrausend, deshalb hatte man es nicht leicht mit ihm, auch ich nicht.«

»Aber dass er konkret mit einer Person Ärger hatte, davon wissen Sie nichts?«

»Nein. Weiß man schon, wer es gewesen ist?«

»Dazu kann ich Ihnen nichts sagen.«

Özönder stand auf und kam auf den Kommissar zu.

»Hoffentlich gibt das keinen Ärger. Es hat bis jetzt immer Ärger gegeben, wenn ein Türke ermordet wurde, egal wo es passiert ist.«

»Ich verstehe nicht ganz.«

»Wenn sich herausstellen sollte, dass er von einem Deutschen umgebracht wurde, kann das böses Blut geben. Wir Türken sind sehr impulsiv.«

Lenz drehte sich um und ging Richtung Tür.

»Das habe ich jetzt besser nicht gehört, es klang nämlich wie eine Drohung. Wir versuchen, den Mörder Ihres Freundes so schnell wie möglich zu finden, brauchen allerdings keine wie auch immer geartete Unterstützung dabei.«

Er schob die Tür auf.

»Ich hoffe, wir haben uns verstanden.«

Özönder nickte.

»Auf Wiedersehen.«

Während er sich in den Verkehr auf der Holländischen Straße einfädelte, dachte er über die Worte des jungen Türken nach. ›Wir Türken sind sehr impulsiv‹, klang es ihm in den Ohren.

Fünf Minuten später klingelte er bei Britta Fehling, wurde von ihrer Mutter an der Tür empfangen und in die Küche geführt. Dort saß neben der jungen Witwe ein Herr am Tisch, der ohne Zweifel Bestatter sein musste. Vor ihm ausgebreitet lagen Kataloge und Broschüren.

»Setafilo«, stellte er sich mit leichtem italienischem Akzent vor. Der Kommissar reichte dem grau melierten, nach Zigarettenrauch stinkenden Mann die Hand.

»Lenz. Ich wollte gar nicht lange stören«, erklärte er.

»Nein, bitte, wir sind so gut wie fertig«, erwiderte der Schwarzgekleidete mit den weit hervorstehenden Hasenzähnen unter dem struppigen Oberlippenbart, stand auf und packte seine Papiere zusammen. »Ich melde mich bei Ihnen, sobald ich mit der Sterbeversicherung gesprochen habe, Frau Fehling. Wenn Sie Fragen haben, rufen Sie einfach an, die Nummer steht auf dem Kärtchen.« Er deutete auf eine Visitenkarte, die auf dem Tisch lag, schüttelte jedem die Hand und verließ, von Margarete Ellwert eskortiert, die Wohnung.

Britta Fehling griff nach einem Taschentuch, schnäuzte sich und kämpfte wieder mit den Tränen.

»Ich hätte nicht gedacht, dass ein Mensch so viel weinen kann, Herr Lenz. Und auch nicht, dass ich selbst einmal diese Erfahrung machen muss.«

Ihre Mutter setzte sich neben sie und nahm sie sanft in den Arm.

»Leider muss ich Sie noch einmal belästigen. Wir bräuchten eine Abrechnung Ihres Internetanbieters.«

Die junge Frau nickte kraftlos, verließ die Küche und kam ein paar Sekunden später mit einem Ordner in der Hand zurück.

Sie nahm ein paar Blätter heraus und reichte sie dem Polizisten. Der warf einen kurzen Blick darauf, rollte sie zusammen und stand auf.

»Ich muss weiter. Das hier …«, er hob die Hand mit der Rechnung darin, »… bekommen Sie zurück, sobald wir es ausgewertet haben. Vielen Dank noch einmal für Ihre Kooperationsbereitschaft, Frau Fehling.«

Er nickte den beiden Frauen zu, drückte jeder die Hand und war froh, als er die Wohnungstür hinter sich ins Schloss ziehen konnte.

»Hauptkommissar Lenz, guten Tag. Ist es möglich, kurz mit Frau Topuz zu sprechen?«, fragte er freundlich die Schwester in ihrem Glaskasten, nachdem er von der Pforte zu diesem Flur der psychologischen Ambulanz in Wilhelmshöhe geschickt worden war. Sie hob den Kopf, sah ihn wortlos an und griff zum Telefonhörer.

»Hier ist ein Herr von der Polizei, der zu dem Notfall von heute Morgen will.« Nach einer kurzen Pause sagte sie: »Ich richt's aus«, und legte auf.

»Frau Sommer, die zuständige Psychologin, kommt sofort. Sie können gegenüber in der Sitzecke auf sie warten.«

Damit senkte sie den Kopf und widmete sich ohne weiteres Wort ihrer Beschäftigung. Lenz bedankte sich, drehte sich um und überquerte langsam den Flur. Noch bevor er sich setzen konnte, kam eine freundlich aussehende junge Frau auf ihn zu.

»Sind Sie der Herr von der Polizei?«, fragte sie.

»Ja. Hauptkommissar Lenz, ich ermittle im Mordfall Topuz.«

Sie reichte ihm die Hand.

»Lassen Sie uns kurz in mein Büro gehen, da sind wir ungestört«, schlug sie vor und ging voraus, ohne eine Antwort abzuwarten.

»Eine schlimme Sache«, fing sie an, als beide saßen. »Außerdem muss ich gleich vorausschicken, dass solche Fälle eigentlich gar nicht hier bei uns landen sollten, sondern gleich in unserer Zentrale in Merxhausen. Wir wollten ihr lediglich einen weiteren Transport ersparen, deshalb haben wir sie aufgenommen.«

»Ist es möglich, ein kurzes Gespräch mit Frau Topuz zu führen?«

»Ein Gespräch oder eine Vernehmung?«

»Nein, keine Vernehmung. Frau Topuz ist im Moment

nicht verdächtig, etwas mit dem Tod ihres Mannes zu tun zu haben.«

»Sie ist in keiner guten Verfassung, aber das muss ich Ihnen sicher nicht erklären. Immerhin hat sie heute Morgen ihren Mann tot im Wohnzimmer gefunden. Wir haben sie mit einem leichten Sedativum ruhiggestellt.«

»Aber sie ist ansprechbar?«

»Das auf jeden Fall, wenn sie nicht eingeschlafen ist. Ein Pfleger sieht in kurzen Abständen nach ihr, was ihrer und unserer Sicherheit dient. Wie gesagt, sie ist schwer traumatisiert. Was dieser Zustand alles in ihr freisetzt, ist im Moment noch völlig unklar, wir wollen aber kein Risiko eingehen.«

»Bleibt sie heute Nacht hier?«

»Das würden wir uns wünschen, aber sie hat schon geäußert, dass sie auf jeden Fall nach Hause zu ihrem kleinen Sohn möchte.«

»Um den kümmert sich ihre Schwester. Vielleicht können Sie sie davon überzeugen, dass es besser für sie wäre, die Nacht hier zu verbringen.«

»Wir versuchen es«, antwortete die Ärztin und stand auf. »Ich sehe kurz nach ihr und frage, ob sie mit Ihnen sprechen möchte. Falls sie das verneinen sollte, bitte ich schon jetzt dafür um Ihr Verständnis.«

»Selbstverständlich.«

Sie verließ das Büro, war aber schon eine Minute später wieder zurück und nickte dem Kommissar freundlich zu.

»Sie möchte. Meine Bitte wäre, es so kurz wie möglich zu machen, um sie zu schonen.«

»Versprochen!«, antwortete er.

Petra Topuz lag auf dem Bett eines spärlich möblierten Zimmers und hielt ein Glas Wasser in der Hand. Lenz stellte sich vor und setzte sich auf einen Stuhl am Fenster.

»Danke, dass ich Ihnen ein paar Fragen stellen darf«, begann er vorsichtig. »Ich kann mir vorstellen, dass die Situation furchtbar sein muss für Sie, deshalb werde ich mich so kurz wie möglich fassen. Außerdem hat Ihre Schwester uns schon die Geschehnisse des Morgens geschildert.«

»Wissen Sie schon, wer es gewesen ist?«, fragte sie matt.

»Nein, so weit sind wir leider noch nicht. Allerdings gibt es erste Anhaltspunkte und Verdachtsmomente, denen wir natürlich nachgehen. Einer davon ist die Tatsache, dass Ihr verstorbener Mann viel Zeit am Computer verbracht hat. Ist das richtig?«

Sie nickte.

»Wissen Sie, was genau er da gemacht hat?«

»Alles Mögliche. Er hat gerne gespielt. Ballerspiele und so was. Und gechattet, aber viel kann ich Ihnen dazu nicht sagen, weil ich von diesen Dingen überhaupt keine Ahnung habe und mich auch gar nicht dafür interessiere. Aber es ist schon so, dass Bülent den größten Teil seiner Freizeit vor der Kiste verbracht hat.«

»Immer allein?«

Sie dachte einen Moment nach.

»Eigentlich schon, ja.«

»Hatte er keine Freunde oder Kumpels, die zu Ihnen kamen oder bei denen er gewesen ist?«

Sie atmete schwer ein und stellte das Glas auf das Nachtschränkchen.

»Ich will Ihnen nichts vormachen, Herr Kommissar. Bülent und ich haben uns in den letzten Monaten nicht mehr viel zu sagen gehabt. Wenn Hassan, unser Kind, nicht wäre, hätte ich ihn schon vor einem Jahr verlassen. Das klingt jetzt bestimmt hart und herzlos, besonders an diesem Tag, aber ich dachte schon lange darüber nach. Er hatte sich einfach zu sehr verändert.«

»Wie war er denn früher?«

»Lieb. Einfach lieb. Das hat aufgehört, als er angefangen hat, sich mit den Jungs von der Teestube zu treffen.«

»Wann war das?«

»Als ich im dritten Monat schwanger war. Irgendwie sind wir uns seitdem abhandengekommen. Er hat immer mehr Zeit in der Teestube verbracht, und ich glaube, seine neuen Freunde dort waren auch kein besonders guter Umgang für ihn.«

»Weshalb meinen Sie das?«

»Bülent hat bis dahin nie was auf Religion gegeben. Er hat Schweinefleisch gegessen, ist nicht in die Moschee gegangen, hat mich wie einen normalen Menschen behandelt, nicht so, wie andere Türken ihre Freundin oder Frau behandeln. Und das war dann schlagartig alles vorbei. Am Anfang hat er mich sogar gedrängt, ein Kopftuch zu tragen.«

»Das wollten Sie nicht?«

Sie winkte ab.

»Für niemanden auf der Welt. Ich bin doch nicht verrückt.«

Ihre Hand griff nach dem Wasserglas.

»Seit mehr als einem Jahr haben wir also im Dauerclinch gelebt. Bülent ist zu Hause immer mehr zum Einsiedler geworden und hat sich nur noch mit mir unterhalten, wenn es um Hassan ging. Nichts konnte ich ihm mehr recht machen, an allem hat er rumgenörgelt. Und er wurde immer aggressiver. Beim kleinsten Anlass ist er ausgerastet, hat rumgeschrien und ist ausfallend geworden, nicht nur mir gegenüber. Meinem Bruder hat er im Februar die Nase gebrochen, weil der ihn gefragt hat, ob er sich in seinen Computer verliebt hätte.«

Ihre rechte Hand ballte sich zur Faust.

»Einfach so, mitten rein ins Gesicht. So kannte ich ihn nicht, und so wollte ich ihn auch nicht. Da war nichts mehr von dem netten und liebevollen Menschen, den ich vor ein paar Jahren kennengelernt und der mir versprochen hatte, mich nie als seinen Besitz zu betrachten.«

»Sind seine neuen Freunde manchmal bei Ihnen zu Hause gewesen?«

»Nein, das hat er sich dann doch nicht getraut. Unsere Wohnung war tabu. Aber Familienleben hat eben auch keins stattgefunden, weil er nach Hause gekommen ist und sich an die doofe Maschine gehockt hat.«

»Sie haben also seine Freunde aus der Teestube nie kennengelernt?«

»Kennengelernt wäre zu viel gesagt. Den einen oder anderen haben wir in der Stadt getroffen, aber die haben sich nicht viel aus mir gemacht, weil ich keine Türkin bin. Mit Bülent ging das immer ›Küsschen hier und Küsschen da‹, mich haben sie gar nicht beachtet. Bülent meinte, ich solle mir keine Gedanken machen, die seien nun mal so.«

»Und was da abgelaufen ist, in der Teestube, wissen Sie auch nicht?«

»Na ja, am Anfang hat Bülent noch manchmal was erzählt. Da ging es wohl viel um den Islam und wie es möglich wäre, als guter Moslem in Deutschland zu leben. Mit der Zeit sind die alle ein bisschen abgedreht, glaube ich. Jedenfalls hat Bülent immer mehr von Widerstand gegen die Unterdrückung und so geredet.«

Sie nahm einen Schluck Wasser.

»Und jetzt ist er tot, und ich fühle mich schlecht, weil ich gar nicht traurig bin. Nicht richtig jedenfalls.«

»Aber heute Morgen waren Sie es doch«, widersprach Lenz.

»Vielleicht, ich weiß es nicht. Als er so dalag, in dem vielen Blut, habe ich einen Riesenschrecken gekriegt, aber eigentlich war ich nur wütend auf ihn, weil ich dachte, er hätte Hassan in seiner Scheiße liegen gelassen. Jetzt ist alles leer, und ich will nur noch zu meinem Kind.«

Lenz nickte.

»Wir sind auch gleich so weit. Ich wüsste nur gerne noch, wo Ihr Mann gestern zwischen sieben und acht Uhr morgens gewesen ist. Können Sie mir da helfen?«

Sie sah ihn unsicher an.

»Warum wollen Sie das wissen?«

»Wenn Sie mir sagen können, wo er gewesen ist, machen Sie es bitte.«

Ihr Gesicht färbte sich leicht rot, und Lenz hatte den

Eindruck, seine Frage würde Wut bei ihr auslösen. Aber sie antwortete nicht.

»Frau Topuz, es hilft nichts, wenn Sie etwas wissen und es mir verheimlichen. Bitte seien Sie vernünftig und sagen Sie mir, wo er gewesen ist.«

Sie drehte den Kopf zum Fenster und sah hinaus.

»Was hat das jetzt noch für eine Bedeutung. Er ist doch tot.«

Der Kommissar ließ nicht locker.

»Wenn Sie mir etwas verheimlichen, das zur Aufklärung eines Verbrechens beitragen könnte, machen Sie sich unter Umständen strafbar. Also, bitte.«

»Soweit ich weiß, ist Fremdgehen noch nicht strafbar.«

Lenz sah sie überrascht an.

»Was meinen Sie mit Fremdgehen?«

Petra Bülents Augen verengten sich zu Schlitzen.

»Der Arsch hatte was mit einer anderen Frau. Eigentlich müsste ich wütend sein, aber es ist mir so was von egal. Vielleicht wollte er sich nur das holen, was er bei mir schon lange nicht mehr gekriegt hat.«

Lenz brauchte einen Moment, bis er verstanden hatte, was sie meinte.

»Er hatte ein Verhältnis?«

»Ob er sie schon hatte, weiß ich nicht genau, aber es könnte sein. Zumindest hat er sich gestern Morgen um 7.30 Uhr mit ihr getroffen.«

»Woher wissen Sie das?«

Wieder sah sie aus dem Fenster. Dann stand sie auf, ging auf den Polizisten zu, stellte sich mit dem Rücken an die Wand und atmete tief durch.

»Na ja, jetzt ist es sowieso egal«, begann sie. »Ich habe seit ungefähr drei Monaten einen Freund. Am Anfang ist nichts gelaufen, jedenfalls nichts, wofür ich mich schämen müsste. Aber in den letzten Wochen hat es richtig gefunkt zwischen uns. Wir sind, wenn wir uns sehen, total verliebt und reden über die Zukunft. Vor drei Tagen war er zum ersten Mal bei mir zu Hause, weil ich wusste, dass Bülent erst nachts zurückkommen würde.«

»Wo war er?«, wollte Lenz wissen.

»In Gießen. Dort ist zwei Mal im Monat eine Versammlung, zu der er immer hinfährt. Fragen Sie mich nicht, was die da machen, irgendwas Religiöses vermutlich. Auf jeden Fall war Peter bei mir. Wir haben viel über uns und die Zukunft geredet und sind dann irgendwann auch wieder in der Gegenwart gelandet, also bei Bülent und mir. Bis dahin hatten wir das Thema immer ganz elegant ausgeklammert, aber auf einmal stand das böse Wort *Scheidung* im Raum.«

Sie zog ein Taschentuch aus der Hose und putzte sich die Nase.

»Was haben Sie gemacht?«

»Na, wir haben geguckt, was Bülent so treibt, wenn er in seinem Büro sitzt. Peter ist Programmierer, und es hat nicht lange gedauert, bis er alles gefunden hatte.«

Lenz wartete ein paar Sekunden, doch sie sprach nicht weiter.

»Was denn?«

»E-Mails. Bülent hat vor ein paar Monaten in einem Chat eine Frau kennengelernt, und die beiden haben sich schon seit Wochen ziemlich heiße Mails geschickt. Gestern Morgen war dann das erste richtige Treffen.«

»Gestern Morgen?«, fragte der Kommissar nach.

»Ja, um 7.30 Uhr. Wenn ich es richtig verstanden habe, kommt die Frau aus Frankfurt. Die beiden haben sich im Zug getroffen, weil sie zu einem Termin nach Hannover musste.«

»Also ist er nach Frankfurt gefahren?«

»Nein«, entgegnete sie gedehnt.

»Bülent ist wohl am Bahnhof Wilhelmshöhe in den Zug gestiegen, in dem sie gesessen hat. Was danach passiert ist, weiß ich nicht und will es auch nicht wissen.«

»Ist doch jetzt sowieso egal«, setzte sie nach einer kurzen Pause hinzu.

»Und das konnten Sie alles ohne Probleme auf seinem Computer finden? Hatte Ihr Mann keine Angst, dass sein Geheimnis auffliegt?«

»Überhaupt nicht. Es war ihm immer völlig klar, dass ich überhaupt keine Ahnung von dieser ganzen Materie habe.«

Sie machte eine kurze Pause.

»Trotzdem hatte er den Zugang zu der Kiste mit einem Passwort gesichert.«

Lenz hob interessiert den Kopf.

»Und ...?«

Sie musste ein leichtes Grinsen unterdrücken.

»HassanTopuz. Peter brauchte keine zwei Minuten, um reinzukommen.«

»Peter, und weiter?«, fragte der Kommissar und zog einen Stift und einen kleinen Block aus der Jackentasche.

»Das würde ich gerne für mich behalten.«

Lenz bedachte sie mit einem vielsagenden Blick.

»Na ja, jetzt wird es ja sowieso rauskommen. Und eigentlich ist es mir auch ganz recht so. Also, Peter Wohlfahrt, Eisenschmiede 33 hier in Kassel.«

Lenz schrieb die Daten auf und steckte den Block zurück.

»Danke. Haben Sie irgendjemand von Ihrer neuen Liebe erzählt? Ihrer Schwester vielleicht?«

Die Frau senkte den Kopf.

»Nein, niemandem. Ich kann meine Schwester wirklich gut leiden, aber so ein Geheimnis muss ein richtiges Geheimnis bleiben.«

Lenz nickte und überlegte einen Moment. Wenn Topuz zur Tatzeit wirklich im Zug nach Hannover gesessen hatte, konnte er unmöglich Fehlings Mörder sein. Aber wie kam er dann zu den Schmauchspuren an seiner Hand?

»Hatte Ihr Mann eine Waffe, Frau Topuz?«

Sie sah ihn mit großen Augen an.

»Nein. Zumindest weiß ich nichts davon. Aber zuzutrauen wäre es ihm.«

»Hm«, machte Lenz. »Ich würde gerne den Computer Ihres Mannes mit ins Präsidium nehmen, um die darauf befindlichen Daten analysieren zu lassen. Haben Sie etwas dagegen?«

Sie dachte ein paar Sekunden nach.

»Eigentlich nicht. Bekomme ich ihn zurück?«

»Das denke ich schon, ja.«

»Klingt nicht sehr überzeugend.«

»Doch, doch, natürlich bekommen Sie ihn zurück.«

»Dann können Sie ihn mitnehmen.«

Die Frau strich sich mit der flachen Hand über den Kopf.

»Apropos mitnehmen. Ich würde gerne hier die Biege machen. Wenn Sie sowieso zu meiner Wohnung fahren, könnten Sie mich mitnehmen.«

Lenz musste an Heini Kostkamp denken. Der Spurensicherer wäre vermutlich begeistert.

»Die Spurensicherung ist noch in Ihrer Wohnung.«

»Das macht nichts. Ich warte bei Oma Hilbert.«

Kurz darauf hatten sich Lenz und die Frau von der Psychologin verabschiedet und gingen auf die Ausgangstür des modernen Klinikbaus zu, als eine dunkelblaue Großraumlimousine auf den Hof schoss. Der Kommissar blieb stehen, sah nach draußen und bemerkte die grünen Aufkleber auf den Seitenflächen des Autos.

»Das Fernsehen ist da«, gab er Petra Topuz zu verstehen. »Wollen Sie mit denen sprechen?«

Sie sah ihn perplex an.

»Was soll ich denn sagen?«

Ohne eine Antwort abzuwarten, zog Lenz die Frau am Arm hinter sich her und schob sie in eine Toilette.

»Warten Sie hier. Ich hole Sie ab, wenn die weg sind.«

Dann schlenderte er ruhig zum Eingang und drückte die Tür nach außen. Dort standen zwei Männer.

»Kennen Sie sich hier aus?«, wollte der eine wissen. Der andere hielt eine Kamera in der Hand.

»Ja, schon. Was gibt's denn?«

»Hier soll die Frau des ermordeten Türken liegen. Wissen Sie was darüber?«

»Klar«, erwiderte der Kommissar. »Aber da kommen Sie ein paar Minuten zu spät. Die ist vor einer Viertelstunde in die Zentrale nach Merxhausen gebracht worden.«

»Scheiße!«, zischte der Kameramann. »Du und deine Weiber.«

Lenz verstand nicht genau, was er meinte, doch das war auch nicht notwendig. Die beiden drehten sich grußlos um, sprinteten zurück zu ihrem Wagen, sprangen hinein und verließen mit quietschenden Reifen das Gelände.

Zehn Minuten später wollte Lenz in die Westendstraße einbiegen, doch eine Armada von Kleinbussen, deren Fahrer jede noch so kleine Lücke und jeden Grasstreifen zum Parkplatz erhoben hatten, sorgte für einen veritablen Verkehrsinfarkt. Zwei Uniformierte wollten dem Chaos ein Ende bereiten, hatten jedoch nicht den Hauch einer Chance.

»Funk und Fernsehen. Die sind alle wegen Ihres Mannes hier. Und bestimmt auch wegen Ihnen«, vermutete der Kommissar.

»Und was machen wir jetzt?«, fragte sie unsicher.

»Nichts wie weg hier«, erwiderte er, legte den Rückwärtsgang ein und fuhr los.

»Haben Sie jemanden, bei dem Sie für ein paar Stunden oder Tage unterkommen können?«

»Ja, bei meiner Schwester. Ich habe sogar einen Schlüssel für ihre Wohnung.«

16

»Du willst also bei uns arbeiten«, fragte der bullige Sicherheitschef des Zirkus den groß gewachsenen, schwarzhaarigen Mann mit dem buschigen Oberlippenbart, der ihm gegenüberstand.

»Ja, würde ich sehr gerne«, antwortete der mit unverkennbar südhessischem Akzent.

»Woher kommst du denn?«

»Offenbach.«

»Und was hast du zuletzt gemacht?«

Der Bewerber tippelte von einem Bein aufs andere.

»Ist 'ne lange Geschichte.«

»Aha. Und vermutlich eine, die man lieber nicht so gerne an die große Glocke hängt, weil die Luft an dem Arbeitsplatz gesiebt war.«

»Hm«, stimmte der Dunkelhaarige zu.

»Wo hast'n gesessen?«

»Butzbach.«

»Wie lange?«

»Dreieinhalb Jahre.«

»Wofür?«

»Körperverletzung mit Todesfolge. Aber …«

»Lass mal gut sein, Junge. Ich weiß, wie man sich fühlt, wenn man gerade wieder draußen ist. Bei mir ist es zwar schon ein paar Jahre her, aber trotzdem hab ich es nicht vergessen. Hast du irgendwas gelernt?«

»Die meiste Zeit hab ich als Türsteher gearbeitet. Mal

hier, mal da, die längste Zeit davon im ›Salambo‹. Da war ich, bis der Laden zugemacht hat.«

Die Augen des Sicherheitschefs hellten sich auf.

»Im ›Salambo‹? In Hamburg?«

Der Schwarzhaarige nickte.

»Mein lieber Mann, dann musst du ja 'n ganz abgewichster Typ sein. Im ›Salambo‹ in Hamburg. Wenn das so ist, kannst du sicher sein, dass für einen wie dich hier immer Arbeit ist. Ganz bestimmt. Ich bin übrigens der Gunnar, Gunnar Heilmann, aber hier nennt mich jeder nur Gun. Und wie heißt du?«

»Peter. Peter Kommol. Mich nennt man überall nur Pete.«

Gunnar Heilmann streckte die Hand nach vorne.

»Willkommen an Bord, Pete.«

Kommol sah ihn ungläubig an.

»Heißt das, ich …? So einfach?«

»Du bist mein Mann. Ich muss es zwar noch mit der Heeresleitung bequatschen, aber die wissen, dass ich noch mindestens einen brauche. Und den hab ich gerade gefunden.«

»Scharf!«, freute sich Kommol. »Was soll ich denn machen?«

Heilmann streckte den Kopf nach vorne.

»Wir haben hier unheimlich viele Russen und so. Kasachen, Armenier, Ukrainer und was weiß ich noch alles. So 'n Zirkus wie unserer ist ein Riesenunternehmen. Und die Jungs sind mir manchmal nicht ganz geheuer. Nicht die Artisten, da haben wir auch viele von da drüben, die sind voll in Ordnung.«

Er rollte verschwörerisch mit den Augen.

»Aber die ganzen Lackaffen, die für kleines Geld auf- und abbauen und den Laden am Laufen halten. Reden untereinander immer nur Russisch, da versteht doch ein normaler Mensch wie du und ich gar nichts. Oder sprichst du vielleicht Russisch?«

»Ein bisschen.«

Heilmann sah ihn verdutzt an.

»Wo hast du denn das gelernt?«

»Wenn's dich stört, hab ich's gerade eben wieder vergessen. Ich will keinen Ärger deswegen kriegen.«

Der Sicherheitschef klopfte ihm auf die Schulter.

»Wieso denn Ärger? Das ist doch total geil, wenn endlich einer, dem ich vertrauen kann, die versteht. Also, wo hast du das gelernt?«

»Hatte mal 'ne russische Freundin, die kein Deutsch konnte. Sie hat's gelernt, und ich im Gegenzug ihre Sprache.« Er schloss genießerisch die Augen. »Es gibt so Situationen, da klingt Russisch richtig geil, besonders bei einer immer scharfen, vollrasierten Madame aus Sankt Petersburg.«

Heilmann schien sich das Gehörte bildlich vorzustellen, denn er sagte ein paar Sekunden lang nichts.

»Mein lieber Mann. Du bist ja ein richtiger Glückspilz. Das hätte ich auch gerne mal unter mir.«

»Kein Problem, Gun. Sie ist zwar nicht mehr mein Mädel, aber wir sind noch gut befreundet. Wenn du willst, erzähl ich ihr von dir. Und wie gesagt, scharf ist sie immer.«

»Super, mach das. Kannst ihr ruhig sagen, dass ich mindestens genauso scharf bin wie sie. Und Klagen kenne ich nicht, kannst du ihr auch ausrichten. Bei mir geht immer alles.«

Er sah auf die Uhr.

»Ich muss jetzt rüber, die Argentinier haben gleich Probe.«

Wieder ein Klapps auf die Schulter.

»Lernst du alle kennen. Wann kannst du anfangen?«

»Von mir aus sofort. Aber du willst doch zuerst noch die Schlipsträger fragen.«

Heilmann fing an zu grölen.

»Hehe, Schlipsträger! Das hab ich ja noch nie gehört. Der ist gut, Mann. Hoho, Schlipsträger!«

Kommol stimmte in sein kindisches Lachen ein.

»Wann soll ich denn nun kommen? Morgen?«

»Ja, komm morgen um die gleiche Zeit wie heute. Schlipsträger, hoho. Deine Arbeitszeit ist von zwölf am Mittag bis um Mitternacht. So in etwa jedenfalls. Und vergiss deinen Sozialversicherungsausweis nicht, ohne den geht hier gar nichts.«

Kommol griff in seine Jacke.

»Schon klar, weiß ich.«

Der Sicherheitschef winkte ab.

»Lass stecken, ich brauch das Ding nicht. Die Schlipsträger wollen ihn haben. Aber wenn du noch einen Moment Zeit hast, kannst du gerne mitkommen und zusehen. Die Truppe ist echt gut, und sie wollen heute zum ersten Mal ihr neues Programm komplett ausprobieren.«

»Klar, wenn das geht?«

»Logisch. Ich muss doch meinen neuen Mann fürs Grobe einweisen.«

Damit zog er ihn am Arm hinter sich her in das riesige Zirkuszelt. Dort begann in diesem Moment eine Gruppe von etwa zehn mit Trainingsanzügen bekleideten Männern und Frauen, sich die Hände mit Magnesia einzureiben. Sie lachten dabei laut und machten derbe Scherze auf Spanisch.

»Bleib dicht bei mir, damit du nicht im Weg rumstehst, das mögen die Artisten nicht. Am besten guckst du einfach zu, was ich mache«, wies Heilmann seinen Begleiter an.

»Schon kapiert«, erwiderte Kommol devot.

Die argentinische Trapezgruppe erklomm über eine Leiter ihren luftigen Arbeitsplatz und begann, sich auf die nachmittägliche Trainingseinheit vorzubereiten. Jeder der Artisten nahm seinen Platz ein, und kurze Zeit später waren alle hoch konzentriert am Arbeiten. Der Sicherheitschef und sein neuer ›Mann fürs Grobe‹ beobachteten die Darbietung nur aus dem Augenwinkel, weil Heilmann immer wieder auf Details seiner Arbeit zu sprechen kam. Jetzt deutete er auf einen Punkt am gegenüberliegenden Ende des Zeltes.

»Dort drüben neben der Säule ist es am ehesten zu erwarten, dass sich jemand unberechtigt Zugang verschafft, egal, ob während der Proben oder der Vorstellungen. Da musst du immer ein Auge drauf werfen. Bestimmt erzählen die Russen das auch ihren Leuten, da kannst du drauf wetten. Diese Nassauer versuchen ganz sicher, sich von dort aus anzuschleichen. Aber nicht mit mir.«

Kommol nickte.

»Ich werd's mir merken. Was soll ich denn machen, wenn ich einen erwische?«

Heilmann lachte erneut auf.

»Keine Gefangenen, das gibt's hier nicht. Die oberste Heeresleitung versucht zwar immer, mir einzureden, dass ich denen nicht gleich die Visage vermöbeln soll, aber bis jetzt hat sich noch keiner beschwert, den ich erwischt hab. Wird auch nie passieren, da kannste Gift drauf nehmen.« Er sah Kommol eindringlich an. »Also: keine Körperverletzung, aber eine klare Ansage. Und wenn sich einer wehrt, gibt's eben eine Klatsche, Feierabend.«

Wieder nickte Kommol.

»Geht klar.« Dann zögerte er, als ob er noch etwas sagen wollte. Heilmann legte den Kopf schief.

»Damit hast du doch hoffentlich kein Problem?«

»Quatsch. Es gibt da nur ein anderes kleines Problem, von dem ich dir am besten gleich erzähle.« Er machte ein zerknirschtes Gesicht. »Ich hab eine kleine Tochter. Sie ist vier und lebt hier in der Stadt, bei ihrer Mutter.« Er zog ein kleines Foto aus der Jackentasche, auf dem ein bildhübsches blondes Mädchen mit langen Locken und einer riesigen Zahnlücke in die Kamera grinste. »Und um die will ich mich halt so gut kümmern wie möglich.«

Heilmanns Miene hellte sich schlagartig auf.

»Und das nennst du ein Problem? Du hast sie wohl nicht alle? Ich hab selbst so eine kleine Prinzessin, die auch bei ihrer bescheuerten Mutter lebt, aber weil ich die meiste Zeit unterwegs bin, sehe ich sie fast nie.« Wieder klopfte er Kommol kräftig auf die Schulter.

»Also wenn du wegen der Kleinen mal frei brauchst oder später kommst, da hab ich vollstes Verständnis für. Total.«

Über ihnen griff gerade einer der Flieger an den Händen des Fängers vorbei und stürzte mit einem lang gezogenen Schrei ins Fangnetz. Heilmann sah kurz hin und winkte ab.

»Die haben sie nicht mehr alle. Jeder Einzelne von denen ist durchgeknallt, das kannst du mir glauben. Weißt du, wie weh das tut, in das verdammte Netz zu knallen?«

Kommol machte ein fragendes Gesicht.

»Schon klar, dass du das nicht weißt, Pete.« Erneut schlug der Sicherheitschef ihm mit der Faust leicht gegen die Schulter. »Aber wie es im ›Salambo‹ abgeht, das weißt du«, meinte er feixend. »Das weißt du ganz bestimmt.«

»Ja, das weiß ich ganz genau«, antwortete der Schwarzhaarige und beobachtete fasziniert, wie der abgestürzte Argentinier sich mit einer geschickten Bewegung über das Ende des Fangnetzes rollte und unter dem Gejohle seiner Kollegen sofort wieder aufstieg.

»Fallen die öfter mal runter?«

Heilmann winkte ab.

»Nur im Training, da sind sie wie kleine Kinder. Während der Vorstellung sind sie wie ausgewechselt. Wenn du denen dann in die Augen guckst, könntest du glauben, die seien auf Koks. Wie Irre.« Er bedachte Kommol mit einem strengen Blick. »Du hast doch mit so was nichts zu tun, oder? Mit Koks und so 'nem Zeugs?«

»Bist du verrückt? Das wär' das Letzte, das kannst du

mir glauben. Ich hab die kaputten Typen doch in Hamburg jede Nacht gesehen. Und im Knast gab's noch mehr davon zu bewundern. Ich nicht, versprochen.«

Heilmann nickte zufrieden.

»Das ist gut. Ich hab mit diesem Abschaum nämlich nichts am Hut. Gar nichts!«

Zwei Stunden später ging der Mann, der sich als Peter Kommol vorgestellt hatte, die Untere Königsstraße entlang. Er trug nun eine tief ins Gesicht gezogene Baseballkappe. Nachdem er die große Kreuzung am unteren Ende überquert hatte, betrat er einen kleinen türkischen Laden, kaufte sich Obst und einen Träger Mineralwasser und stand zwei Minuten später vor der Tür des Hochhauses am Stern. Zwei etwa 15 Jahre alte Mädchen, die gerade das Haus verlassen wollten, hielten ihm die Tür auf.

»Danke«, rief er gut gelaunt hinter ihnen her.

Dann betrat er den Fahrstuhl, drückte auf den Knopf mit der 13 und wartete, bis sich die Tür geschlossen hatte. Während sich der Lift ruckelnd und mit einem leisen Quietschen in Bewegung setzte, lehnte er seine Schulter an die Rückwand.

Oben angekommen, verließ er die Kabine, sah routiniert nach links und rechts, bevor er sich auf den Weg zu seinem Appartement machte, und schloss die Tür auf. Im Flur stellte er die Tasche mit den Früchten und das Wasser ab, öffnete einen kleinen Kasten hinter der Tür und tippte eine Zahlenfolge in den darin verborgenen Zahlenblock. Ein kurzes Piepen signalisierte, dass sein Code akzeptiert worden war.

Kurz darauf kam er mit einer Tasse Kaffee und einem Glas Mineralwasser in der Hand aus der Küche, stellte die Getränke auf den Tisch im Wohnzimmer und legte eine Schallplatte mit Bruckners Vierter Sinfonie auf den Plattenteller. Mit den ersten Akkorden ließ er sich auf die bequeme Ledercouch fallen, griff nach der Kaffeetasse, lehnte sich zurück und versank im Streichertremolo des ersten Satzes.

Mit dem Ende der Musik setzte er sich aufrecht, streckte seinen durchtrainierten Körper und grinste zufrieden. Bruckners Vierte hatte eine magische, absolut entspannende Wirkung auf ihn. Dann öffnete er eine Kladde, die vor ihm auf dem Tisch lag, und begann darin zu lesen.

Gunnar Heilmann stand in großen Buchstaben darauf.

Einige Minuten später griff er zum Telefon, wählte eine Nummer und wartete. Als am anderen Ende der Leitung abgenommen wurde, meldete er sich.

»Guten Abend.«

17

Nachdem Lenz die Frau in der Wohnung ihrer Schwester abgesetzt hatte, fuhr er erneut zur Westendstraße. Dort hatten sich inzwischen etwa 60 Jugendliche und junge Männer, die meisten davon türkischer Herkunft, auf der Straße versammelt und skandierten lautstark Parolen, die der Hauptkommissar im Vorbeifahren jedoch nicht verstand. Mittlerweile hatten die beiden Uniformierten Verstärkung bekommen und es geschafft, den Verkehr in geregelte Bahnen zu lenken. Trotzdem wurden die Demonstranten von einer großen Anzahl von Medienvertretern gefilmt und interviewt. Ein junger Beamter hielt Lenz das Trassierband hoch, sodass er durch die Hauseinfahrt in den Hof fahren konnte. Dort stellte er den Dienstwagen ab und ging langsam zurück zur Straße. Nun konnte er das laute Geschrei der Demonstranten verstehen.

Rache für Bülent Topuz, forderten sie immer wieder. Im Vorbeigehen betrachtete er flüchtig die Gesichter der jungen Männer. Keiner war älter als 30, viele jünger als 20, und ihr Ausdruck war geprägt von Hass und grenzenloser Wut.

»Habe ich Ihnen das nicht prophezeit?«, hörte der Kommissar eine Stimme hinter sich sagen. Er drehte sich um und erkannte Tayfun Özönder, Topuz' Freund aus der Teestube.

»Und hatte ich Ihnen nicht empfohlen, auf diesen Unsinn zu verzichten?«

Der junge Mann kam einen Schritt näher, beugte den Kopf nach vorne und verengte die Augen zu Schlitzen.

»Das ist nur der Anfang, Herr Kommissar. Wir werden erst ruhen, wenn der Mörder unseres Freundes gefunden ist. Und es ist bestimmt besser für ihn, wenn Sie ihn zuerst finden.«

»Schon wieder eine Drohung«, erwiderte Lenz und hatte große Lust, den Mann abführen und eine Nacht in einer Zelle schmoren zu lassen. Er entschied sich jedoch dagegen, um den Zorn der Türken nicht noch mehr anzuheizen. »Und jetzt sorgen Sie besser dafür, dass dieses Spektakel aufhört, sonst landen Sie und Ihre Freunde auf dem Präsidium.«

Ohne eine Antwort stellte sich Özönder zu seinen Freunden und stimmte wieder in deren Parolen ein.

»Das kann ja heiter werden!«, wurde der Hauptkommissar von Heini Kostkamp empfangen, der, mit einem Brot in der Hand kauend vor Topuz' Wohnungstür stand. »Willst du nicht dafür sorgen, dass wieder Ruhe in der Straße einkehrt?«

»Mensch, Heini, soll ich die alle festnehmen lassen? Dann haben wir morgen zehn Mal so viele am Hals.«

»Stimmt auch wieder«, murmelte der Mann von der Spurensicherung und biss herzhaft in seine Stulle.

»Kommt ihr vorwärts?«, wollte Lenz wissen.

»Ziemlich gut, ja. Wir sind zu sechst, da merkt man schon, dass was passiert.«

»Irgendwas Interessantes?«

»Worauf du Gift nehmen kannst. Wie ich dir heute

Morgen schon gesagt habe, hat da drin einer mit Essigsäure um sich geworfen, um eventuelle DNA-Spuren zu zerstören. Und das deutet verschärft darauf hin, dass hier kein mittelmäßiger Eierdieb am Werk war, sondern ein ganz und gar professioneller Killer.«

Lenz war immer wieder beeindruckt von Kostkamps blumiger Sprache.

»Also gehst du von einem Täter aus?«

»Ich denke, ja. Es gibt ja kaum Spuren von einem, geschweige denn von einem zweiten.«

»Gut. Kannst du bitte auf Bahnfahrscheine achten, speziell auf einen von gestern Morgen, Kassel–Hannover?«

»Bis jetzt ist etwas Derartiges nicht aufgetaucht, aber ich behalte es im Auge.«

»Danke. Ich würde gerne seinen PC mitnehmen. Meinst du, das geht?«

»Den aus seinem Büro?«

»Hm«, machte Lenz.

»Kannst du machen, das Büro ist fertig. Aber zieh dir trotzdem was an die Füße, wer weiß, wozu es gut ist.«

Zwei Minuten später kroch der Hauptkommissar unter Topuz' Schreibtisch herum, zog die Kabel aus dem Computer, steckte das Gerät in eine große Plastiktüte und trug die Kiste in den Hausflur. Dann fiel ihm ein, dass er vergessen hatte, nach Bülents Internetabrechnungen zu forschen. Er ging zurück, fand nach kurzem Suchen die Abrechnung eines Kasseler Providers und steckte das Papier zufrieden ein. Zurück im Hausflur, trennte er sich von seinen Einweghandschuhen und den Füßlingen, packte den Rechner auf die Schulter und ging zum Wagen. Der Lärm von der Straße war nicht ein Dezibel leiser geworden.

Er hatte schon den halben Weg zum Präsidium hinter sich gebracht, als er es sich anders überlegte, an einer Ampel wendete, in die Richtung zurückfuhr, aus der er gekommen war, und kurze Zeit später vor dem imposanten Dach des Kasseler Fernbahnhofes Wilhelmshöhe ankam. Dort stellte er seinen Wagen ab, betrat die zugige Halle und ging auf den Informationsschalter zu.

»Lenz, Kripo Kassel, guten Tag. Wer ist bitte für die Auswertung Ihrer Überwachungskameras zuständig?«

Die beiden Frauen hinter der Theke sahen ihn an, als hätte er ihnen einen unsittlichen Antrag gemacht.

»Ähh«, stammelte die linke der beiden, »das weiß ich jetzt auch nicht so genau.« Sie drehte ungelenk ihren massigen Körper und wandte sich nach links zu ihrer Kollegin. »Weißt du das, Rosi?«

»Keine Ahnung. Warum wollen Sie das denn wissen?«

Lenz atmete tief durch, machte ein freundliches Gesicht und sah von einer zur anderen.

»Polizeigeheimnis. Können Sie es bitte herausfinden, mir wäre sehr daran gelegen.«

Rosi, die rechte der beiden, zuckte mit den Schultern, griff zum Telefonhörer und wählte.

»Hielscher vom Info-Counter«, begann sie. »Hier ist ein Herr von der Polizei, der eine Frage wegen der Kameras hat. Können Sie bitte mal runterkommen?«

Nach einer kurzen Pause bedankte sie sich und legte auf.

»Mein Chef ist auf dem Weg, der kann Ihnen sicher weiterhelfen.«

Damit wandte sie sich einer älteren Dame zu, die neben Lenz getreten war. Der Hauptkommissar musste nicht lange warten, bis ein etwa 25-jähriger Mann in blauer Uniform auf ihn zukam.

»Bracht, guten Tag«, stellte er sich vor. »Was kann ich für Sie tun?«

»Sie haben doch auf den Bahnsteigen Kameras, Herr Bracht. Gibt es eine Möglichkeit, sich die Bilder von gestern Morgen anzusehen?«

Der Bahnbedienstete machte eine abwehrende Handbewegung.

»So leid es mir tut, aber wir nehmen gar keine Bilder auf. Die Kameras, die Sie an den Bahnsteigen sehen, dienen ausschließlich unseren Ansagekräften zum richtigen Timing. Wir machen keine Aufnahmen von unseren Fahrgästen.«

Lenz sah ihn ungläubig an.

»Wie, Sie machen keine Aufnahmen von Ihren Fahrgästen? Die ganze Republik ist kameraüberwacht, und am Kasseler Bahnhof Wilhelmshöhe guckt die Deutsche Bahn in die Röhre?«

Nun hob der Mann im blauen Anzug entschuldigend die Arme.

»Ich weiß, das ist ein Anachronismus. Und Sie können mir glauben, dass ich sehr gerne ein komplettes Überwachungssystem hätte, allein wegen der Unfallgefahr auf den

Bahnsteigen, aber wir haben nun mal keins. Und wir stehen auch nicht auf der Liste derjenigen Bahnhöfe, die in den nächsten Jahren damit ausgerüstet werden sollen.«

Der Hauptkommissar sah sich in der Halle um.

»Hier oben gibt es auch keine Kameras?«

»Nein, auch hier oben nicht. Wir hatten vor einigen Jahren mal den Bereich der Schließfächer mit Kameras überwacht, weil es eine Zeit lang in Mode war, dass irgendwelche Idioten ihr Altöl literweise in den Boxen endgelagert haben. Aber nachdem die Tauben die Kameras richtig zugeschissen hatten, wurden sie einfach wieder abmontiert.«

Lenz bedankte sich bei dem Mann, verabschiedete sich und ging über eine Treppe nach unten zum Abfahrtsbereich. Erstaunt betrachtete er die beiden altertümlichen Kameramodelle über seinem Kopf, die jeweils einen kleinen Ausschnitt des Bahnsteigs abdeckten. Der Bahnbedienstete hatte recht – mit diesen Dingern konnte man keinen Überwachungsstaat ausrufen.

Bevor der Kommissar den Bahnhof verließ, warf er einen Blick auf den Fahrplan. Es gab zwei Verbindungen nach Hannover, die Topuz benutzt haben könnte. Eine um 7.23 Uhr und eine weitere um 7.39 Uhr.

»Fragen wir halt in Hannover nach. Vielleicht ist der Bahnhof dort ja videoüberwacht«, war Hains Kommentar, nachdem er Topuz' Computer in Empfang genommen hatte und von Lenz über dessen magere Erkenntnisse in Wilhelmshöhe sowie die Einlassungen von Petra Topuz informiert worden war. »Wenn er dort ausgestiegen ist, und es gibt tatsächlich ein paar Bilder davon, wissen wir wenigstens genau, dass er nicht der Mörder von Fehling ist.«

»Und können uns die hoffentlich schöne Unbekannte anschauen, mit der Topuz sich getroffen hat«, ergänzte Lenz. »Dann finden wir noch heraus, wer sie ist, damit wir ihr ein paar Fragen stellen können.« Er deutete auf das elektronische Ensemble auf Hains Schreibtisch. »Aber bis dahin stellst du erst mal diese beiden Kisten da auf den Kopf und holst alles an Informationen heraus, was du kriegen kannst.«

»Die eine ist so gut wie erledigt, viel mehr als das, was wir schon wussten, gibt es nicht zu holen. Viel Porno, viel Chat, viele Foren. Ich bin gerade dabei gewesen, über die Zeiten, in denen er online war, seinen Alias herauszufinden, aber das ist nicht so einfach. Hast du wenigstens die Unterlagen mitgebracht, um die ich dich gebeten habe?«

Lenz nickte und zog die Papiere aus der Innentasche seiner Jacke.

Ein kurzes Klopfen an der Tür, dann stand Rolf-Werner Gecks im Raum. Mit einem triumphierenden Lächeln sah er seine Kollegen an.

»Schminkt euch den Türken als Mörder von Fehling ab, der war es nämlich nicht«, begann er, um danach eine längere Kunstpause einzulegen.

»Mach's nicht so spannend, RW. Was hast du herausgefunden?«

»Unser Türke ist gestern um 7.09 Uhr an der Haltestelle Annastraße in eine Tram der Linie 4 gestiegen und zum Wilhelmshöher Bahnhof gefahren. Dort hat er, nach Aussage von Franz Buchinger, einem Bewohner des Hauses gegenüber, einen ICE Richtung Norden genommen.«

Gecks setzte sich. »Noch irgendwelche Fragen?«

Lenz zog sich einen Stuhl heran, nahm neben Gecks Platz und klopfte ihm herzhaft auf den Oberschenkel.

»Gute Arbeit, RW. Weiß dein Herr Buchinger denn mit hundertprozentiger Sicherheit, dass es Topuz gewesen ist?«

»Absolut, ja. Topuz und er sind öfter zusammen Bahn gefahren, so haben sie sich auch kennengelernt. Buchinger ist Lehrer und arbeitet an einer Schule in Marburg. Der Türke ist ein- oder zweimal im Monat im selben Zug unterwegs gewesen und entweder nach Gießen oder Frankfurt gefahren, das wusste er nicht mehr so genau.«

Hain, der in der Zwischenzeit Topuz' Computer angeschlossen hatte, nahm sich ebenfalls einen Stuhl und setzte sich zu den beiden.

»Und unser Paule hat sogar schon herausgefunden, wo Topuz hin wollte und was er dort vorhatte, RW.«

Der verwirrte Gecks sah zuerst Hain und dann Lenz an.

»Wie ...?«

Der Hauptkommissar warf seinem jungen Kollegen einen vernichtenden Blick zu.

»Manchmal bist du echt ein Depp, Thilo.«

Sofort sprang Hain wieder hoch und setzte eine schuldbewusste Miene auf.

»Das stimmt. Tut mir leid.«

Ihr Kollege hatte noch immer kein Wort verstanden.

»Also, RW, die Sache ist ganz einfach. Die Frau des Türken hat mir gesteckt, dass erstens sie einen anderen Kerl hat und zweitens ihr Mann eine heiße E-Mail-Bekanntschaft, die er gestern Morgen in besagtem Zug nach Norden zum ersten Mal getroffen hat. Aber es ist natürlich total wichtig, dass ihre Aussage von diesem Buchinger bestätigt wurde. Also gehen wir jetzt davon aus, dass Topuz den Fehling nicht erschossen hat.«

Gecks Ausdruck wurde wieder sicherer.

»Hab ich doch gleich gesagt. Das passt alles hinten und vorne nicht zusammen.«

Lenz nickte zustimmend.

»Richtig. Bleibt nur noch zu klären, wer zuerst Fehling und dann Topuz abgeknallt hat, und warum er es gemacht hat. Gut wäre es, wenn einer von uns sich mit den Kollegen der Bundespolizei in Hannover in Verbindung setzt und anfragt, ob es im Hauptbahnhof eine Videoüberwachung gibt. Und ob wir einen Blick darauf werfen können.«

Gecks seufzte.

»Einer von uns heißt doch todsicher, dass es an mir hängen bleibt. Aber lass mal, ich kümmere mich darum.«

Lenz zog Topuz' Foto aus der Tasche und reichte es seinem Kollegen. Der grinste, griff ebenfalls in die Jackentasche und hielt seinem Chef eine Aufnahme von Topuz und seiner Frau entgegen.

»So schlau wie du bin ich schon lange. Ich melde mich, wenn es Neuigkeiten gibt«, erklärte er lapidar und war schon fast aus der Tür.

»Moment noch!«, rief Lenz. »Es geht um die beiden ICEs, die um 7.23 Uhr und um 7.39 Uhr in Wilhelmshöhe abfahren. Ein anderer kommt erst mal nicht in Betracht.«

Gecks schrieb kurz mit und zog dann die Tür hinter sich zu.

Lenz trat ans Fenster und betrachtete das Ende des grauen Spätherbsttages.

»Deine Theorie von den verfeindeten Internetjüngern ist damit geplatzt wie eine reife Tomate, mein Freund!«, verkündete er mit mächtig Hohn in der Stimme Richtung Hain.

»Ich gehe zwar im Moment in Sack und Asche, weil ich RW fast um die Freude über seinen Ermittlungserfolg gebracht hätte, aber abschreiben solltest du meine Theorie deswegen noch lange nicht«, erwiderte der Oberkommissar, ohne aufzublicken. »Denn die einzige Verbindung zwischen den beiden ist und bleibt ihre Computeraktivität. Und so unwahrscheinlich es auch sein mag, bin ich trotzdem der Meinung, dass sowohl Fehling als auch Topuz vom gleichen Killer umgebracht wurden. Außerdem steht noch immer die Frage im Raum, wie der Türke an die Schmauchspuren gekommen ist, die nun mal nicht wegzudiskutieren sind.«

»Da gebe ich dir jetzt recht. Und wenn du fertig bist mit deinen Anschlussarbeiten, lass uns zuerst mal nachsehen, mit welcher Frau Topuz diesen angeblich heißen E-Mail-Verkehr hatte.«

»Geht gleich los«, beruhigte Hain, schaltete den Rechner ein und wartete. Nach einer Zeit, die Lenz unendlich lang vorkam, ertönte die allseits bekannte Melodie, und es erschien ein Bild vom kleinen Sohn des Türken.

»Verdammt, er hat seine Kiste mit einem Passwort geschützt«, fluchte Hain eine knappe Minute später.

»Ruhig, Brauner«, sagte Lenz leise. »Versuch es mit Hassan Topuz.«

Hain tippte, bekam jedoch eine Fehlermeldung.

»Coole Idee. Hast du noch eine?«

»Seine Frau hat damit Zugang gekriegt. Hat sie mir zumindest erzählt.«

Der junge Oberkommissar tippte, argwöhnisch beobachtet von seinem Kollegen, noch einmal, und diesmal veränderte sich das Bild auf dem Monitor.

»Ohne Leerzeichen. Na ja, wenn das alles war«, freute er sich und zog die Tastatur näher heran.

»Seine Mails möchtest du sehen? Dann mal los.«

Mit fliegenden Fingern wühlte er sich durch Topuz' E-Mail-Programm und hatte schnell den fraglichen Ordner gefunden. Er hieß ›Amygdala‹ und war vor vier Monaten angelegt worden. Die Polizisten arbeiteten sich chronologisch vorwärts, lasen jede Mail, die Topuz geschrieben hatte, und die dazugehörige Antwort der Frau. Am Anfang hatte der Schriftverkehr etwas von zwei Schülern, die unsicher und ungelenk einen ersten Kontakt herstellten. Die Frau kam angeblich aus Frankfurt, lebte dort allein, war 27 Jahre alt und arbeitete als Übersetzerin. Mit zunehmendem Vertrauen gab sie Topuz immer mehr Persönliches preis und fing an, sich über die Männer im Allgemeinen und die deutschen im

Besonderen zu mokieren. Sie käme sich vor wie Freiwild, schrieb sie, weil die Kerle immer nur das Eine von ihr wollten. Das aber würde sie nie und nimmer vor der Ehe hergeben. Auch Topuz' Antworten wurden mit der Zeit immer vertrauter und sicherer. Allerdings verheimlichte er der Frau, die sich Sylvia nannte, seine Ehefrau und sein Kind. In einer der letzten Mails fabulierte er sogar schon von einer kleinen Familie und dem Umzug nach Frankfurt.

»Das glaub ich ja gar nicht«, echauffierte sich Lenz. »Dieser Arsch hat Frau und Kind ein Zimmer weiter sitzen und tischt dieser Tussi solche Geschichten auf? Meine Herren!«

Hain hob eine Augenbraue.

»Was regst du dich denn so auf? Das ist die moderne, elektronische Welt. In der kannst du lügen und betrügen, dass es nur so kracht. Aber irgendwann, wenn du diese Welt verlässt und es in der Realität weitergehen soll, musst du wahrscheinlich die Hose runterlassen. So wie unser guter Bülent. Der hätte auch irgendwann mit nacktem Arsch an der Wand gestanden.«

»Das ist doch krank«, wollte Lenz sich nicht beruhigen.

»Aber die Realität. Und jetzt hör auf, dich so aufzuspulen, hier ist nämlich ein Foto von der Frau.«

Er öffnete den Anhang einer Mail und pfiff durch die Zähne.

»Das glaubt die doch selbst nicht, dass ihr die Anbaggerei der Kerle auf die Nüsse geht, so wie die aussieht.«

Lenz betrachtete das Foto. Es zeigte eine schlanke,

hübsche, dunkelhaarige Frau, die fröhlich in die Kamera lachte. Irgendwie erinnerte ihn die Aufnahme an ein Werbefoto.

»Gibt es irgendwo eine Adresse?«

Hain durchforstete sämtliche Mails, konnte jedoch weder einen Nachnamen noch eine Adresse finden. Auch hatte Topuz nie danach gefragt oder seine Daten weitergegeben.

»Komisch«, meinte Lenz.

»Ja, das ist in der Tat ziemlich merkwürdig. Ich kopiere jetzt ihr Foto und lass es durch unser System laufen. Dann schauen wir, wie weit RW mit der Hannover-Connection ist und ob die beiden tatsächlich gemeinsam aus dem Zug gestolpert sind.«

»Na ja«, warf Lenz ein, »selbst wenn sie sich wirklich in der Bahn getroffen hätten, Topuz war auf jeden Fall um 10.30 Uhr wieder in der Uni. So viel Zeit haben sie also nicht gemeinsam verbringen können.«

»Für ein erstes Beschnuppern reicht das doch, oder?«

Lenz dachte einen Moment nach.

»Das vielleicht schon, aber vielleicht hat die Frau die gleichen Lügen erzählt wie Topuz. Vielleicht hat sie auch einen Mann und ein oder mehrere Kinder, unsere Amygdala.«

Wieder machte er eine kurze Pause.

»Was ist das überhaupt für ein komischer Name?«

»Amygdala?«

»Hmm.«

»Die Amygdala ist ein Teil unseres Gehirns«, erklärte Hain seinem Chef. »In ihr, oder besser in ihnen, weil wir Menschen normalerweise zwei davon haben, werden, wenn ich mich richtig erinnere, alle Prozesse gesteuert, die mit Angst und Angsterinnerung zu tun haben.«

»Und warum nimmt man so einen Namen, um sich im Internet herumzutreiben?«

»Vielleicht hat ihr einfach der Klang gefallen. Meine Tochter würde ich zwar nicht so nennen, aber irgendwie hat Amygdala was.«

Die Bürotür wurde aufgestoßen, und Rolf-Werner Gecks grinste die beiden an.

»Es lebe der Fußball«, philosophierte er. Und weil keiner seiner Kollegen etwas dazu sagte, fuhr er einfach fort.

»Die Jungs von der Bundespolizei in Hannover, die auch den Bahnhof überwachen, haben für die WM 2006 die geilsten und neuesten Sachen gekriegt, die man für Geld kaufen kann. Sie nehmen den kompletten Bahnhof auf und speichern das Material mindestens sieben Tage. Ich hatte eine superfreundliche Dame am Apparat, die mir zugesagt hat, dass ich die für uns relevanten Sequenzen in spätestens einer Stunde hier habe. Und ob ihr es glaubt oder nicht, der Download läuft schon.«

Hain sah ihn kopfschüttelnd an.

»Na, da werden wohl bei unserem Server mal wieder die Lichter ausgehen«, orakelte der Oberkommissar.

»Nein, nein. Ich hab sie gefragt, und scheinbar kennt sie sich mit diesen Sachen ganz gut aus. Alles kein Problem, meinte sie.«

»Lassen wir uns überraschen«, beendete Lenz die Spekulationen, »und gehen rüber, um uns das Material anzusehen.«

Zehn Minuten später saßen die drei vor dem Computermonitor in Gecks' Büro. Hain übernahm die Aufgabe, die gesendeten Daten sichtbar zu machen. Dann tauchte ein vierfach geteiltes Bild auf. Es dauerte einen Moment, bis den Beamten klar wurde, dass sie den gleichen Bahnsteig zur gleichen Zeit, von vier verschiedenen Kameras aufgenommen, sahen.

»Geil!«, freute sich Hain. »Alles, was wir brauchen auf einem Monitor.«

Die Schwarz-Weiß-Aufnahmen waren von beeindruckender Qualität. Man sah den Bahnsteig, auf dem offensichtlich Fahrgäste die Einfahrt eines Zuges erwarteten. Bei jedem Teilbild war rechts unten die Uhrzeit eingeblendet. 8.17 Uhr. Jetzt kam Bewegung in die Menge der Wartenden, dann tauchte der Triebkopf eines ICE auf, und der Zug rollte nach und nach durch alle vier Bilder, bis er zum Stehen kam.

»Faszinierend«, bemerkte Gecks.

Lenz zog erneut das Foto von Topuz aus der Tasche und legte es neben den Monitor auf den Schreibtisch. Gebannt beobachteten die Polizisten die aus dem Zug hastenden Menschen, aber Topuz war nicht dabei.

»Wiederholung?«, fragte Hain.

»Nein, lass uns sehen, ob die Kollegin den nächsten Zug auch drauf hat.«

»Davon gehe ich aus«, antwortete Hain und spulte langsam vorwärts. Nach etwa zwei Minuten weiterer Aufnahmen gab es eine kurze Unterbrechung, dann tauchte ein anderer Bahnsteig auf. Die Uhr zeigte nun 8.32, auch der Blickwinkel hatte sich verändert. Offenbar hielt der jetzt einfahrende Zug auf dem Gleis gegenüber. Wieder kam Bewegung in die wartenden Menschen, bevor der Zug einlief.

»Da, das ist er!«, riefen alle drei gleichzeitig, als der junge Türke in einer der ICE-Türen auftauchte. Hain stoppte die Wiedergabe, fror das Bild ein und drehte sich um.

»Voilà, die Herren. Bülent Topuz ist eindeutig nicht der Mörder von Reinhold Fehling.«

Damit ließ er die Aufnahme weiterlaufen. Die Beamten sahen, dass Topuz den Wagen verließ. Er sah verwirrt aus, vielleicht auch wütend. Nachdem er sich ein paar Mal suchend auf dem Bahnsteig umgeschaut hatte, ging er zu einem an der Wand angebrachten Fahrplan, fuhr mit dem Finger über die einzelnen Daten und warf einen Blick auf seine Armbanduhr. Dann sah er kurz auf das Display seines Mobiltelefons, setzte sich erneut in Bewegung und verschwand aus dem Bild. Kurz danach war die Aufnahme beendet. Hain drückte eine Taste.

»Keine Frau zu sehen. Und irgendwie keimt in mir der ungemütliche Verdacht, dass die ganze verdammte Lovestory eine einzige Verarsche gewesen sein könnte.«

Lenz nickte.

»Den Gedanken hatte ich auch gerade. Der wird nach Hannover gelockt, damit er kein Alibi hat und hier für uns den Mörder spielen kann. Fragt sich nur, von wem und für wen?«

»Wollen wir es uns ein zweites Mal anschauen?«

»Lass sein, Thilo«, erwiderte Lenz. »Wir wissen jetzt, dass er nach Hannover gefahren ist und demzufolge unmöglich Fehling erschossen haben kann. Also alles auf Anfang.«

Gecks fuhr mit seinem Stuhl zur Seite und sah seine Kollegen an.

»Aber was hat es dann mit den Schmauchspuren auf sich? Die hatte er an den Händen, da hilft auch die Fahrt nach Hannover nichts.«

»Das haben Thilo und ich uns auch schon gefragt, aber leider keine befriedigende Antwort gefunden. Es könnte ein irrer Zufall sein, an den kein normaler Mensch jemals denken würde.«

Hain verzog das Gesicht.

»Nee, Paul, das glaub ich nicht. Da ist ein ganz ausgekochter Profi am Werk, der zuerst Fehling und danach den Topuz abgeknallt hat. Und der uns weismachen wollte, dass der eine der Mörder des anderen ist. Nur, wenn ich über ein Motiv nachdenke, stehe ich ziemlich schnell dumm da.«

Lenz griff zum Telefon und wählte Kostkamps Nummer.

»Ich bin's, Heini«, meldete er sich. »Hast du ein Mobiltelefon in der Wohnung gefunden?«

Er lauschte einen Moment dem Mann von der Spurensicherung, bedankte sich artig und legte auf.

»Kein Telefon. Wenn Topuz es nicht im Lauf des Tages irgendwo verloren oder vergessen hat, muss der Mörder es wohl mitgenommen haben. Aber Heini will in einer halben Stunde hier sein und die ersten Ergebnisse präsentieren.«

18

Wilhelm Vogt gab seinem Faktotum Walther Olms mit einer Geste zu verstehen, dass er allein gelassen werden wollte. Der 55-Jährige nickte, drehte sich um und verschwand lautlos. Vogt vergewisserte sich, dass die modifizierte Diffie-Hellman-Crypto-Funktion seines Mobiltelefons aktiviert war, die ein Abhören des Gesprächs unmöglich machte, und antwortete leise.

»Auch Ihnen einen schönen guten Abend. Ein überraschender Anruf, wenn ich mich an unser letztes Gespräch erinnere.«

»Durchaus, aber durchaus auch ein wichtiger Anruf. Ich muss Sie davon in Kenntnis setzen, dass unsere Geschäftspartnerin mich darüber informiert hat, dass die Lieferung schon übermorgen zugestellt werden kann. Allerdings hat sie mir auch mitgeteilt, dass sich der Preis der Ware um 50 Prozent erhöhen wird.«

Franck konnte das Erstaunen seines Gesprächspartners spüren.

»Hat sie eine Erklärung dafür abgegeben?«

»Schwierigkeiten bei der Beschaffung und gestiegene Rohstoffpreise. Wenn ich sie richtig verstanden habe, ist ihr die Preisanpassung außerordentlich peinlich.«

»Nun ja, wie auch immer. Unsere Zeitplanung lässt einen Anbieterwechsel definitiv nicht mehr zu, deshalb müssen wir wohl oder übel zustimmen, obwohl mir ein solches Geschäftsgebaren zuwider ist.«

»D'accord, das sehe ich genauso. Aber ich bin wie Sie der Meinung, dass unser enger Zeitplan keine andere Option mehr sinnvoll erscheinen lässt.«

»Hätten wir eine Alternative?«

Franck dachte einen Moment nach.

»Ich fürchte, nein.«

»Dann werde ich die Anweisung sofort vornehmen.«

Nachdem Franck das Gespräch beendet hatte, suchte er eine ältere Wishbone-Ash-Aufnahme aus, legte sie auf den Plattenteller und setzte sich wieder.

Ein letzter Auftrag, dachte er. Der Traum eines jeden Hitman würde bei ihm zur Realität werden. Ein letzter Auftrag, der ihn für den Rest seines Lebens finanziell unabhängig machen würde.

Es war ein weiter Weg für den Sohn eines Elsässer Winzers bis in dieses schäbige Appartement. Schule und abgebrochene Winzerlehre in Colmar, dann Eintritt in die französische Marine. Mit Einsatz und fast krankhaftem Ehrgeiz Karriere bis zum Führungsoffizier der Spezialeinheit *Commando Hubert*. Offene und geheime Einsätze in allen Krisengebieten der Welt, oft auch hinter den feindlichen Linien und unter größter Lebensgefahr. Dann die Verwundung während eines Einsatzes in Somalia und der Abschied aus dem operativen Dienst. Zweieinhalb Jahre als Militärausbilder in Calvi auf Korsika, danach der endgültige Abschied. Und die Enttäuschung darüber, wie Frankreich mit den ausgemusterten Spezialisten seiner Streitkräfte umgeht. Anwerbung durch den Geheimdienst und in der Folge gut bezahlter Killer;

zuerst für die eigene Nation, danach für jeden, der genug Geld hatte, sich seine Dienste leisten zu können.

Und nun Kassel. Wilhelm Vogts Unterhändler hatte über einen ehemaligen Mitarbeiter des französischen Geheimdienstes den Kontakt zu ihm hergestellt. Sechs Wochen hatte er daraufhin jeden Stein umgedreht, den Vogt jemals in seinem Leben betreten oder überrollt hatte, um sich dann zu einem Sondierungsgespräch mit ihm zu treffen. Und schon vom ersten Moment an war er sicher, dass dieser Mann sowohl einen besonderen Auftrag als auch das Ticket in ein endgültig sorgenfreies Leben für ihn bereithielt.

Er wusste, dass es auf der Welt drei, vielleicht vier Männer gab, die eine komplexe Aufgabe wie diese lösen konnten, und es machte ihn stolz, unter ihnen der Auserwählte zu sein. Der Preis, den er gefordert hatte, war ebenso außergewöhnlich wie die Anforderung, die an ihn gestellt wurde, und Vogt hatte nicht einen Moment versucht, mit ihm zu handeln.

Als er vor etwas mehr als drei Monaten nach Kassel gezogen war, um sich mit der Stadt und den Bedingungen seines Auftrages vertraut zu machen, war ihm öfter die Frage durch den Kopf gegangen, was einen wohlhabenden, unabhängigen und angesehenen Menschen wie Vogt dazu trieb, einen solchen Massenmord in Auftrag zu geben. Dann jedoch entschied er sich, keinen Gedanken mehr daran zu verschwenden und im Gegenzug einen ebenso perfekten wie perfiden Plan auszuarbeiten.

Das Grundgerüst, die Idee, hatte Vogt entwickelt, ihm vorgetragen und zur Bedingung gemacht. Franck hatte die Details geprüft und eine Machbarkeitsstudie daraus abgeleitet. Nach einer großzügigen Kostenschätzung gab es ein abschließendes Gespräch zwischen ihm und Vogt.

Sie haben die volle Freigabe für alle Kosten, die entstehen, solange der Erfolg der Aktion gewährleistet ist, hatte Vogt ihm lapidar mitgeteilt. Und als ob er den Wert seiner Worte dadurch unterstreichen wollte, hatte der Unternehmer die ersten zwei Millionen Euro auf ein von Franck speziell für diesen Auftrag errichtetes Konto bei einer Bank auf den Caymans eingezahlt. Danach waren sukzessive jeden Monat weitere Beträge gutgeschrieben worden, sodass Franck seit etwa einer Woche das komplette Honorar erhalten hatte, was eine seiner Bedingungen gewesen war.

Er nahm die Fernbedienung in die Hand, erhöhte die Lautstärke ein wenig und dachte an Tatjana Medwedewa, die ihn am Tag zuvor kontaktiert und über die inflationäre Preiserhöhung für die bestellte Ware informiert hatte. Er war froh, dass ihm seine Verärgerung während des verklausuliert geführten Gespräches nicht anzumerken gewesen war, doch noch immer, wenn er an diesen Affront dachte, beschleunigte sich sein Puls. Aus vereinbarten zwei Millionen waren plötzlich drei geworden. Mit energischen Bewegungen griff Franck nach einem Block, der auf dem Tisch lag, und erstellte eine Einkaufsliste.

19

Heini Kostkamp zog sich müde einen Stuhl heran und ließ seinen massigen Körper kraftlos auf das dünne Polster sinken.

»Mein lieber Mann, noch so ein Marathon, und ich melde mich krank.« Er griff mit der linken Hand in die Brusttasche seines Hemds, kramte einen Kaugummi hervor und steckte ihn zwischen die Zähne. Lenz, Hain und Gecks saßen ihm gegenüber und sahen ihn ebenso schweigend wie erwartungsvoll an. »Und meine Rita ist stinksauer, weil ich auf meine alten Tage noch zu einem Workaholic werde, wie sie sich ausdrückt.«

Er deutete mit einem Kopfnicken auf die Kaffeetassen.

»Gibt's noch einen?«

Hain sprang auf und war schon an der Tür.

»Ich hol dir einen.«

Während der junge Oberkommissar auf den Flur stürmte, gab Lenz seinem Kollegen eine kurze Zusammenfassung der bisherigen Ermittlungsergebnisse.

Kostkamp holte tief Luft und atmete schwer aus.

»Da habt ihr euch einen schönen Spezialisten ausgesucht.«

Lenz sah ihn verwundert an.

»Den Türken?«

Der Mann von der Spurensicherung winkte ab.

»Nein, nicht den Türken, der ist zu tot, um als echter Spezialist zu gelten. Ich meine den Typen, der ihn erschossen hat.«

»Und was macht den zum Spezialisten?«

»Alles«, antwortete Kostkamp und bedachte den Hauptkommissar mit einem besorgten Blick.

»Mein lieber Paul, ich habe schon viele Wohnungen nach Spuren abgesucht, aber noch nie habe ich einen so sauberen Tatort gesehen. Und das basiert nicht auf dem Glück des Täters, sondern auf beunruhigend großem Detailwissen über meine Tätigkeit und die meiner Kollegen.«

Hain kam, eine Tasse Kaffee in der Rechten balancierend, zurück und stellte sie vor Kostkamp auf den Schreibtisch.

»Danke, Thilo. Ihr solltet euch vor dem, der mit der Knarre in die Wohnung marschiert ist und den Türken erschossen hat, ernstlich in Acht nehmen, denn der weiß genau, was er tut.«

Er zog einen kleinen Block aus der Tasche und klappte ihn auf.

»Also, da hätten wir als Erstes die Sache mit der Essigsäure. Essigsäure vernichtet zuverlässig und unwiederbringlich DNA-Spuren. Der Kerl hatte Angst, dass wir irgendeinen Fitzel seiner DNA finden könnten, also hat er dafür gesorgt, dass es keinen mehr zu finden gibt. Das hat er mit genau der richtigen Dosierung und der exakt ausreichenden Menge gemacht.«

»Das heißt aber«, unterbrach Lenz seine Ausführungen, »dass wir vermutlich eine DNA-Probe von ihm haben. Sonst müsste er nicht solch einen Aufwand betreiben, um sich zu schützen.«

»Hmm«, machte Kostkamp. »Ist möglich, könnte aber auch eine reine Vorsichtsmaßnahme sein. Und wenn ich mir sein weiteres Vorgehen so ansehe, würde ich auf die zweite Version tippen.«

»Wenn man dir zuhört, könnte man glatt glauben, dass wir es hier mit einem Ableger von 007 zu tun haben. Bist du sicher, dass du nicht ein bisschen übertreibst, Heini?«, schaltete Gecks sich ein. Der Spurensicherer zog eine Augenbraue hoch.

»Bin ich, RW. Er ist in die Wohnung gekommen, ohne sich am Schloss zu vergreifen. Wahrscheinlich hat er einfach geklingelt, aber es ist ihm auch zuzutrauen, dass er längst einen Schlüssel hatte. Wir lassen gerade die drei Wohnungsschlüssel, die in dem Kasten hinter der Tür hingen, auf Spuren von Nacharbeit hin untersuchen.«

»Dann müssen wir uns auch noch um den seiner Frau kümmern«, gab Lenz zu bedenken.

»Stimmt! Das ist aber deine Arbeit. Übrigens hat der Doc mir noch im Vertrauen gesteckt, dass er davon überzeugt ist, dass der Türke betäubt wurde, bevor er als Kugelfang herhalten musste. Aber er will erst nach der Obduktion mit Details rausrücken.«

Lenz sah seinen Kollegen durchdringend an.

»Du hast bestimmt noch was auf der Pfanne, Heini, sonst würdest du nicht so auf Elitekiller machen, oder?«

Kostkamp nickte schmunzelnd. Lenz stöhnte auf.

»Nun lass es dir nicht aus der Nase ziehen, was ist es?«

»Dass der Türke den Fehling nicht erschossen hat, hätte ich dir auch sagen können.«

»Aha. Und warum?«

»Weil man mit Platzpatronen niemanden erschießen kann.«

»Wieso Platzpatronen?«, wollte Hain irritiert wissen.

Kostkamp beugte sich nach vorne, griff nach der Kaffeetasse auf dem Tisch und nahm einen großen Schluck.

»Ich bin sicher, dass ihr ganz schön über die Schmauchspuren an seiner Hand gestolpert seid, weil das alles zu schön zusammengepasst hätte. Bekennerschreiben, Tatwaffe, Schmauchspuren, und dann kann er es nicht gewesen sein, weil er sich in Hannover mit einem Schneckchen treffen musste.«

»Oder auch nicht«, bremste Lenz seinen Kollegen.

»Wie auch immer. Jedenfalls bin ich seit einer Stunde sicher, dass er nur mit Platzpatronen geballert hat. Und mit denen, wie gesagt, kann man schlecht jemanden erschießen.«

Lenz verzog anerkennend das Gesicht.

»Und wie bist du darauf gekommen?«

»Ich hatte nur so eine Ahnung. Der Ruhm für diese Erkenntnis gebührt also weniger mir als der neuen Kriminaltechnikerin Regina Schröder. Die scheint eine echte Waffenexpertin zu sein, was kein Wunder ist, weil sie bei den Polizeiweltmeisterschaften 2002 die Bronzemedaille mit der Schnellfeuerpistole ergattert hat. Und weil auch ihr das ganze Szenario irgendwie komisch vorkam, ist sie in die Pathologie gefahren und hat sich erstens die Hand angesehen und zweitens eine Probe des Schmauchs genommen. Das Ergebnis hat sie dann gleich mitgebracht: Der Schmauch stammt von mindestens einer, vermutlich aber von mehreren abgefeuerten Platzpatronen.«

»Ich wusste gar nicht, dass man so genau herausfinden kann, ob mit scharfer Munition oder Platzpatronen geschossen wurde«, stutzte Gecks.

»Ich auch nicht«, bestätigte Kostkamp, »aber die Schröder sagt, es geht, und zwar über die Zusammensetzung der Treibladung.«

»Also hat der Täter ihn zuerst erschossen und dann in seiner Hand ein paar Platzpatronen abgefeuert?«

»Nein, so einfach hat er es uns leider nicht gemacht.«

Die drei sahen Kostkamp verwirrt an.

»Nun guckt nicht so. Die Schröder behauptet, anhand der Tiefe, mit der der Schmauch in die Poren seiner Haut eingedrungen ist, zu erkennen, dass Topuz wirklich aus eigenem Antrieb den Finger gekrümmt haben muss.«

»Das würde bedeuten, dass er mit Platzpatronen auf seinen Mörder gefeuert hat?«

»Wohin er geschossen hat, weiß ich nicht, aber er hat es mit Platzpatronen gemacht.«

»Puh!«, machte Hain. »Das entwickelt sich zunehmend verwirrend.«

»Stimmt«, bestätigte Lenz. »Was immer wir vorfinden, wir müssen uns fragen, ob es echt ist oder ein Fake.

Und so langsam will ich wirklich wissen, wer hinter der ganzen Scheiße steckt.«

»Das nennt man Mördersuche«, bemerkte Kostkamp süffisant und stand auf. »Ach ja, bevor ich's vergesse, Spermaspuren haben wir auch gefunden.«

»Wo denn?«, wollte Lenz wissen.

»An seiner Computermaus. Aber das ist nichts Ungewöhnliches, seit ein paar Jahren sind die meisten dieser Dinger spermifiziert. Vermutlich wegen der Pornoseiten im Internet. Die genauen Hintergründe finde ich so unappetitlich, dass mir die bloße Existenz der Spermien reicht.«

»Das heißt, er hat sich Pornoseiten im Internet angesehen und dann …?« Lenz stockte.

»Genau, Paul, dann hat er sein Sperma großzügig an der Maus hinterlassen.« Kostkamp griff zur Türklinke.

»Schönen Feierabend, die Herren. Ich fahre am Tatort vorbei, weil ich meine Brotbüchse vergessen habe. Dann will ich in die Badewanne.«

Er verabschiedete sich und zog die Tür ins Schloss.

Hain stand stumm da und starrte seinen Schreibtisch an, auf dem die Computer von Fehling und Topuz wie aufgerichtete phallische Mahnmale der digitalen sexuellen Revolution wirkten.

»Ich geh mir mal die Hände waschen«, ließ er seine Kollegen wissen und war auch schon verschwunden.

Eine Stunde später saß Lenz in der Straßenbahn und war auf dem Heimweg. Er war müde und freute sich wie Kostkamp auf eine warme Badewanne. Als die Tram an der Annastraße hielt, sah er, dass noch immer etwa 40 Personen vor dem Haus, in dem Topuz gestorben war, standen. Sie skandierten nun keine Parolen mehr, sondern hielten so etwas wie eine Mahnwache ab, mit Kerzen in den behandschuhten Händen und Mützen auf ihren Köpfen gegen die Kälte. Mehrere Fernsehteams hatten ihre Kameras und Scheinwerfer auf die Menge gerichtet und machten Aufnahmen.

20

Evelyn Brede stellte den Wahlhebel der Automatik auf D, gab langsam Gas und rollte vom Hof. Die junge Polizeikommissarin konnte ihre Wut kaum unterdrücken.

»Vier Stunden ›Holland Ende‹, das ist knapp unter der Höchststrafe!«, zischte sie.

»Ach, komm«, erwiderte ihr Kollege Klaus Hartmann, der auf dem Beifahrersitz saß, »wir haben doch schon viel Schlimmeres über uns ergehen lassen. Wenn ich an die Nächte am Frankfurter Flughafen denke, dagegen ist ›Holland Ende‹ doch das reinste Paradies.«

Als ›Holland Ende‹ wurde in Kassel im Allgemeinen das nordwestliche Ende der Holländischen Straße bezeichnet, speziell der Bereich der Straßenbahnwendeschleife. Die Polizistin sah auf die Uhr am Armaturenbrett.

»22.15 Uhr. Wollen wir uns noch einen Kaffee beim Amerikaner holen?«

»Das sollten wir besser lassen, wenn wir unsere Streifen nicht riskieren wollen. Also, gib Gas und entspann dich, vielleicht erzähle ich dir noch einen Schwank aus meiner Jugend, während wir uns die Zeit mit Nichtstun vertreiben.«

»Bloß nicht«, bat sie, setzte den Blinker und bog auf die Holländische Straße ein.

Kurz danach stand der Polizeiwagen am hinteren Ende der Wendeschleife im diffusen Licht einer Bogenlampe.

Die Polizistin hatte ihren Kollegen während der Fahrt doch noch davon überzeugt, an der nahe gelegenen Tankstelle für jeden einen Becher Kaffee zu besorgen. Sie hob den Deckel ab und führte das Gefäß vorsichtig zum Mund.

»Shit, ist das Zeug heiß. In Amerika würde ich nie mehr arbeiten müssen, wenn ich mir an dieser Lava die Lippen verbrannt hätte.«

»Kein Mensch kann so schön jammern wie du, Evelyn. Aber auch wenn du dich noch so anstellst, wir werden bis drei Uhr hier sitzen müssen.« Er schmunzelte. »Und bis dahin ist dein Kaffee bestimmt so weit abgekühlt, dass er unfallfrei zu genießen ist.«

Sie klappte einen Halter aus der Mittelkonsole, stellte den Becher hinein und lehnte sich zurück.

»Ich hätte mich krankmelden sollen. Den ganzen Tag hab ich im Bett gelegen und mich mit Schmerzen gequält, die ein Mann nie erleben muss. Nur meiner unglaublichen Disziplin hast du es zu verdanken, dass du nicht mit der Zicke von Sophie hier sitzen musst.«

»Die Kollegin Sophie von Wagner ist ein schwieriger Charakter, das muss ich zugeben. Also herzlichen Dank an dich«, spöttelte Hartmann. »Allerdings erträgt sie nach meiner Wahrnehmung ihre Frauenkrankheit mit wesentlich mehr Heldenmut als du.«

Seine Kollegin bedachte ihn mit einem tödlichen Blick.

»Arschloch!«

Für etwa zehn Minuten herrschte Funkstille im Auto. Dann hisste Hartmann die weiße Fahne.

»Sorry. Ich weiß, wie du leidest, wenn du deine Tage hast, und sollte dich nicht damit aufziehen. Das war echt blöd von mir.«

In diesem Moment raste ein tiefergelegter VW-Jetta mit blauer Unterbodenbeleuchtung aus Richtung Holländische Straße auf sie zu, bremste kurz ab und jagte mit quietschenden Reifen auf das Ende der Verkehrsinsel in der Mitte der Straße. Wohl im letzten Moment vor der geplanten 180-Grad-Wende nahm der Fahrer den Streifenwagen wahr, beschleunigte weiter geradeaus und verschwand aus dem Blickwinkel der Polizisten. Evelyn Brede richtete sich auf und griff zum Zündschlüssel, doch Hartmann schob ihre Hand zurück.

»Lass sein. Unser Auftrag lautet, für eventuelle Übergriffe hier im Kiez in Bereitschaft zu stehen und ansonsten die Dinge im Auge zu behalten. Damit ist nicht gemeint, sich mit einem hormongestörten 20-Jährigen eine Verfolgungsjagd zu liefern.«

Sie ließ sich zurücksinken.

»Hast recht. Warum soll ich mich in meiner Verfassung noch mit so einem kleinen Pisser und seinem aufgebrezelten Jetta rumärgern.«

Wieder kehrte Ruhe im Wagen ein. Offenbar hatte die Polizistin die Entschuldigung ihres Kollegen akzeptiert. Ab und zu kam eine Meldung über den Funk, aber keine war für sie bestimmt.

Das Viertel vom Holländischen Platz bis zum Ende der Holländischen Straße, dort, wo die beiden in ihrem Streifenwagen saßen und sich langweilten, war seit vielen Jahren fest in türkischer Hand. Das alte Arbeiterrevier mit den großen Industriebetrieben in der Nähe und billigem Wohnraum en masse war schon Mitte der 60er-Jahre des letzten Jahrhunderts, als die ersten türkischen Gastarbeiter ins Land strömten, zu einer dauerhaften Heimat für diese Menschen geworden und es bis heute geblieben; mit all dem Charme, aber auch den Problemen, die sich daraus entwickelten. So hatten in den letzten Jahren zunehmend schwer kriminelle Jugendgangs das Sagen im Viertel übernommen, und selbst die Einwanderer der ersten Generation standen der Entwicklung kopfschüttelnd und hilflos gegenüber.

Evelyn Brede gähnte, streckte sich und sah nach rechts, wo ihr Kollege schnarchend und mit zur Seite geneigtem Kopf schlief. Der Nachrichtensprecher im leise dudelnden Radio hatte soeben vermeldet, dass es 2 Uhr war. Die Polizistin legte die Hände ineinander, ließ die Finger laut knacken und bemerkte aus dem Augenwinkel, dass es im Auto eine Nuance dunkler wurde. Sie drehte irritiert den Kopf nach links und zuckte erschrocken zusammen. Der unförmig lange Lauf der Pistole, die im orangefarbenen Schein der Straßenlampe vor dem Fenster glänzte, war direkt auf ihren Kopf gerichtet. Innerhalb von Sekundenbruchteilen schossen der jungen Frau sämtliche Stresshormone ins Blut und jagten durch ihren Körper. Mit angstgeweiteten Augen und unfähig, sich zu bewegen, fixierte sie die Waffe. Wie in Trance sah sie in das Gesicht des Fremden, der eine dunkle Mütze trug und dessen Atem in der kalten Nachtluft deutlich sichtbar kondensierte. Nun tauchte neben der Pistole die andere Hand des Mannes auf, die ebenfalls in einem engen schwarzen Handschuh steckte, schob den Zeigefinger nach vorn und machte damit eine kreisende Bewegung. Zunächst verstand die Polizistin nicht, dann wurde ihr klar, dass sie die Seitenscheibe öffnen sollte. Fieberhaft suchte sie nach einer Lösung, einem Ausweg, aber ein solcher Überfall war in keinem Polizeilehrgang trainiert worden.

Mit vorsichtigen Bewegungen legte sie beide Hände gut sichtbar auf das Lenkrad, bevor ihre linke Hand langsam an der Innenverkleidung der Tür abwärtsglitt und nach dem Taster des elektrischen Fensterhebers suchte. Währenddessen blieben ihre Augen auf die Waffe vor der Scheibe fixiert. Dann hatte sie den Knopf gefunden und drückte ihn vorsichtig nach unten. Sie wartete ein paar Augenblicke, aber es passierte nichts. Mit stärkerem Druck probierte sie es erneut, doch die Scheibe bewegte sich noch immer nicht. Die Gedanken in ihrem Kopf überschlugen sich nun, und Panik schnürte ihr die Kehle zu. Mit einem leichten Kopfschütteln hob sie den Blick und sah dem Mann wieder ins Gesicht. Erst jetzt nahm sie den großen, dunklen, buschigen Oberlippenbart wahr, den der Mann trug. Wieder bewegte der Zeigefinger der freien Hand sich und deutete auf einen Punkt hinter dem Lenkrad. In diesem Moment wurde der Frau klar, dass sie die Zündung einschalten musste, um die Scheibe in Gang setzen zu können. Ebenso vorsichtig, wie ihre linke Hand zur Tür gelangt war, schob sie nun die rechte nach vorne und griff nach dem Zündschlüssel. Für den Bruchteil einer Sekunde wurde sie von der Idee durchzuckt, den Schlüssel einfach bis zum Anschlag weiterzudrehen und das Gas durchzutreten, doch ein kurzer Blick nach rechts, zum Wahlhebel der Automatik, schob diesem Gedanken einen großen, dunkel eingefärbten Riegel mit der Aufschrift P wie Parkstellung vor. Also griff sie nach dem speckigen Kunststoffoberteil des Schlüssels und drehte ihn ganz langsam nach rechts, bis die Anzeigelampen im Armaturenbrett aufleuchteten und die Lüftungsanlage zu summen begann. Danach ertastete ihr linker Mittelfinger erneut den Auslöser des elektrischen Fensterhebers und drückte ihn nach unten. Mit einem harten, quietschenden Geräusch löste sich die kalte Scheibe vom oberen Ende des Rahmens und setzte sich in Bewegung.

Klaus Hartmann auf dem Beifahrersitz unterbrach sein Schnarchen, schmatzte mehrmals und drehte den Kopf nach links. Dann zog er mit geschlossenen Augen die Schultern hoch, strich sich einige Male mit den Händen über die Ellenbogen, stöhnte kurz auf und schob den Kopf wieder zur Beifahrertür.

»Ganz schön kalt hier. Willst du uns umbringen?«, nuschelte er schlaftrunken. Evelyn Brede sah kurz nach rechts, antwortete ihm jedoch nicht und hoffte inständig, dass ihr Kollege weiterschlafen würde. Mit bedachten, vorsichtigen Bewegungen umfasste sie erneut das Lenkrad, sodass der Mann auf der anderen Seite der Tür ihre Hände sehen konnte, hielt es fest umklammert und sah ihm ins Gesicht.

In diesem Moment warf Hartmann unvermittelt den

Kopf herum, schnaubte, zog die Lider hoch und betrachtete mit völligem Unverständnis die Szenerie, die sich ihm bot.

»Was …?«, fing er an, doch seine Kollegin fuhr ihm ins Wort.

»Ganz ruhig, Klaus. Hier gibt es ein Problem, aber es wird nichts passieren. Bleib bitte vernünftig und mach keinen Blödsinn.«

Nun riss der Polizist die Augen auf, realisierte die Pistole, die ins Innere des Streifenwagens ragte, und wollte reflexartig zu seiner Dienstwaffe greifen.

Der Schuss kam ohne Vorwarnung. Evelyn Brede konnte den beißenden Geruch der Patronenexplosion riechen, noch bevor sie realisierte, dass es sich um einen schallgedämpften Schuss gehandelt haben musste. Klaus Hartmann krümmte sich, griff sich leise stöhnend an den Unterleib, hob den Kopf und sah mit schmerzverzerrtem Gesicht zuerst seine Kollegin und dann den Schützen an. Beim zweiten Schuss zuckte Evelyn Brede nicht einmal mehr, weil sie ihn längst erwartet hatte. Die Kugel traf Hartmanns Kopf in Höhe des linken Auges, trat fast parallel auf der anderen Seite neben dem rechten Ohr aus und zerfetzte die Scheibe der Beifahrertür. Im gleichen Moment, in dem das Projektil die Waffe verlassen hatte, wurde die Pistole wieder geschwenkt und zeigte erneut auf den Kopf der Polizistin. Evelyn Brede unterdrückte den schlagartig aufkommenden Brechreiz, schluckte, nahm die Hände vom Lenkrad, faltete sie vor dem Bauch und schloss die Augen.

21

»Erich ist zu gut gelaunt.«

Lenz nahm das Telefon ans andere Ohr und gähnte.

»Deshalb wirfst du mich um 2.30 Uhr morgens aus dem Bett, Maria? Ich meine, ich freue mich immer, wenn du anrufst, aber mach mir doch eine Liebeserklärung oder sag mir, was für ein toller Typ ich bin, bevor du mich mit den neuesten Details aus dem Leben deines Mannes verwöhnst.«

»Ich denke an unsere Zukunft. Und in der ist kein wohlgelaunter Erich Zeislinger eingeplant. Vielmehr ist ein von seiner Frau verlassener, bedrückter Wahlverlierer mit hängendem Kopf vorgesehen.«

Lenz schälte sich aus dem Bett, ging mit dem Telefon am Ohr in die Küche und öffnete die Kühlschranktür.

»Was machst du?«

»Ich suche was zu trinken. Anrufe nach Mitternacht machen mich immer durstig.«

Er öffnete umständlich eine Mineralwasserflasche, nahm einen großen Schluck, stellte sie zurück, schloss die Tür und setzte sich in die dunkle Küche.

»Du solltest mit so einem ernsten Thema wie deiner Zukunft keine Scherze machen. Ich bin nämlich wirklich besorgt.«

Der Kommissar bemerkte an ihrer Stimme, dass es ihr ernst war.

»O. K., Maria, was ist der Grund deiner Besorgnis?«

Es gab eine kurze Pause.

»Maria?«

»Erich ist vorhin ziemlich angetütert nach Hause gekommen. Normalerweise ist er dann leise, geht in sein Schlafzimmer und legt sich schlafen. Heute jedoch hat er versucht, sich in mein Bett zu drängen. Ich hab natürlich schon geschlafen und brauchte ein paar Sekunden, um zu kapieren, wer da an mir rumfummelt. Als ich halbwegs wach war, bin ich aus dem Bett gesprungen und hab ihn ziemlich übel beschimpft. Er hat sich auch nicht lumpen lassen und mich im Gegenzug eine frigide alte Kuh genannt.«

»Der Mann hat keine Ahnung, wovon er redet«, warf Lenz ein.

»Und so soll es auch bleiben. Allerdings hat ihm die Geschichte gar nichts ausgemacht. Er hat noch ein bisschen getobt, sich dann aber auffallend schnell beruhigt und sogar so etwas wie gute Laune entwickelt.«

»Das ist in der Tat merkwürdig.«

»Und zum Schluss hat er mir erklärt, dass jetzt alles anders würde, weil er sicher sei, für weitere sechs Jahre Chef im Rathaus zu bleiben. Ich konnte es mir natürlich nicht verkneifen, ihn dezent auf seine miesen Umfragewerte und die überaus dürftige Bilanz seiner Regentschaft hinzuweisen, aber das hat ihn gar nicht interessiert. ›Die Dinge sind im Werden‹, meinte er vielsagend, und das mit einer Sicherheit und einem drohenden Unterton, der mir wirklich Angst gemacht hat.«

Lenz konnte ihr nicht ganz folgen.

»Was, glaubst du denn, heckt er aus?«

»Ich habe leider nicht den Hauch einer Ahnung, aber seine Erklärung ging noch ein bisschen weiter, und da wurde es dann richtig spannend. Du weißt ja, Besoffene und Kinder sagen die Wahrheit.«

»Aha«, brummte Lenz.

»Auf jeden Fall hat er damit geprahlt, einen neuen, überaus potenten Geldgeber gefunden zu haben, der ihn groß unterstützen würde. Ich habe zwar keine Ahnung, wer einem toten Gaul wie meinem Mann noch Geld in den Rachen werfen sollte, aber ich glaube ihm, und das bereitet mir ernsthaft Sorgen.«

Lenz gähnte erneut, lehnte sich zurück und dachte einen Moment nach.

»Also, ich fasse mal zusammen: Dein Mann kommt betrunken nach Hause, schleicht sich bei dir an und fordert den Vollzug der ehelichen Pflichten ein. Du reagierst, na, sagen wir mal, ziemlich empört, hüpfst aus dem Bett und beschimpfst ihn. Er schimpft zurück, ein Wort ergibt das andere. Dann beruhigt er sich ziemlich schnell, erzählt dir von seinen gestiegenen Chancen, Rathauschef zu bleiben, weil er einen neuen Gönner gefunden hat, der ihn finanziell unterstützen will. So weit korrekt?«

»Korrekt«, antwortete sie.

»Ich will jetzt nicht psychologisieren, Maria, aber wenn ich nach Hause komme und meine Frau vor mir aus dem Bett abhaut, dann ist das eine Demütigung erster Güte. Also habe ich zwei Möglichkeiten: Entweder ich verprügle sie, oder ich plustere mich auf wie ein Pfau und gebe ihr zu verstehen, dass sie einen Riesenfehler macht, weil ich nämlich der Mäc bin, an dem auch in Zukunft niemand vorbeikommt. Und da Verprügeln schon seit ein paar Jahrzehnten nicht mehr angesagt ist, plustere ich mich eben auf. Das hat außerdem den Vorteil, dass man sich am nächsten Morgen noch in die Augen sehen kann.«

Er wartete auf eine Reaktion, aber es kam keine.

»Bist du noch dran?«

»Natürlich. Ich denke nach.«

»Und?«

»Du glaubst, dass er lügt?«

»Es ist mir egal, ob er lügt, aber ich könnte es mir vorstellen. Offen gestanden, stellt sich mir schon länger die Frage, warum er dieses ganze Ehemärchen noch immer mitspielt.«

»Weil er Politiker ist und wiedergewählt werden will. Aber das hab ich dir schon dutzendfach erklärt.«

»Stimmt.«

Wieder eine kurze Pause.

»Du meinst also, ich sollte mich ins Bett legen und so tun, als hätte er gelogen?«

»Hast du eine andere Möglichkeit?«

Noch eine Pause.

»Eigentlich nicht. Aber ich will nicht, dass er im März wieder zum OB gewählt wird.«

»Ich weiß. Vielleicht solltest du über einen Plan B nachdenken, falls er's doch wieder wird. So schwer das auch sein mag.«

»Mach ich. Und du hast recht, dieser Gedanke ist wirklich schwer. Aber vielleicht nicht so schwer wie der, ein paar weitere Jahre mit ihm zu verbringen.«

»Siehst du. Hat er denn erwähnt, wer der mysteriöse Geldgeber ist?«

»Ach was, nein. Und wenn ich ernsthaft darüber nachdenke, komme ich, glaube ich, zum gleichen Schluss wie du, dass er nämlich gar keinen hat und sich nur aufblasen wollte.«

»Aufplustern.«

»Von mir aus auch das. Auf jeden Fall hat es mir gutgetan, mit dir zu telefonieren. Vielen Dank.«

»Dafür nicht. Meinst du, du kannst jetzt schlafen?«

»Ich glaub schon. Die Tür hab ich auf jeden Fall abgeschlossen, um mir weitere Überraschungen zu ersparen.«

»Schön. Dann schlaf gut.«

»Du auch. Und danke.«

»Immer wieder gerne.«

»Paul?«

»Ja, Maria?«

»Ich liebe dich.«

Mehr als sechs Jahre hatte Lenz auf diese drei Worte warten müssen, und in dieser Nacht kamen sie ihm vor wie das Normalste der Welt.

»Ich dich auch.«

Der Kommissar nahm einen weiteren Schluck Wasser, trottete zurück ins Schlafzimmer und lag gerade wieder im Bett, als sein Telefon erneut klingelte. Ohne auf das Display zu sehen, nahm er den Anruf an.

»Na, noch was vergessen?«, fragte er vergnügt und ohne Begrüßung.

Als Antwort hörte er ein Schlucken, danach eine vertraute Männerstimme.

»Paul, bist du das?«

Lenz riss die Augen auf, setzte sich aufrecht und nahm das Telefon ans andere Ohr.

»Thilo?«

»Klar, was denkst du denn. Hast du jemand anderen erwartet?«

»Nein, nicht direkt. Ich glaube, ich hab gerade schlecht geträumt.«

»Dann aber garantiert mit dem Telefon am Ohr. So schnell bist du nämlich noch nie am Rohr gewesen, wenn ich dich nachts rausgeklingelt hab.«

»Kann sein. Was gibt's, Thilo?«

»Eine üble Sache. Wie es aussieht, sind zwei Kollegen erschossen worden.«

»Ach du Scheiße. Bist du unterwegs?«

»Stehe in drei Minuten vor deiner Tür.«

Lenz sprang in das kleine japanische Cabrio, schnallte sich an und drehte die Heizung voll auf. Hain wendete und gab Gas.

»Was ich bis jetzt weiß, ist, dass vor etwa einer halben Stunde der Notruf einer Kollegin von ›Holland Ende‹ über den Funk kam. Zwei Minuten später sind die ersten Streifenwagen am Tatort gewesen und haben gleichzeitig dafür gesorgt, dass die Stadt dichtgemacht wurde. Bis jetzt ist über den Tathergang überhaupt nichts bekannt, auch nicht, ob es einer oder mehrere Täter waren.«

Lenz antwortete nicht. Erst, als sie die letzte Bahnbrücke passiert hatten und das Zucken der Blaulichter am Tatort schon sehen konnten, drehte er den Kopf.

»Weißt du, wen es erwischt hat?«

»Nein, keine Ahnung. Es sollen ein Kollege und eine Kollegin sein. Er hat einen Kopfschuss und sitzt noch im Wagen, bei ihr ist die Lage etwas diffus.«

Der Bereich um den Streifenwagen war von den Beamten der Schutzpolizei und des Kriminaldauerdienstes weiträumig abgesperrt worden, alle Zufahrten zum Tatort waren von Polizeifahrzeugen blockiert. Im Hintergrund arbeiteten Mitarbeiter des technischen Zuges daran, einen Lichtmast zu installieren. Lenz und Hain stiegen über die Absperrung, grüßten kurz die blau gekleideten Schutzpolizisten und näherten sich langsam dem Fahrzeug, in dem noch immer der tote Polizist auf dem Beifahrersitz saß und das in diesem Moment von den starken Scheinwerfern der Beleuchtungsanlage in gleißendes Licht getaucht wurde.

»Wir brauchen Sichtblenden, Thilo. Ich will keine Bilder von dieser Szene in den Zeitungen sehen. Kümmer dich bitte darum.«

Hain deutete nach links, wo zwei weitere Mitarbeiter des technischen Zuges mannshohe Stellwände aus einem Kleintransporter luden.

»Schon in Arbeit.«

Neben dem Streifenwagen stand ein Notarztwagen, aus dem jetzt ein weiß gekleideter Mann stieg und auf die beiden zukam.

»Haben Sie hier was zu sagen?«

»Das denke ich schon, ja«, erwiderte Lenz.

»Wir haben die Beamtin im NAW, die auf dem Fahrersitz saß und von der wir zuerst dachten, dass es sie ganz böse erwischt hätte. Beim genauen Hinsehen hat sich herausgestellt, dass sie gar nicht schwer verletzt ist, aber einen ziemlichen Schock hat. Nun ist sie ansprechbar und verlangt, jemanden von der Kripo zu sehen.«

»Das sind wir.«

»Dann kommen Sie mit.«

Evelyn Brede lag auf der Trage im Notarztwagen. Ihr Gesicht war voll von getrocknetem Blut, auf der Uniformjacke sah man die Reste von Erbrochenem. Lenz stieg von hinten in den Wagen und näherte sich ihr vorsichtig.

»Hauptkommissar Lenz, guten Morgen.«

»Mein Kollege ist tot, nicht?«

Lenz nickte.

Sie sah ihn eine Weile mit traurigen Augen an, dann begann sie erstaunlich ruhig und emotionslos zu sprechen.

»Ein Einzeltäter, zumindest habe ich keine zweite Person gesehen. Männlich, etwa 45 Jahre alt, 1,75 groß und von korpulenter Statur. Dunkle Haare, aber das ist eine Vermutung, weil er einen dicken, dunklen, buschigen Oberlippenbart getragen hat. Stark akzentuiertes Deutsch, offenbar türkischer oder arabischer Abstammung.«

Sie dachte einen Moment nach.

»Nein, das war ein Türke.«

Lenz gab seinem Kollegen mit einer Geste zu verstehen, dass er die Personenbeschreibung weitergeben sollte.

»Er hat mit Ihnen gesprochen?«

Die Polizistin nickte und schilderte dem Kommissar den Überfall bis zu dem Moment, als ihr Kollege erschossen wurde.

»Ich dachte, dass er mich auch erschießen würde, und habe angefangen zu weinen. Da hat er mich angesprochen und gesagt, dass das Leben keine große Sache sei. Deswegen weiß ich, dass er mit starkem Akzent gesprochen hat. Ich konnte nicht antworten, weil meine Kehle wie zugeschnürt war, aber er hat einfach weitergeredet. Davon, dass in unserer Bibel Auge um Auge stehen würde und dass er gekommen sei, um Rache zu nehmen. Rache für seinen toten Freund.«

Sie stockte.

»Wie ging es dann weiter?«

»Ich habe keine Ahnung, wie lange er geredet hat, aber auf einmal hat er mich ganz höflich und sanft gebeten, den Kopf nach hinten zu legen und die Augen zu schließen. Und da dachte ich wieder, dass er mich erschießen würde, und habe noch mehr geweint, aber die Augen zugemacht und mich zurückgelehnt. Danach weiß ich nichts mehr.«

Sie griff sich an den Verband auf ihrem Kopf.

»Ich habe einen ziemlich üblen Geschmack im Mund, weil ich mich übergeben habe, und ich glaube, er hat mich mit der Pistole auf den Kopf geschlagen, aber genau weiß ich es halt nicht.«

»Das macht nichts, Frau Brede. Jetzt fahren Sie erst

mal ins Krankenhaus und lassen sich gründlich untersuchen. Danach sehen wir weiter.«

Wieder heftete ihr Blick sich an seine Augen.

»Ich mache mir solche Vorwürfe und frage mich, was ich hätte tun können, um das Leben meines Kollegen zu retten. Aber es ist nur leer in mir drin, wenn ich daran denke.«

»Ihrer Schilderung nach haben Sie sich mustergültig verhalten. Alles andere wäre falsch gewesen.«

Er griff nach ihrer Hand.

»Und ich bin davon überzeugt, dass der Kollege das genauso sehen würde.«

Ein leises Räuspern ließ beide zum hinteren Ende des Notarztwagens blicken. Dort stand Werner Aumüller, der Polizeipsychologe.

Lenz und Hain froren neben dem kleinen Mazda, mit dem sie gekommen waren, rieben sich die kalten Hände und sahen den Männern der Spurensicherung zu. Der Leichnam von Klaus Hartmann war ein paar Minuten zuvor abtransportiert worden. Dr. Peter Franz, der Gerichtsmediziner, stand neben dem Streifenwagen und sprach in sein Diktiergerät.

»Der wollte sie von Anfang an nicht erschießen«, sagte Lenz zu Hain und verspürte zum ersten Mal seit sehr langer Zeit wieder das Verlangen nach einer Zigarette.

Der junge Oberkommissar gähnte herzhaft, sah seinen Chef müde an und machte eine fragende Geste.

»Wie kommst du darauf?«

»Würdest du einen Polizisten erschießen und den anderen am Leben lassen, damit er dich identifizieren kann? Wenn du erst einen auf dem Gewissen hast, kommt es auf den zweiten auch nicht mehr an.«

»Vielleicht hat er Mitleid gekriegt, weil es eine Frau gewesen ist?«

»Vielleicht war er gar kein Türke und will uns und der Welt nur glauben machen, dass er einer ist. Wir sollen annehmen, dass ein türkischer Racheengel in der Stadt unterwegs ist.«

»Und mit welchem Ziel?«

»Das weiß ich noch nicht, Thilo. Aber es ist nicht stimmig, dass die Frau noch lebt, so schön es für sie auch sein mag.«

Dr. Franz steckte das Diktiergerät in seine alte Ledertasche und kam auf die beiden zu.

»Langsam komme ich zu dem Schluss, dass die Hochkriminalität nun auch Kassel erreicht hat. Einen Polizistenmord hatten wir schon seit mehr als 20 Jahren nicht mehr, wenn ich recht erinnere.«

Lenz nickte.

»Ist lange her, das stimmt.«

»Nun, wie auch immer, Ihr Kollege war nach dem zweiten Schuss auf der Stelle tot. Was allerdings egal ist, weil er den ersten auch nicht überlebt hätte, der ihm die Bauchschlagader zerfetzt haben dürfte.«

Lenz musste schlucken.

»Entweder«, fuhr der Mediziner fort, »hat der Täter beim Zielen Glück gehabt, oder er wusste genau, wo er einschießen muss, um zu töten. Ich frage mich nur, warum er die Polizistin am Leben gelassen hat.«

»Das hat uns auch schon beschäftigt«, stimmte der Hauptkommissar ihm zu. »Vielleicht sollte sie am Leben bleiben, um uns erzählen zu können, wie er aussah, wie er gesprochen hat und was er erzählt hat.«

Franz dachte einen Moment nach.

»Was das bedeuten könnte, will ich mir lieber nicht ausmalen, Herr Lenz. Und jetzt verabschiede ich mich, denn ich habe noch die eine oder andere Leiche im Keller, die auf meinen Y-Schnitt wartet.«

»Netter Zeitgenosse«, bemerkte Hain.

»Das bin ich auch. Allerdings nicht mehr lange, wenn das Morden hier nicht aufhört und ihr nicht schleunigst Ermittlungserfolge vorweisen könnt.«

Lenz und sein Kollege fuhren herum und sahen in das Gesicht von Kriminalrat Ludger Brandt, dem Leiter der regionalen Kriminalinspektion und damit ihrem direkten Vorgesetzten.

»Morgen, Ludger«, erwiderte Lenz und reichte ihm die Hand.

»Morgen, Paul. Hallo, Thilo. Was ist hier passiert?«

Lenz gab ihm einen kurzen Abriss dessen, was sich in den letzten beiden Stunden im und am Streifenwagen abgespielt hatte.

»Wie geht's der Frau?«

»Na ja. Sie ist geschockt, aber das ganze Ausmaß der Geschichte begreift sie bestimmt erst in ein paar Tagen.«

»Hast du irgendeine Idee, was das Motiv angeht?«

»Hmm«, machte Lenz.

Brandt verzog säuerlich das Gesicht und warf seinem Leitenden Hauptkommissar einen warnenden Blick zu.

»Mir ist nicht nach Rätselraten, Paul. Hast du, oder hast du nicht?«

»Ich glaube nicht, dass es wirklich ein Türke war. Er hat ihr diese Litanei von der Rache und den ganzen Scheiß nur erzählt, damit wir nach einem Türken suchen. Vielleicht täusche ich mich, aber das war nun mal kein junger Heißsporn, der an ein Polizeiauto kommt und losballert. Das war ein Profi, der genau wusste, worauf es ankommt und was er tun muss, um es zu kriegen.«

»Kann es nicht sein, dass ein Bekannter oder Verwandter des toten Türken aus der Westendstraße durchgedreht ist und diese Sauerei hier veranstaltet hat?«

»Natürlich kann das sein«, gab Lenz genervt zurück, »aber ich glaube es einfach nicht.«

Brandts Mobiltelefon klingelte. Er griff ins Innere seines Mantels, kramte das Gerät hervor, nahm den Anruf an und ging ein paar Schritte zur Seite. Nach weniger als einer halben Minute war das Gespräch beendet.

»Das war Polizeipräsident Bartholdy. Er ist nicht amüsiert über das, was sein persönlicher Referent ihm soeben berichtet hat, und will, genau wie ich, schnellstmöglich Ermittlungsergebnisse sehen.«

Der Kriminalrat sah auf die Uhr.

»Jetzt ist es 5.45 Uhr, um acht sehen wir uns im Präsidium. Ich setze für zehn eine Pressekonferenz an, und bis dahin brauche ich irgendwas, was ich den Medien erzählen kann.«

22

Der alte Mann mit den grauen Haaren, dem faltigen Gesicht und der gebückten Haltung trat aus der Tür, nahm seinen abgegriffenen Stock fest in die Hand und ging nach links. An der Kreuzung am Stern wartete er neben einer Frau mit einem Hund geduldig auf das Umspringen der Ampel, überquerte die breite Straße mit den Schienen in der Mitte und nahm Kurs auf die menschenleere Fußgängerzone. Mit langsamen, leicht unsicher wirkenden Schritten überquerte er den Königsplatz, an dessen oberen und unteren Ende jeweils ein Streifenwagen parkte, denen der Mann jedoch keine Beachtung schenkte. Er warf hier und da einen Blick in eines der hell erleuchteten Schaufenster auf der Oberen Königsstraße, der Einkaufsmeile der Stadt, und erreichte ein paar Minuten später den Friedrichsplatz. Dort wandte er sich nach links, wo der Himmel in verschiedenen Violett- und Orangetönen den neuen Tag ankündigte. 50 Meter weiter stieg er langsam und ohne jede Form von Eile die acht Stufen unter dem Altan vor dem ehemaligen Roten Palais hinauf. Oben angekommen, drehte er sich um, holte eine Tüte mit Sonnenblumenkernen aus der rechten Tasche seines Mantels und warf ein paar davon vor seine Füße. Sofort strömte ein Dutzend der immer reichlich auf dem Platz versammelten Tauben herbei und fing gierig an zu picken.

Der Blick des Mannes pendelte unauffällig zwischen den Vögeln vor seinen Füßen und dem riesigen Zelt des auf dem Friedrichsplatz gastierenden Zirkus' hin und her. Er beobachtete, wie die kleine Stadt in der Stadt langsam erwachte. Wieder warf er ein paar Kerne vor sich und ließ seinen Blick dabei über das Areal gleiten.

Auf der rechten Seite neben dem riesigen Vorstellungszelt gab es ein kleineres, ebenfalls in den Hausfarben Rot und Schwarz leuchtendes Vorzelt, in dem die Restauration, ein Café, sowie der Souvenirladen untergebracht waren. Daneben standen eine Reihe mobiler Toiletten, ebenfalls rot und schwarz lackiert. Am linken Ende waren, säuberlich ausgerichtet, etwa zwölf Sattelschlepper geparkt. Dahinter gab es eine Ansammlung von Wohnwagen, die vornehmlich von den Arbeitern benutzt wurden. Die Unterkünfte der meisten Artisten hatte man auf einem Ausweichplatz etwa zehn Minuten entfernt untergebracht.

Hinter dem Zelt, vor dem Blick des Mannes verborgen, befand sich ein riesiger, isolierter Wassertank, den der Zirkus für sein Programm brauchte. Am Ende der Show wurde ein überdimensionierter gläserner Bottich in die Zeltmitte geschoben, mit dem Wasser aus dem Reservoir befüllt und von zwei Entfesselungskünstlern benutzt.

Auf der anderen Längsseite des Zeltes, direkt im Blickfeld des Mannes, standen drei Container, in denen die gesamte Technik des Zirkus untergebracht war. Der linke war bis unter die Decke mit Elektroschaltkästen vollgestopft und verteilte und sicherte den von zwei Außenanschlüssen bereitgestellten Strom. Aus dem mittleren drang ein heiseres, gedämpftes Brummen, das an den Klang eines großen Ventilators erinnerte. Hier wurde die Wärme erzeugt, die es den Zuschauern ermöglichte, auch bei Minusgraden in einem gut beheizten Zelt die Vorstellung anzuschauen. Rechts daneben stand ein kleinerer Container auf einem leichten Lkw, in dessen Innern sich ein speziell geprüfter, doppelwandiger Tank mit dem nötigen Brennstoff befand. Wie alles, was zum Zirkus gehörte, waren auch diese Fahrzeuge in Rot und Schwarz lackiert.

Der Mann warf ein paar weitere Kerne auf den Boden, steckte die Tüte zurück in den Mantel, stützte sich mit beiden Händen auf dem Stock ab und sah zu den Tauben hinunter. Dann hob er den Kopf leicht an und fokussierte seinen Blick auf den mittleren Container. Er sah, dass von dort zwei riesige rote Schläuche mit etwa 50 Zentimeter Durchmesser ins Innere des Zeltes führten, ein weiterer war am Vorzelt angeschlossen. Ein vierter, sehr viel dünnerer, führte um das Zelt herum auf die andere Seite und endete am Wassertank. Über diese Schläuche wurde die von einem Brenner erzeugte heiße Luft mithilfe eines großen Gebläses in die Zelte und zum Tank transportiert. Der aufmerksame Beobachter auf den Treppenstufen fragte sich einen Moment lang, wie viel Heizöl diese Anlage wohl am Tag verbrauchen würde, verwarf den Gedanken jedoch schnell und konzentrierte sich wieder auf seine eigentliche Aufgabe.

Etwa fünf Minuten später näherte sich ein dunkel gekleideter Zirkusmitarbeiter mit einer Pudelmütze auf dem

Kopf dem Container, kramte an einem großen Schlüsselbund nach dem passenden Schlüssel und verschwand im Innern. Kurze Zeit später verstärkte sich das Brummen, der Arbeiter kam heraus, schloss die Tür hinter sich ab und verschwand im Zelt. Der Mann auf der Treppe gegenüber griff in die Manteltasche, nahm erneut die Sonnenblumenkerne in die Hand und sah dabei unauffällig auf die Uhr. Während er den Rest der Tüte vor sich auf dem Boden ausstreute, erwachte der Zirkus wie durch einen unhörbaren Klingelruf zum Leben. Die Türen der Wohnwagen öffneten sich nach und nach, und dick vermummte Arbeiter strömten auf den Haupteingang des Zeltes zu. Der Mann gegenüber hatte offenbar genug gesehen. Er knüllte den Beutel in seiner Hand zusammen, steckte ihn in die Manteltasche und stieg ebenso langsam, wie er sie erklommen hatte, die Treppen wieder hinab. An der Oberen Königsstraße wandte er sich nach rechts, folgte der Fußgängerzone bis zu deren unterem Ende, überquerte die Kreuzung und betrat schließlich das Hochhaus am Stern. Dort fuhr er in den 13. Stock, näherte sich vorsichtig seiner Wohnungstür und steckte den Schlüssel ins Schloss.

23

Lenz warf noch einen Blick auf die trostlose Szenerie um den Streifenwagen und stieg dann in den Mazda.

»Ich hasse Pressekonferenzen«, ließ er seinen Kollegen eine längst bekannte Tatsache erneut wissen. »Reine Showveranstaltungen für die Öffentlichkeit mit nichts als hohlen Phrasen. Furchtbar.«

»Bist ja zum Glück nicht der Hauptdarsteller. Bei einem Polizistenmord geht es nun mal nicht anders, weil jeder Medienvertreter möglichst schnell alle Einzelheiten wissen will.«

Die Pressekonferenz wurde live im Hessischen Fernsehen und von diversen Radiostationen übertragen. Das Medieninteresse wegen der nun drei Morde in Kassel war gewaltig. Immer wieder liefen Szenen der Demonstrationen des vergangenen Abends über die Sender und wurden Bilder von Reinhold Fehling, Bülent Topuz und dem toten Polizisten, Klaus Hartmann, gezeigt. Lenz wurde von Brandt zwar als Leitender Ermittler und Chef der eiligst gegründeten Sonderkommission ›Holland Ende‹ vorgestellt, hielt sich jedoch dezent im Hintergrund. Nach einer guten Stunde, in der viel geredet und wenig gesagt wurde, war das Spektakel vorüber.

»Nimm dir so viele Leute, wie du brauchst, aber bring uns Ergebnisse«, formulierte Brandt einen klaren Auftrag, als Lenz und der Kriminalrat etwas später in dessen Büro saßen. »Ich werde mich beim LKA erkundigen, ob die jemanden von sich dabei haben wollen, was ich aber nicht glaube, sonst hätten sie sich schon gemeldet.«

Lenz hob abwehrend die Hände.

»Halt sie mir vom Hals, wenn's geht. Du weißt, wie gerne ich mit denen zusammenarbeite.« Er stand auf und ging zur Tür.

»Ich trommle derweil die Leute zusammen, die ich brauche, und kläre die weiteren Schritte. Wir sehen uns später.«

»In Ordnung. Mach's gut!«

»Ich hab schon eine Liste vorbereitet«, wurde der Hauptkommissar von Hain empfangen. Lenz griff danach, sah sich die Namen an und nickte. »Genau richtig. Ruf sie zusammen, wir sehen uns in einer halben Stunde bei mir im Büro. Bis dahin will ich meine Ruhe haben.«

Er ging eine Tür weiter, setzte sich an seinen Schreibtisch, legte die Füße hoch und schloss die Augen.

Was für eine Woche.

Nachdem er etwa fünf Minuten einfach dagesessen und an absolut gar nichts gedacht hatte, griff er zu seinem Mobiltelefon und wählte Marias Nummer.

»Ja, bitte«, meldete sie sich.

»Ich bin's.«

»Hab ich mir schon gedacht. Du warst im Fernsehen.«

»Ich hätte mich gefreut, wenn ich's nicht hätte sein müssen. Dann wäre zumindest der getötete Polizist noch am Leben.«

»Wie geht es seiner Kollegin?«

»Ich hab mit ihr gesprochen, als ich am Tatort angekommen bin, da ging es eigentlich. Meistens ist es ja so, dass die Erkenntnis und die ganze Trauer erst ein paar Tage später kommen.«

»Und wie geht's dir?«

»Ich bin müde. Müde und traurig.«

»Im Fernsehen haben sie gesagt, dass der Polizist Single gewesen sei. Stimmt das?«

»Ja, das ist richtig. Nichtsdestotrotz hatte der Mann eine Familie, Freunde und Bekannte. Ich bin froh, dass ich denen heute nicht in die Augen sehen musste.«

»Wer musste das denn?«

»Ich weiß es nicht, Maria, und offen gestanden interessiert es mich auch nicht.«

Er gähnte.

»Und wie geht es dir? Hat dein Mann dich im weiteren Verlauf der Nacht in Ruhe gelassen?«

»Sicher, ja. Ich habe ihn heute auch noch gar nicht gesehen. Als ich vorhin aufgestanden bin, war er schon weg. Aber heute Abend muss ich wieder als gute Ehefrau herhalten, seine Parteibonzen feiern einen verdienten Mitstreiter.«

»Schade. Ich dachte, ich könnte dich heute Abend zu einem Termin beim Psychiater überreden.«

Sie lachte leise.

»Schön gesagt, nur heute leider völlig unmöglich. Morgen Abend könnte ich allerdings eine Therapiesitzung einschieben.«

»Ist mir auch recht«, erwiderte er ebenso spontan wie erfreut.

»Dann könntest du deine Liebeserklärung der vergangenen Nacht wiederholen.«

»Das hat dich gefreut, stimmt's?«

»Wenn du mir jetzt erklärst, dass du es nur gesagt hast, um mich zu erfreuen, will ich es nicht mehr hören.«

Sie machte eine kurze Pause, bevor sie weitersprach.

»Ich hab's gesagt, weil es so ist, Paul. Ich liebe dich, nicht mehr und nicht weniger.«

Lenz atmete tief durch.

»Schön so«, sagte er.

»Ja, finde ich auch. Und jetzt mach dich los und bring diesen Mörder zur Strecke, bevor er noch mehr Unheil über die Menschen bringt. Aber pass auf, dass dir nichts passiert, ja?«

»Mach ich. Wir sehen uns morgen Abend. Bis dahin.«

»Ja, ich freu mich.«

Der Kommissar drückte die rote Taste seines Telefons, steckte es zurück in die Jacke, nahm die Füße vom Tisch und ging nach nebenan. Dort saß Hain an seinem Schreibtisch und telefonierte.

»Schon wieder wach?«, frotzelte der junge Oberkommissar, nachdem er das Gespräch beendet hatte.

»Ich konnte nicht schlafen«, ließ Lenz ihn kurz wissen. »Sind die Kollegen verständigt?«

»In einer Viertelstunde sind alle hier. Mein Anruf eben

galt übrigens dieser Amygdala. Mit ein bisschen Glück habe ich gleich die IP-Adresse, von der aus sie mit Topuz in Kontakt stand. Das könnte uns ein klein wenig weiterhelfen.«

Kurz darauf saßen sieben Männer und eine Frau in Lenz' Büro und wurden von ihm auf den neuesten Ermittlungsstand gebracht. Rolf-Werner Gecks legte ein Phantombild auf den Tisch, das nach den Angaben von Evelyn Brede angefertigt worden war.

»Nach dieser Visage sucht seit einer halben Stunde die ganze Republik. Leider kam das Bild erst, nachdem die PK zu Ende war, sonst hätten wir es gleich im Fernsehen zeigen können. Aber es ist mittlerweile an alle Agenturen gegangen.«

»Sehr gut«, lobte Lenz seinen Kollegen. »Wobei ich noch einmal zu bedenken gebe, dass es sich auch um eine Maskerade handeln kann. Gibt es schon was von der Spurensicherung?«

»Die sind noch vor Ort«, erklärte Andreas Heller, ein junger Kommissar, der vor zwei Monaten aus Gießen nach Kassel versetzt worden war. »Martin Hansmann hat mir versprochen, mich so schnell wie möglich anzurufen. Am besten fahre ich erneut zum Tatort und kümmere mich direkt darum.«

»Schön, mach das. Zwei von uns müssen nach Lohfelden, um diesem Günther Döring auf den Zahn zu fühlen, mit dem Reinhold Fehling, das erste Opfer, damals den Unfall hatte«, warf Hain ein. »Vermutlich kommt nicht viel dabei heraus, aber prüfen müssen wir es.«

Der Auftrag ging an Wolf Rauball und Rüdiger Ponelies, zwei altgediente Oberkommissare. Hain schrieb die Adresse des Mannes auf einen Zettel und reichte ihn über den Tisch.

Lenz griff in die Innentasche seiner Jacke und holte seinen kleinen Block heraus.

»Ich hätte auch noch so einen Auftrag. Die Frau von Topuz hat einen Lover. Er heißt Peter Wohlfahrt und wohnt an der Eisenschmiede 33 hier in Kassel. RW, nimm den Oliver mit und kümmert euch drum.«

»Machen wir.«

Oliver Peschel, ehemaliger deutscher Meister im Schwimmen und seit drei Jahren Oberkommissar, nickte seinem Kollegen zu.

»Bliebe noch Ihr Einsatz, Frau Dr. Driessler. Haben Sie schon genug Informationen, um uns vielleicht weiterhelfen zu können?«

Helga Driessler, eine Polizeipsychologin von Mitte 40, war vor knapp einem Jahr von Wiesbaden nach Kassel gezogen, nachdem sie eigentlich nur ein Projekt im Polizeipräsidium Nordhessen betreuen wollte. Amor allerdings hatte der Rückkehr in die Landeshauptstadt einen Strich durch die Rechnung gemacht, nachdem sie sich Hals über Kopf in einen Kommissar des Betrugsdezernats verliebt hatte.

»Nein, im Moment wäre eine Beurteilung reine Kaffeesatzleserei. Ich bin seit einer halben Stunde mit der Sache befasst und brauche noch ein wenig Zeit.«

Lenz nickte.

»Die sollen Sie kriegen.«

Er sah ernst in die Runde.

»Ich will nur der Vollständigkeit halber darauf hinweisen, dass wir nicht nur einen Polizistenmörder suchen, sondern auch noch den Mörder zweier weiterer Personen. Es ist nicht ausgeschlossen, dass es sich hierbei um ein und denselben Täter handelt, also seid extrem vorsichtig, denn wenn ich recht habe, ist das ein ganz ausgeschlafener und gefährlicher Zeitgenosse. Verstanden?«

Alle nickten.

»Wenn nichts Unvorhergesehenes passiert, sehen wir uns morgen früh um zehn Uhr hier wieder. Hat jeder meine mobile Nummer?«

Wieder kollektives Nicken.

»Dann los!«

»Die IP haben wir«, stellte Hain erfreut fest, nachdem er seine Mails durchgesehen hatte. »Jetzt suchen wir uns einen Staatsanwalt, der die dazugehörigen Daten liefert.« Er griff zum Telefon, ließ sich mit der Staatsanwaltschaft verbinden und schilderte dem Diensthabenden sein Problem. Fünf Minuten später hatte er die Zusicherung, dass der Mann sich darum kümmern würde.

»Dauert vielleicht ein bisschen, wir werden sehen«, ließ er Lenz wissen und schaltete die noch immer auf seinem Schreibtisch stehenden Computer von Fehling und Topuz ein.

»Was machst du?«, fragte der Hauptkommissar.

»Ich suche noch immer nach Verknüpfungen zwischen den beiden. Irgendwo auf den Rechnern finde ich sie vielleicht. Hast du eine bessere Idee?«

»Nein. Ich fahre zu dem jungen Türken, diesem Tayfun Özönder, den ich gestern in der Teestube befragt habe und der danach mit seinen Kollegen vor dem Haus von Topuz demonstriert hat. Ich kann es mir zwar nicht vorstellen, aber vielleicht kennt er jemanden, der dem Phantombild ähnlich sieht.«

Hain rollte mit seinem Stuhl zurück und hob den Kopf.

»Wäre es dir lieber, wenn ich mitkommen würde?«

»Nein, lass mal. Wenn ich Hilfe brauche, melde ich mich.«

Lenz stellte den Dienstwagen an der gleichen Stelle ab wie am Tag zuvor. Äußerlich hatte sich an der Teestube nichts verändert, akustisch dafür umso mehr. Der Hauptkommissar hörte die erhitzte Diskussion auf Türkisch, noch bevor er den Eingang erreicht hatte. Er blieb einige Sekunden rechts neben der Tür stehen und hörte der fremden Sprache zu. Mindestens vier Männer schrien durcheinander, und für einen Moment dachte der Polizist darüber nach, ein paar weitere Beamte kommen zu lassen, entschied sich aber dagegen. Mit einem kraftvollen Ruck zog er die Tür auf und kämpfte sich durch den schweren Vorhang, dessen Enden großzügig überlappt von der Decke hingen. Die Anwesenden waren durch ihre Diskussion so abgelenkt, dass sie den Fremden nicht bemerkten. Insgesamt hielten sich acht Personen im Gastraum auf. Wieder lief im Hintergrund der große Fernseher, auf den jedoch ebenfalls niemand achtete.

Sechs Männer, alle mit brennenden Zigaretten in den Händen, saßen an zwei zusammengeschobenen Tischen und sahen gebannt zwei weiteren zu, die sich erhoben hatten, in drohender Haltung voreinander standen und sich anschrien. Der eine war der schmächtige Tayfun Özönder, den anderen hatte Lenz noch nie gesehen. Allerdings war er mindestens einen Kopf größer als Özönder, wesentlich älter und kämpfte offensichtlich in einer ganz anderen Gewichtsklasse. Wenn Lenz auf den Ausgang eines bevorstehenden Faustkampfes hätte wetten müssen, wäre der Größere sein eindeutiger Favorit gewesen.

Noch immer hatte ihn niemand wahrgenommen, und der Kommissar bedauerte zutiefst, dass er nicht verstehen konnte, was die beiden sich an den Kopf warfen. Dann jedoch stand einer der mit dem Rücken zu Lenz Sitzenden auf, drehte sich um und sah ihn irritiert an. Sein Stocken schien den anderen aufzufallen, denn bis auf die beiden Schreihälse reckten nun alle die Köpfe in seine Richtung. Lenz hob entschuldigend die Hände und wartete darauf, dass auch Özönder und der andere ihn wahrnahmen. Als das geschah, war schlagartig Ruhe im Saal. Der Kommissar ging einen Schritt auf die Männer zu und setzte ein möglichst freundliches Gesicht auf.

»Guten Tag, die Herren. Ich hoffe, ich störe nicht.«

Özönders dunkler Teint wechselte in Richtung kalkweiß, seine Lippen bewegten sich tonlos. Sein Kontrahent war als Erster wieder sprechbereit, nachdem er von dem jungen Türken zu Lenz und zurück geschaut hatte.

»Wer sind Sie, was wollen Sie hier?«, blaffte er den

Kommissar an. Özönder schluckte deutlich sichtbar, richtete ein paar Sätze auf Türkisch an seine Kollegen und ging dann mit ausgestreckter rechter Hand auf den Polizisten zu, um ihn zu begrüßen.

»Hallo, Herr … Herr Kommissar.«

»Lenz. Das ging ja hoch her, eben. Ich hatte richtig Angst, dass Ihr Kollege Ihnen was antut.«

Özönder winkte ab.

»Ach, Herr Lenz, das sieht immer schlimmer aus, als es in Wirklichkeit ist.«

Der Türke vollführte eine halbe Körperdrehung und deutete auf den Großen, der noch immer in Angriffshaltung dastand und ihn mit zusammengekniffenen Augen anfunkelte.

»Mein Freund Mustafa ist sehr aufbrausend, aber ich bin ja auch kein Kind von Traurigkeit, wenn es um Politik geht. Und weil Mustafa und ich auf diesem Gebiet nun mal total unterschiedlicher Meinung sind, müssen wir es ausdiskutieren, so wie gerade eben.«

Lenz runzelte die Stirn und sah dem jungen Türken tief in die Augen.

»Soso, Politik. Und Sie erwarten, dass ich Ihnen das abkaufe?«

Özönder lächelte verlegen.

»Natürlich, warum nicht?«

»Weil das gequirlte Scheiße ist, Herr Özönder. Menschen, die sich wegen Politik streiten, sehen anders aus als Sie und Ihr Kollege da.« Er deutete auf Mustafa, der sich partout nicht entspannen wollte. »Ich glaube vielmehr, dass Ihre Auseinandersetzung etwas mit den Ereignissen von gestern und dem Mord an dem Polizisten heute Morgen zu tun hat.«

Der junge Türke riss die Augen auf.

»Aber wir haben nichts damit zu tun, dass müssen Sie mir glauben.«

»Nach dem Blödsinn, den Sie mir gestern Abend erzählt haben, glaube ich Ihnen gar nichts.«

Mustafa kam um den Tisch herum, ohne jedoch seine drohende Haltung aufzugeben, und warf Özönder einen vernichtenden Blick zu, der auch Lenz schwer nervös machte. Dann jedoch streckte er seine Pranke nach vorne und hielt sie dem Polizisten hin.

»Mustafa Erdem, guten Tag. Ich bin der erste Vorsitzende des Vereins hier. Kann ich Sie kurz unter vier Augen sprechen?«

Lenz nickte und sah sich um.

»Nicht hier. Lassen Sie uns nach draußen gehen, bitte«, bat der Türke mit kaum wahrnehmbarem Akzent und bewegte sich Richtung Tür. Der Kommissar folgte ihm mit ein wenig Abstand. Vor der Tür angekommen, griff Erdem in die Brusttasche seines Hemds, nahm eine Packung Zigaretten und ein Feuerzeug heraus und bot Lenz eine an. Der schüttelte den Kopf. Mit der qualmenden Zigarette im Mund machte Erdem eine Kopfbewegung in Richtung der nächsten Häuserzeile.

»Lassen Sie uns ein Stück gehen, ja?«

Noch bevor Lenz antworten konnte, wurde hinter den beiden die Tür der Teestube aufgerissen und Özönders Kopf sichtbar, der ihnen mit hoher, sich fast überschlagender Stimme etwas auf Türkisch nachrief. Erdem zog eine Augenbraue hoch, machte eine abfällige Geste mit der Hand in Richtung der Tür und ging weiter.

»Was wollte er denn?«

»Mir drohen. Er ist so klug und gleichzeitig so dumm. Als ob ich mich von so einem Schnösel bedrohen lassen müsste.«

Lenz gefiel die Art, wie der Mann redete. Es hatte etwas Bodenständiges, Normales.

»Da drin sahen Sie eben richtig ärgerlich und wütend aus, Herr Erdem. Hat Özönder Sie da schon bedroht?«

Der Türke lächelte gequält.

»Ach, Herr Kommissar. Sehen Sie mich an und sehen Sie sich Tayfun Özönder an. Ich bin ihm körperlich haushoch überlegen, aber ist das denn die Art, wie Menschen miteinander umgehen sollten? Er ist seit so vielen Jahren Mitglied in unserem Verein und war immer ein gern gesehener Gast in der Teestube, doch die Art, wie er sich in den letzten Monaten verändert hat, kann und wird mir nicht gefallen.«

Die beiden kamen an einem Stück ehemals grünem Rasen an, in dessen Mitte eine alte, brüchige Parkbank stand, deren Lack an vielen Stellen abgeblättert war.

»Setzen wir uns einen Moment«, schlug Erdem vor und trat mit dem rechten Schuh die halb gerauchte Zigarette aus.

»Was meinen Sie mit Özönders Veränderung?«, wollte der Kommissar wissen, als sie nebeneinander Platz genommen hatten. Erdem beugte sich nach vorne und stützte den Kopf auf die Hände.

»Wir, in unserem Verein, machen im Moment das

durch, was viele andere Türkische Kulturvereine schon hinter sich oder noch vor sich haben. Junge, gut ausgebildete Männer finden immer tieferen Zugang zur Religion und leben das exzessiv aus. Ihre religiöse Botschaft wollen sie möglichst weit verbreiten, was ihr gutes Recht ist, wie ich meine. Allerdings gibt es dabei Regeln, an die man sich zu halten hat. Mit denen allerdings haben es Bülent und Tayfun nicht so genau genommen, und weil sie das in der letzten Zeit immer wieder in der Teestube und von der Teestube aus gemacht haben, gab es viele Konflikte, wie Sie sich sicher vorstellen können.«

»Was haben sie denn gemacht?«

Erdem hob die Augenbrauen und holte tief Luft.

»Dazu muss ich etwas weiter ausholen. Uns, also unseren Türkischen Kulturverein und unsere Teestube, gibt es schon ziemlich lange. Schon mein vor zwei Jahren verstorbener Vater war Mitglied. Und es war immer klar, dass dieser Verein zwar traditionell, aber auch liberal und weltoffen geführt werden würde. Viele Vereine, die in den letzten Jahren gegründet wurden, sind anders ausgerichtet. Das war uns egal. Zu uns sind Türken aus der ganzen Stadt gekommen und nicht nur aus dem Stadtteil, weil ihnen die Richtung gefallen hat. Damit sind wir immer bestens gefahren und hatten ein gut funktionierendes Vereinsleben.«

Er machte eine kurze Pause.

»Natürlich sind auch wir religiös, Herr Kommissar. Wir sind gute Moslems, das können Sie mir glauben, aber in einer eher liberalen Art, was durchaus mit dem Koran zu vereinbaren ist. Wir gehen zum Gebet, essen kein Schweinefleisch, jedenfalls die meisten von uns nicht, trinken keinen oder wenig Alkohol und freuen uns, wenn unsere Töchter uns keine Schande machen. Aber wir würden nie von ihnen oder unseren Frauen verlangen, dass sie in der Öffentlichkeit ein Kopftuch tragen, weil der Koran das nach unserer Interpretation nicht verlangt. Wir wollen uns in Deutschland, dem Land, in dem wir leben, integrieren und nicht als fundamentalistische Fremdkörper wahrgenommen werden, die in ihrem Getto leben. Und genau das wollten und wollen diese Jungs unterwandern und verhindern.«

»Die Jungs sind Topuz und Özönder?«

»Richtig. Manchmal gab es noch einen oder zwei andere, aber der harte Kern, das waren die beiden. Wann das alles angefangen hat, kann ich Ihnen gar nicht so genau sagen. Irgendwann ist mir und ein paar anderen Mitgliedern, meist Älteren, die nicht mehr arbeiten müssen und schon früher die Teestube besuchen können, aufgefallen, dass die Jungs, so nenne ich sie jetzt mal, immer öfter und zu ungewöhnlichen Zeiten in der Teestube rumlungerten. Obwohl rumlungern eigentlich falsch ist, weil sie ständig irgendwas geplant oder ausgeheckt haben. Und sie haben immer wieder versucht, das Vereinsleben nach ihrer Denkweise umzukrempeln. Ständig haben sie die Anwesenden ermahnt, sich strenger an den Koran zu halten und sich nicht zu westlich, wie sie es nannten, zu verhalten. Manche hatten den Eindruck, es mit einer Art Religionspolizei zu tun zu haben. Nach und nach ist das vielen Mitgliedern auf die Nerven gegangen, und es hat Konflikte gegeben, aber die Jungs wollten sich nichts sagen lassen, fühlten sich im Recht. Neulich erst gab es wieder eine Kontroverse, weil ein paar von ihnen den ganzen Tag unseren Computer in Beschlag genommen hatten. Der ist für viele, gerade Ältere, zu einem Briefkasten, zum einzigen Briefkasten für Meldungen aus der Heimat geworden.«

»Was haben sie am Computer getrieben?«

»Blödsinn. Sie haben sich an Diskussionen beteiligt und dafür gesorgt, dass die Stimme des muslimischen Fundamentalismus möglichst laut zu hören ist.«

Lenz sah ihn irritiert an.

»Na ja«, fuhr Erdem fort, »es gibt jede Menge Diskussionen in Foren, und da haben sie sich beteiligt. Unser Administrator hat glücklicherweise dafür gesorgt, dass wir uns das, was sie da gemacht haben, ansehen konnten.«

»War es so schlimm?«

Wieder holte der Türke tief Luft.

»Schlimm? Was ist schon schlimm, Herr Kommissar? Es hat einfach genervt zu sehen, dass sie nur der Provokation wegen völlig überzogenen Unsinn behauptet haben. Und manches davon war sicherlich auch illegal.«

»Zum Beispiel?«

»Auf Spiegel Online haben sie einen Artikel eines bekannten Journalisten kommentiert, der als islamkritisch bekannt ist. Dabei haben sie dazu aufgerufen, ihn für seine Meinung exemplarisch zu bestrafen. Das war eine verdeckte Morddrohung, wenn Sie mich fragen.«

»Was haben Sie dagegen unternommen?«

»Wir haben ihnen den Zugang zu unserem Computer verboten. Aber was hatte das schon zur Folge? Nichts!«

Er lehnte sich zurück und machte mit der rechten Hand eine wegwerfende Geste.

»Bülent Topuz schwamm sozusagen im Geld. Dem war es völlig egal, ob er bei uns ins Internet kam oder nicht. Nachdem wir den beiden den Zugang untersagt hatten, kamen sie mit Laptops und UMTS-Zugang. Sie saßen wieder rum und haben das Gleiche gemacht, nur nicht mehr auf unsere Kosten.«

»Warum haben Sie die Gruppe nicht aus dem Verein ausgeschlossen?«

»Es wäre das erste Mal gewesen, dass wir jemanden rausgeworfen hätten, deshalb haben wir uns damit sehr schwergetan. Aber es gibt seit drei Monaten tatsächlich Überlegungen, die in diese Richtung gehen.«

»Na ja, zumindest im Fall Topuz hat sich das ja erledigt.«

Erdem ließ sich einen Moment Zeit, bevor er antwortete.

»Glauben Sie bitte nicht, dass ich ihm das gewünscht habe, obwohl er mich mehr genervt hat als jeder andere Mensch, den ich kenne. Niemand auf dieser Welt sollte sterben müssen, nur weil es einem anderen gefällt.«

»Da gebe ich Ihnen uneingeschränkt recht, obwohl es mich arbeitslos machen würde.«

»Stimmt es, dass Topuz diesen Deutschen umgebracht hat?«

Nun brauchte Lenz ein paar Sekunden, bevor er antwortete.

»Dazu kann ich Ihnen aus ermittlungstaktischen Gründen leider nichts sagen, Herr Erdem. Aber mich würde interessieren, worüber Özönder und Sie sich eben so in die Wolle gekriegt haben.«

Das Gesicht des Türken verfinsterte sich erneut.

»Als ich heute Morgen die Sache mit dem Polizisten im Radio gehört hatte, ging mir ein entsetzlicher Gedanke durch den Kopf. Deshalb habe ich ihn angerufen und gebeten, gleich zur Teestube zu kommen.«

»Sie glauben, er hat etwas damit zu tun?«

Erdem zuckte mit den Schultern.

»Also haben Sie ihn mit Ihrem Verdacht konfrontiert?«

»Ja.«

»Und?«

»Er hat den gleichen Blödsinn geredet wie immer. Dass es doch nichts Schlimmes sei, Blut durch Blut zu sühnen. Und dass wir durch unsere Religion dazu verpflichtet seien, gegen die Ungläubigen zu kämpfen. Irgendwann ist mir der Kragen geplatzt. Es fällt mir schwer, das zuzugeben, aber vielleicht sollte er froh darüber sein, dass Sie aufgetaucht sind.«

»Und? Hat er nach Ihrer Meinung etwas mit dem Mord an dem Polizisten zu tun?«

»Ich weiß es nicht. Und ich bin auch nicht unglücklich darüber, dass ich es nicht herausfinden muss.«

Lenz zog das Phantombild aus der Jacke, faltete es auf und hielt es Erdem hin. Der Türke griff danach, sah sich das Gesicht kurz an und reichte es dem Kommissar zurück.

»So sieht hier im Viertel jeder dritte Mann Mitte 40 aus.«

Über sein Gesicht huschte die Andeutung eines Lächelns.

»Mit dieser Karikatur kommen Sie nicht weiter, das können Sie mir glauben.«

Der Polizist steckte das Blatt zurück in seine Jacke.

»Hat Özönder Ihnen etwas darüber gesagt, wo er heute Morgen gewesen ist?«

»Leider sind Sie aufgetaucht, bevor ich ihn danach fragen konnte. Aber was nicht war, kann ja noch werden.«

»Lassen Sie mal, Herr Erdem. Die Polizei hat schon genug Schererein am Hals wegen der Morde, da brauchen wir nicht auch noch eine Fehde unter Türken.«

»Ich versichere Ihnen, dass es keine Fehde gibt. Allerdings werden wir uns in Zukunft genau ansehen, wer bei uns im Verein Mitglied ist.«

»Das ist bestimmt nicht das Schlechteste«, erwiderte der Kommissar und stand auf. »Aber eine Frage hätte ich noch: Wie bekommt man denn Zugang zur Teestube? Hat jeder der Vereinsmitglieder einen Schlüssel?«

»Glücklicherweise nicht jeder, aber leider viel zu viele. Alle, die einen wollen, kriegen auch einen. Im Moment haben wir etwa 120 Mitglieder, und 70 Schlüssel im Umlauf. Ich weiß, dass dieser Zustand eigentlich unhaltbar ist und wir daran arbeiten müssten, doch da sind ganz dicke Bretter zu bohren.«

Nebeneinander machten die beiden sich auf den Rückweg zur Teestube.

»Wollen Sie einen Tipp, wie Sie das Schlüsselproblem

elegant lösen können?«, fragte der Kommissar den Türken, als sie sich der Tür näherten. Der sah ihn erstaunt an.

»Klar. Gerne.«

»Beschädigen Sie das Schloss. Spritzen Sie Kleber rein oder sonst etwas. Dann wechseln Sie es aus und geben nur noch denjenigen einen Schlüssel, denen Sie ihn geben wollen. Idealerweise nehmen Sie ein teures Sicherheitsschloss, wo jede Schlüsselkopie 20 Euro kostet, und verlangen den Betrag als Pfand von jedem. Ich wette, Sie brauchen höchstens noch ein Dutzend Schlüssel.«

Erdem warf dem Polizisten einen anerkennenden Blick zu.

»Nicht schlecht. Das werden wir ausprobieren, vielen Dank.«

Ein paar Sekunden später betraten die beiden die Teestube. Die Gespräche der Männer an den zusammengestellten Tischen verstummten. Lenz sah sich kurz um, konnte jedoch Özönder nicht mehr entdecken. Erdem stellte eine kurze Frage, bekam eine ebenso kurze Antwort und klärte den Kommissar auf.

»Er ist vor fünf Minuten gegangen.«

»Hat er gesagt, wo er hin will?«

»Nein.«

24

Der Mann, der sich Peter Kommol nannte, sprang aus der Straßenbahn, überquerte den Friedrichsplatz und steuerte auf den Haupteingang des Zirkus zu. Dort sah er sich kurz um, ging mit federnden Schritten weiter ins Innere des Zeltes und hatte kurze Zeit später seinen Gesprächspartner vom Vortag gefunden. Gunnar Heilmann stand mit hochrotem Kopf und wild gestikulierend inmitten einer Gruppe von Zirkusarbeitern und redete laut auf sie ein. Als er Kommol erkannte, scheuchte er die Truppe auseinander und kam auf ihn zu.

»Hi, Pete, schön, dass du da bist. Dachte schon, du hättest es dir anders überlegt.«

Kommol sah erschrocken auf seine Uhr.

»Nein, lass stecken, du bist nicht zu spät. Ich hatte nur gerade mal wieder Ärger mit den Bühnenarbeitern, weil hinten und vorne nichts so klappt, wie ich es erwarte.« Er machte ein genervtes Gesicht. »Irgendwann gibt es wieder einen Toten, weil die Brüder es einfach nicht fertigbringen, gescheit zu arbeiten. Und es ist ihnen einfach nicht klarzumachen, dass das Leben der Artisten auch von ihren Handgriffen abhängt.«

»Gab es denn schon Tote hier?«

»Leider, ja. Vor zwei Jahren ist einer der Artisten von ganz oben abgeschmiert.« Er fuhr sich mit dem Zeigefinger am Hals entlang und machte dabei ein knirschendes

Geräusch. »War sofort tot, der arme Kerl. Und ein echt guter Kumpel. Aber um eine Wiederholung zu verhindern, hab ich dich ja engagiert. Hast du an den Sozialversicherungsausweis gedacht?«

Kommol griff in die Innentasche seiner Jacke und kramte das rosafarbene Dokument hervor.

»Klasse. Dann lass uns gleich bei den Schlipsträgern vorbeigehen und das klarmachen.«

Kurz darauf war Kommol offiziell Mitarbeiter des Zirkus. Er unterschrieb einen knappen Arbeitsvertrag, wurde angehalten, während der Arbeit nicht zu trinken und keine Drogen zu konsumieren, sich nicht in Schlägereien verwickeln zu lassen und nichts zu stehlen.

»Wie ich gesagt hab, total easy«, freute Heilmann sich, nachdem sie die Tür des Organisationswagens hinter sich geschlossen hatten und auf dem Rückweg ins Zelt waren.

»Ja, das hatte ich mir, ehrlich gesagt, schwieriger vorgestellt. Aber das lag bestimmt an dir, Gun.«

»Wo du recht hast, hast du recht. Ich hab mich gestern Abend kurz mit dem Big Boss unterhalten und ihm von dir erzählt, danach war die Sache geritzt.«

Auf Höhe des Bratwurststandes wurde Kommol plötzlich langsamer und blieb dann vor einer der roten Röhren stehen, die auf dem Boden lagen und aus denen warme Luft in das Vorzelt strömten.

»Sag mal, sind das eure Heizungsrohre? Diese Riesenapparate?«

Heilmann fing laut an zu lachen.

»Klar, Mann, was glaubst du denn? Irgendwie müssen wir die Bude doch warm kriegen. Sonst können wir unser Winterprogramm gleich vergessen.«

»Geil! Und wo kommt die warme Luft her?«

»Zeig ich dir gleich. Vorher müssen wir kurz bei Igor, unserem Schweißer, vorbeigehen, weil an einem der Trailer ein Unterfahrschutz abgerissen ist.«

Wieder machte er mit der Hand eine wegwerfende Bewegung.

»Außer mir sieht das scheinbar niemand. Oder will es niemand sehen, was aufs Gleiche rauskommt. Wenn ich hier nicht überall meine Augen und Ohren hätte, ginge es wirklich drunter und drüber.«

Zwei Minuten später hatte Heilmann den Schweißer gefunden und ihn angewiesen, den Schaden an einem der Anhänger zu reparieren.

»Und mach es heute noch, verstanden?«, brüllte der Sicherheitschef noch, als er und Kommol schon fast außer Hörweite des Russen waren.

»So, was machen wir jetzt? Als Nächstes …«

»Wolltest du mir nicht zeigen, wo die warme Luft herkommt, mit der das Zelt geheizt wird?«, unterbrach ihn Kommol vorsichtig.

»Klar, Pete, hatte ich schon vergessen. Manchmal glaub ich, dass ich Alzheimer hab. Also, lass uns schnell rübergehen in den Heizcontainer.«

Heilmann stürmte mit raumgreifenden Schritten durch das Hauptzelt und das Vorzelt, grüßte hier einen Artisten, wies da einen Arbeiter rüde auf ein Fehlverhalten hin, steuerte dann den mittleren der drei 40-Fuß-Container vor dem Zelt an und zog sein Schlüsselbund aus der Jackentasche.

»Hier verbraten wir an jedem Tag, je nach Außentemperatur, 600 bis 1.000 Liter Heizöl, mein Freund. Das wird im Container nebenan gebunkert.«

Er drehte den Schlüssel und zog die Tür nach außen.

»Komm, ich erklär dir, wie das alles funktioniert.«

Kommol drängte sich neben seinem neuen Chef ins Innere des Containers und machte ein interessiertes Gesicht, obwohl ihm die Hitze und der Gestank fast die Luft zum Atmen nahmen. Wegen des Lärms musste Heilmann nun schreien, was ihm jedoch keine Schwierigkeiten bereitete.

»Also, nebenan ist das Heizöl im Tankcontainer. Der ist aufgebaut wie eins von diesen modernen Containerschiffen, also doppelwandig. Über eine Leitung kommt das Öl in den Brenner. Der ist im hinteren Teil und vollständig gekapselt.«

Er deutete auf die Decke des Containers.

»Wir saugen in jeder Minute Tausende von Litern Frischluft an, jagen sie durch den Brenner und erhitzen sie dabei auf 110 Grad.«

Kommol pfiff anerkennend durch die Zähne.

»110 Grad!«, brüllte er, »da verbrennt man sich aber gehörig den Hintern, wenn man zu nahe drankommt.«

Heilmann winkte ab.

»Kein Problem. Auf dem Weg ins Zelt kühlt die Luft sich schon wieder so weit ab, dass niemand Brandblasen kriegt. Ist nämlich alles haarklein ausgetüftelt worden von ein paar Spezialisten. Und funktioniert!«

»Gibt's einen, der sich mit der ganzen Technik auskennt, ich meine, wenn mal was damit ist?«

»Vergiss es, das Ding funktioniert wie eine Heizung zu Hause. Wenn wir an einem neuen Spielort ankommen, entlüften wir das System, schalten die Pumpen ein und den Brenner, und das war's auch schon.«

»Echt geil!«, begeisterte sich Kommol.

Heilmann öffnete einen kleinen Schrank unter einer Werkbank und nahm eine Cognacflasche heraus. »Mein Geheimfach!«, brüllte er, zog mit den Zähnen den Korken heraus, spuckte ihn in die Hand, nahm einen kräftigen Schluck und reichte Kommol die Flasche. Der trank, verzog das Gesicht und schüttelte sich. »Ist noch zu früh.«

Heilmann stellte die Flasche zurück, schob ihn aus dem Container und warf die Tür zu.

»Das hält kein Mensch auf die Dauer aus da drin, ich jedenfalls nicht. Was den meisten Krach macht, ist das Gebläse, aber ohne das Ding würden wir die warme Luft nicht ins Zelt kriegen, so einfach ist das.«

Er schloss die Tür ab und rieb mit den Händen fest seine Ohren. »Früher hat mir so ein Krach nichts ausgemacht, das kannst du mir glauben. Jetzt kriege ich schlechte Laune, wenn ich diese Lautstärke aushalten muss.«

Kommol nickte.

»Geht mir genauso. Wir sind halt keine 20 mehr, da hilft nichts.«

Der Sicherheitschef schlug ihm kumpelhaft auf die Schulter.

»Wem sagst du das, Pete? Wem sagst du das?«

Kommol drehte sich noch einmal zu dem Container.

»Und damit heizt ihr wirklich das ganze Zelt? Mit diesem lütten Ding?«

»Hoho, lüttes Ding«, feixte Heilmann. »Da merkt man, dass du lange in Hamburg warst. In Hamburg, im ›Salambo‹. Aber lass das nicht den Boss hören, das mit dem lütten Ding, auf seine Heizung ist er nämlich bestialisch stolz, der Gute.«

»He, he, ich hab nie was zu der Heizung gesagt. Oder hast du was gehört?«

Wieder ein Schlag auf die Schulter.

»Ich hab nix gehört. Gar nix. Was ich aber gerne hören würde, sind Neuigkeiten von deiner russischen Freundin. Gibt's da was Neues? Hast du ihr von mir erzählt?«

Kommol schlug sich mit der flachen Hand an die Stirn.

»Mensch, gut, dass du's sagst, das hätte ich jetzt glatt vergessen. Ich hab gleich gestern Abend mit ihr telefoniert und ihr von dir erzählt, und sie war echt begeistert. Im Moment ist sie in Sankt Petersburg, aber in zwei Wochen kommt sie nach Kassel und ist ganz heiß drauf, dich kennenzulernen.« Er hob warnend den Zeigefinger. »Allerdings sagt sie, dass sie keine Amateure gebrauchen kann, sondern nur Profis, das soll ich dir ausrichten.«

Heilmanns Augen begannen zu leuchten.

»Da hat sie aber Glück, ich bin nämlich ein professioneller Ausdauersportler in der Horizontalen. Ein richtiger Hengst bin ich, sag ihr das.«

»Das weiß sie schon, deshalb freut sie sich ja so drauf, dich kennenzulernen. Und wenn ich mich recht erinnere, kannst du auch schon mal anfangen, dich auf sie zu freuen.«

»Ist geritzt, Mann. Ist geritzt.«

Er deutete auf den linken der drei Container.

»Komm, wo wir gerade hier sind, zeig ich dir noch die Elektrozentrale. Ist auch verdammt wichtig, aber längst nicht so laut wie die Heizung.«

Mit dem Schlüssel in der Hand, ging Heilmann die fünf Meter zu dem Container, öffnete die Tür und ließ Kommol das Innere der Stahlschachtel begutachten.

»Sind ja nur Schaltkästen …«, stellte der neue Mitarbeiter mit leichtem Erstaunen fest.

»Das stimmt«, belehrte ihn Heilmann, »aber ohne die geht hier gar nichts. Jeder Schaltkreis ist einzeln verdrahtet und abgesichert. Wir haben insgesamt acht Computer im Einsatz, die Licht, Musik und die andere Technik steuern, auch die Pyroeffekte. Und das Tollste ist, dass alles doppelt vorhanden ist, wie in einem Flugzeug. Wenn irgendein System ausfällt, steht das andere schon in Bereitschaft und übernimmt, ohne dass auch nur ein Mensch das mitkriegt. Geil, oder?«

Kommol sah ihn mit großen Augen an.

»Und das geht?«

»Das geht richtig gut. Unser Elektriker Tomaš, ein Slowake, sagt immer, dass die Ströme seltsame Wege gehen. Und da ist wirklich was dran.«

»Aber die Computer stehen nicht hier, oder?«

»Nein, wo denkst du hin. Die haben ihren eigenen Raum in der Regie, und da kommt keiner rein außer dem Techniker und dem Programmierer. Und uns natürlich, weil wir immer sehen müssen, dass niemand sich an den Sachen zu schaffen macht. Was glaubst du, wie gerne so ein Computer geklaut wird.«

»Also wir müssen dafür sorgen, dass an die Sachen nichts drankommt, richtig?«

Heilmann nickte gönnerhaft.

»Ganz genau.«

Er griff nach seinem Schlüsselbund und zeigte Kommol einen Schlüssel.

»Das hier ist der General. Mit dem hat man Zugang zu den meisten Schlössern hier auf dem Platz. Natürlich nicht zu den Buden vom Boss und der Chefin, klar.«

Kommol lachte laut auf.

»Na, das wär' ja auch was.«

»Wir warten ein, zwei Wochen, dann kriegst du natürlich auch einen. Die hohen Herrschaften rücken den nicht so gerne raus, deswegen musst du zuerst eine Art Probezeit bestehen, aber mach dir deswegen keine Sorgen. Wenn du ihn brauchst, nimmst du in der Zeit einfach meinen.«

»Schon klar, ist für mich kein Problem. Ich hoffe ja, dass mein Einsatz hier länger dauert.«

»Davon kannst du ausgehen, Pete. Als Nächstes sind wir in Heidelberg. Da waren wir schon ein paar Mal, und es war immer geil, weil auch nachts noch was los ist. Auf jeden Fall mehr als hier in Kassel. Hier gibt's nicht einen anständigen Puff mehr, und die Wolfhager Straße, der Autostrich, ist auch nicht mehr das, was er mal war.«

Nun schlug Kommol seinem neuen Boss auf die Schulter.

»Hey, Gun, das brauchst du doch bald alles nicht mehr. Wenn erst mal Natascha aus Sankt Petersburg angereist ist, hast du Puff und Autostrich nicht mehr nötig.«

Heilmann verzog das Gesicht zu einem feisten Grinsen.

»Natascha, wie das klingt ...«

»Und wie sich das erst anfühlt. Und sie steht wirklich auf die harten Sachen und macht alles, ohne Ausnahme.«

»Harte Sachen, geil. Da steh ich auch drauf.«

»Dann kommst du garantiert auf deine Kosten, mein Lieber.«

25

Lenz steckte den Zettel, auf dem Erdem Özönders Adresse notiert hatte, in die Jackentasche, sah auf die Uhr und startete den Dienstwagen. Über die Holländische Straße und den Westring kam er zur Sickingenstraße. Nummer 22 war ein Wohnhaus im Hinterhof, davor ein großer Parkplatz. Der Kommissar stieg aus, stellte den Kragen seiner Jacke hoch, weil es leicht angefangen hatte zu regnen, und ging zum Eingang des Hauses. Es gab acht Namensschilder, alle mehrfach überklebt und teilweise nicht lesbar. ›Özönder‹ stand auf dem zweiten von oben. Er legte den Finger auf den silbernen Knopf, trat einen halben Meter zurück und wartete. Nach etwa einer halben Minute wurde im zweiten Stock ein Fenster geöffnet und eine dunkelhaarige Frau von etwa 45 Jahren zeigte ihr rundes Gesicht.

»Hallo?«, rief sie in den Hof.

»Guten Tag, mein Name ist Lenz. Ich möchte gerne Tayfun Özönder sprechen.«

»Tayfun nix su Hause!«, rief die Frau.

»Sind Sie seine Mutter?«, wollte Lenz wissen.

»Mutter, ja.«

Nun tauchte neben der Frau ein junges, dunkelhaariges Mädchen mit einem freundlichen Gesicht auf.

»Hallo. Was wollen Sie denn verkaufen?«

»Nichts. Ich wollte zu Tayfun Özönder.«

»Mein Bruder ist nicht da. Der ist bestimmt an der Uni.«

»Kann ich Ihnen ein paar Fragen stellen?«
Sein Blick kreiste kurz über das Gelände.
»Die möchte ich aber ungern über den Hof brüllen.«
»Geht's um Tayfun?«
»Ja.«
»Sind Sie von der Polizei?«
Lenz nickte.

Das Mädchen stellte der Frau auf Türkisch eine Frage, doch die schüttelte energisch den Kopf. Nach einer weiteren Frage begann eine hitzige Diskussion zwischen den beiden. Offenbar wollte die Ältere den Polizisten nicht in die Wohnung lassen. Dann jedoch hatte sich das Mädchen durchgesetzt.

»Ich mache Ihnen auf. Fest drücken, die Tür klemmt ein bisschen.« Damit verschwand ihr Kopf.

Im Hausflur roch es nach Salmiak, aber alles sah sauber und aufgeräumt aus. Aus der Nähe betrachtet, wurde aus dem Mädchen eine junge, attraktive Frau in engen Jeans und knallbuntem Top, die ihn bat, die Schuhe auszuziehen.

»Ist so Sitte bei uns«, erklärte sie freundlich und geleitete ihn ins Wohnzimmer.

»Das ist meine Mutter«, stellte sie die dicke Frau vor, die sich auf der Couch niedergelassen hatte und den Kommissar misstrauisch beäugte, »die leider nie richtig Deutsch gelernt hat. Und ich bin Demet Özönder, die Schwester von Tayfun.«

Lenz reichte beiden die Hand, kramte seinen Dienstausweis aus der Jacke und stellte sich vor.

»Sie wissen vielleicht, dass gestern ein guter Freund

Ihres Bruders das Opfer eines Verbrechens geworden ist«, begann er und sah dabei die junge Frau an.

»Wobei es ausnahmsweise mal den Richtigen getroffen hat«, erwiderte sie selbstbewusst.

Der Polizist legte die Stirn in Falten und sah sie ernst an.

»Bei allem Respekt, Frau Özönder, der junge Mann ist ermordet worden.«

Demet Özönder beugte sich nach vorne und blickte Lenz tief in die Augen.

»Ich weiß, Herr Kommissar. Aber das ändert absolut nichts an meiner Meinung über diesen Kerl.«

»Und was hat bei Ihnen zu dieser Meinung geführt?«

»Er. Er und seine Denke.«

Ihre Augen verengten sich zu schmalen Schlitzen.

»Seine Denke gegenüber Frauen, Männern und Frauen, der Ehe, Respekt, Religion, Kopftüchern und noch einigen anderen Dingen. Er war ein fundamentalistischer Hardliner, wenn Sie verstehen, was ich meine.«

Lenz reagierte nicht.

»Na ja«, fuhr sie fort, »mein Bruder hat diesen Mistkerl vor ungefähr einem Jahr zum ersten Mal hier angeschleppt. Dazu muss man wissen, dass Tayfun bis dahin ein völlig normaler Türkenjunge in Deutschland gewesen ist. Immer eine große Klappe, immer super gestylt, immer nur Mädchen im Kopf. Und dann der totale Umschwung.«

Sie deutete auf ihre Mutter.

»Selbst meiner Mutter war das nicht geheuer, dieser Religionsmist und das alles.«

»Was ist mit Ihrem Vater?«

»Der ist vor ein paar Jahren mit einer Deutschen davongelaufen, die jünger und schlanker ist als meine Mutter. Angeblich betreibt er ein Restaurant in Duisburg, aber das weiß ich nur vom Hörensagen.«

»Und Sie glauben, dass Bülent Topuz Ihren Bruder auf diese Schiene gebracht hat und an seiner Veränderung schuld gewesen ist?«

»Klar, wer denn sonst? Das ging innerhalb von ein paar Wochen. Ich konnte es kaum glauben und hab es zuerst für dummes Gerede gehalten. In einer stillen Stunde hat er mir dann erklärt, dass er es wirklich ernst meint und mich aufgefordert, in Zukunft ein Kopftuch zu tragen, wenn ich nach draußen gehe.«

»Und?«

Sie fing an zu grinsen.

»Ich hab ihm was gehustet, was sonst? Tayfun hat mich seitdem in Ruhe gelassen, aber wann immer dieser Topuz hier aufgetaucht ist, ging die gleiche Leier los. Kopftuch, Mann aussuchen, heiraten, und so weiter. Vor zwei Monaten ungefähr ist es auch meiner Mutter zu viel geworden, und sie hat ihn gebeten, nicht mehr zu uns zu kommen. Das gab natürlich wieder Stunk mit Tayfun.«

»Und Topuz hat sich daran gehalten und ist nicht mehr aufgetaucht?«

Sie nickte.

»Ja, bis auf ein Mal. Meine Mutter und ich waren in Hannover auf einer Geburtstagsfeier und wollten dort übernachten, haben es uns aber anders überlegt und sind nachts noch zurückgefahren. Die beiden saßen hier rum und haben irgendwas mit ihren Laptops veranstaltet. Und ich kann Ihnen sagen, dass ich meine Mutter in meinem ganzen Leben noch nie so sauer erlebt hab. Seitdem hat er sich hier nicht mehr blicken lassen, da bin ich sicher.«

»Hat Ihr Bruder eine Freundin?«

Demet Özönder verzog das Gesicht.

»Nicht, dass ich wüsste. Und ich kann mir auch nicht vorstellen, dass sich irgendein Mädchen mit so einem Hardliner abgeben würde, es sei denn, sie wird von ihrer Familie dazu gezwungen.«

»Und er lebt hier, in dieser Wohnung? Oder hat er noch irgendwo anders eine Wohnung oder ein Zimmer?«

»Nein, er lebt hier. Eine eigene Wohnung hat er nicht.«

Lenz atmete tief durch, bevor er weiter fragte.

»War er letzte Nacht hier?«

»Warum? Hat er was angestellt?«

Der Kommissar sah von einer Frau zur anderen.

»Haben Sie heute noch keine Nachrichten gehört?«

»Nein. Ich arbeite im Krankenhaus und hatte Nachtwache. Auf dem Heimweg mit dem Fahrrad habe ich nichts mitgekriegt und wollte nur noch in mein Bett. Was ist denn passiert?«

»Ein Polizist ist erschossen worden.«

Erneut zog er das Phantombild aus der Jacke und hielt es der Frau hin.

»Kenne ich nicht. Aber das ist garantiert nicht Tayfun.«

Frau Özönder wollte etwas von ihrer Tochter wissen, doch die winkte ab. Wieder gab es eine kurze, erregte

Diskussion zwischen den beiden. Dann wurde der Ton der Tochter sachlicher. Sie legte ihre Hand auf den Arm der Mutter und redete beruhigend auf sie ein. Die Frau antwortete leise und fing dabei an zu weinen.

»Meine Mutter sagt, er ist erst um 4.30 Uhr heute Morgen nach Hause gekommen.«

»Hat er gesagt, wo er gewesen ist?«

»Nein. Aber dass er so spät, oder besser so früh, nach Hause kommt, ist nicht ungewöhnlich. Das passiert mindestens ein-, zweimal die Woche.«

»Und Sie wissen wirklich nicht, was er in dieser Zeit macht?«

»Ich hab ihn einmal gefragt, aber er wollte mir nichts dazu sagen. Meinte nur, er würde wie ein guter Mensch leben, was man von mir nicht behaupten könnte.«

»Warum meinte er das?«

»Fragen Sie ihn, wenn Sie ihn sehen. Ich will es nicht wissen, es interessiert mich nicht.«

»Kann ich mir sein Zimmer ansehen?«

Wieder übersetzte die junge Frau seine Frage, woraufhin die Mutter nach kurzem Zögern nickte.

»Geht klar, kommen Sie.«

Demet Özönder ging voraus in den Flur und öffnete die letzte Tür auf der rechten Seite.

»Bitte«, sagte sie.

Lenz betrat den kleinen Raum, wo vor dem Fenster ein mit Papieren vollgeladener Schreibtisch und in der gegenüberliegenden Ecke ein schmales Bett stand. Es roch nach Schweißfüßen.

»Er lüftet zu wenig«, schien sie seine Gedanken zu

erahnen und zog einen Flügel des Fensters nach innen. Frische, kalte Luft strömte in das Zimmer.

»Kann ich mich ein bisschen umsehen?«

Sie machte ein gleichgültiges Gesicht.

»Ich bin zwar davon überzeugt, dass Tayfun mit diesem Polizistenmord nichts zu tun hat, aber ich wüsste nicht, warum Sie ihm nicht mal so richtig auf die Füße treten sollten. Vielleicht bringt ihn das ja zur Vernunft.«

»Sie können auch Nein sagen.«

»Bei meinem Zimmer würde ich das bestimmt machen«, erwiderte sie grinsend.

»Warum glauben Sie, dass Ihr Bruder mit der Sache nichts zu tun hat?«

»Weil er ein Maulheld ist. Das war er schon immer, und er wird es immer bleiben. Er hat keine Eier in der Hose.«

Nun musste Lenz grinsen.

»Aha«, machte er und überflog die Papiere auf dem Schreibtisch. Dann zog er eine Schublade auf. Wieder nur Papiere. Er durchquerte den Raum, öffnete die linke Tür des Schranks und stöhnte auf. Die einzelnen Fächer waren vollgestopft mit frischer und getragener Kleidung, Büchern, CDs und Papieren. Auf der anderen Seite sah es genauso aus und roch ähnlich.

»Jetzt schäme ich mich ein wenig«, hörte er die junge Frau hinter sich sagen.

»Kein Problem, ist ja nicht Ihre Müllhalde.«

Er schloss die Türen, rieb sich die Hände und drehte sich um.

»Das war's schon.«

»Schade. Ich dachte, Sie holen jetzt Einweghandschuhe aus der Hosentasche, nehmen jede Menge Fingerabdrücke und stellen hier alles auf den Kopf.«

Wieder huschte ein Lächeln über sein Gesicht.

»Das ist nur im Fernsehen so. In der Realität sieht das immer ganz anders aus.«

»Auch gut. Soll ich Tayfun was ausrichten, wenn er kommt?«

Lenz zog eine Karte aus der Tasche und reichte sie ihr.

»Er soll mich anrufen. Es liegt zwar …«

Ihr Mobiltelefon klingelte. Sie meldete sich, wartete und sprach ein paar Sätze. Dann gab es eine längere Pause, in der sie zuhörte. Danach setzte sie zu einer Tirade an, die Lenz dieser jungen Frau niemals zugetraut hätte. Sie schrie, stampfte mit dem Fuß auf, verzog das Gesicht zur Grimasse, war für einen Moment ruhig und fing wieder an zu schreien. Ein paar Sekunden später war es vorbei.

»Dieses Arschloch!«, brüllte sie und sah ungläubig das Telefon in ihrer Hand an.

»Ihr Bruder?«, fragte der Kommissar vorsichtig.

Demet Özönder holte tief Luft, schloss die Augen und atmete aus.

»Ja, mein Herr Bruder. Er wollte mich anpumpen. Er ist angeblich in Schwierigkeiten und braucht Geld. So ein Idiot!«

»Wo ist er?«

Sie zuckte mit den Schultern.

»Wollte er mir nicht sagen. Ich habe ihn gefragt, ob er etwas mit dem Mord zu tun hat, aber er hat mir nicht geantwortet. Hat nur gesagt, ich solle mir keine Sorgen machen und dass er sich in ein paar Tagen meldet.«

»Haben Sie ihm gesagt, dass ich hier bin?«

»Natürlich, aber es hat ihn nicht interessiert.«

»Geben Sie mir seine Telefonnummer?«

»Klar«, antwortete sie, ging zum Schreibtisch, riss einen Zettel von einem Notizwürfel und schrieb.

»Bitte. Und jetzt glaube ich langsam doch, dass er sich ernste Schereien eingehandelt hat. Er klang echt scheiße.«

Lenz deutete auf seine Visitenkarte, die sie noch immer in der Hand hielt.

»Ich werde ihn kontaktieren, aber wenn er sich wieder bei Ihnen meldet, soll er mich anrufen. Sagen Sie ihm das!«

26

»Thilo hat gerade die Fahndung nach ihm angeleiert. Ich hab ihn von unterwegs angerufen«, erklärte der Hauptkommissar seinem Freund. »Und du sorgst jetzt dafür, dass uns in den nächsten Minuten dein verdammtes Telefon in Ruhe lässt.«

Uwe Wagner lehnte sich zurück, stellte die Kaffeetasse auf den Tisch, legte den Telefonhörer daneben und sah seinen Freund noch etwas skeptischer an.

»Und du glaubst wirklich, dass dieser Typ etwas mit dem Mord zu tun hat? Ich kann mir das ganz und gar nicht vorstellen, so wie du ihn schilderst.«

»Ob ich es mir vorstellen kann, weiß ich nicht. Allerdings ist er nach dem Anruf bei seiner Schwester zumindest in den Kreis der Verdächtigen gerückt. Dass er nicht selbst geschossen hat, steht nach der Aussage der Polizistin und dem Phantombild wohl fest, aber vielleicht weiß er irgendwas, was er uns nicht erzählen will.«

»Und zu allem Unglück hat vor einer halben Stunde die DVP eine Demo morgen Mittag angemeldet.«

Lenz sah ihn an.

»Die Deutsche Volkspartei steht auf dem Wahlzettel für die Kommunalwahl, der demnächst in deinen Briefkasten flattert. Ziemlich rechte Gesinnung, um es mal wohlwollend auszudrücken.«

Die Miene des Kommissars veränderte sich keinen Iota. Wagner schüttelte fassungslos den Kopf.

»Sag mal, Paul, interessierst du dich eigentlich gar nicht für das, was in deiner Stadt so vorgeht? Politisch, meine ich. Und ich meine damit nicht, ob es dich brennend interessiert, wer demnächst auf dem Stuhl des OB Platz nimmt, sondern auch eine Etage darunter.«

Von der anderen Seite des Schreibtisches erntete er ein Schulterzucken.

»Ich hab dafür keine Zeit, Uwe. Und offen gesagt, interessiert es mich nicht, welcher Parteigänger Kassel noch tiefer in die roten Zahlen befördert. Es ändert sich doch sowieso nichts.«

»Auch eine Meinung«, erwiderte Wagner. »Also, dann will ich dich mal kurz aufklären: Die DVP hat gute Chancen, ins Rathaus einzuziehen. Und das mit Parolen, die mir die Kotze in den Hals treiben. Ihre Zielscheiben sind Ausländer, Schwule und noch einiges andere, was dem geneigten Arier ein Dorn im Auge ist.«

»Und wogegen wollen die demonstrieren?«

»Mich hat vorhin der Schneider vom Ordnungsamt angerufen, der sich ziemliche Sorgen macht. Offiziell ist die Demo wegen dem Mord an dem Polizisten angemeldet worden, aber Schneider befürchtet, dass die Bande mit ihrer Hetze gegen Ausländer beim Wahlvolk punkten will.«

Er beugte sich nach vorne und fixierte Lenz.

»Überleg doch mal, Paul. Wir suchen einen Türken, der im Verdacht steht, einen Polizisten erschossen zu haben. Das lassen die sich auf keinen Fall entgehen. Und ich kann mir leider nur zu gut vorstellen, wie von denen Stimmung gemacht wird.«

»Kann man ihnen den Spaß nicht einfach verbieten?«

»Willkommen in der Demokratie, Herr Kommissar. Der nächste Weg führt vor Gericht, und spätestens dann wird demonstriert, weil das durch unsere Gesetze so geregelt ist, wogegen weder du noch ich etwas haben sollten. Mir kommt's nur hoch, wenn ich an diese Demagogen denke.«

»Also behalten wir sie im Auge und …«

Das Mobiltelefon in Wagners Hosentasche klingelte. Der Pressesprecher kramte das Gerät heraus, meldete sich und hörte ein paar Sekunden zu. Danach bedankte er sich und legte auf.

»Jetzt haben wir den Salat. Das war noch mal Schneider vom Ordnungsamt. Er hatte eben Besuch von einem Mitglied der Türkischen Gerechtigkeitsliga, Sektion Kassel. Die wollen auch demonstrieren, und zwar zur gleichen Zeit wie die DVP.«

»Läuft die Fahndung?«, fragte Lenz seinen Mitarbeiter ein paar Minuten später, als beide an Hains Schreibtisch saßen.

»Läuft.«

»Klasse. Und jetzt erzähle ich dir, warum wir überhaupt nach dem Typen fahnden«, strahlte der Hauptkommissar und berichtete von seinen Ermittlungen des Nachmittags. Als er fertig war, erntete er von der anderen Schreibtischseite ein anerkennendes Nicken.

»Gut gemacht. Aber ich war auch nicht ganz untätig in der Zeit. Ich hab nämlich herausgefunden, woher sich Fehling und Topuz kannten«, erklärte Hain seinem Chef. Der sah ihn überrascht an.

»Und?«

»Die Daten auf den Rechnern und die Kommentare in drei verschiedenen Foren lassen nur den Schluss zu, dass sowohl Fehling als auch Topuz als überaus aggressive Trolle unterwegs waren.«

Lenz verstand kein Wort.

»Was zum Teufel ist ein Troll?«

»Das ist jemand, der aus purer Lust an der Provokation in Diskussionsforen für Unruhe sorgt. Meistens beteiligt er sich gar nicht am eigentlichen Thema, sondern beleidigt nur die anderen Teilnehmer oder sabotiert die Diskussion.«

»Und was gewinnt er mit einem solchen Verhalten?«

Hain zuckte mit den Schultern.

»Was weiß ich? Es gibt nun mal Menschen, denen so etwas Spaß macht. Unseren beiden Opfern scheint es jedenfalls große Freude bereitet zu haben.«

Er griff zum Tisch und nahm ein paar Blätter in die Hand.

»Hier zum Beispiel hat Topuz, wenn ich richtig liege, und daran habe ich keinen Zweifel, den Fehling beschimpft, ein Nazi zu sein. Der revanchierte sich, indem er ihm unterstellt hat, seine eigene Mutter zu beschälen.«

Der Hauptkommissar sah ihn angewidert an.

»Und so geht es weiter. Schweinefresser und Fundisau sind noch eher Nettigkeiten, mit denen sie sich tituliert haben.«

»Bist du sicher, dass es wirklich die beiden gewesen sind?«

»Ganz sicher. Fehlings Alias ist *Archicad* gewesen, das ist ein Computerprogramm für Architekten, Topuz hat sich in allen Foren als *Messias07* angemeldet. Ich habe die Onlinezeiten verglichen, es passt alles haargenau.«

Er machte ein zufriedenes Gesicht.

»Aber das ist noch nicht alles. Die IP, nach der wir suchen, ist einem Benutzer in Wilhelmshöhe zugewiesen.«

»Die Adresse dieser Amygdala, meinst du?«

»Genau. Unsere Amygdala aus Frankfurt sitzt in Wilhelmshöhe und schreibt dem Bülent aus der Westendstraße heiße Mails.«

»Hast du die Adresse?«

Hain wedelte mit den Blättern in seiner Hand.

»Christian Söntgerath, Lange Straße 24.«

»Dann lass uns gleich losfahren und ihn fragen, ob mit seiner Amygdala alles in Ordnung ist.«

»Genau. Aber vorher fahren wir bei mir zu Hause vorbei und holen mein Laptop.«

»Wozu brauchst du das Ding denn?«

Der Oberkommissar nahm seine Jacke vom Haken und ging zur Tür.

»Das erkläre ich dir im Auto.«

Eine halbe Stunde später stellte Hain das kleine Cabrio vor der Hausnummer 24 in der Langen Straße an den Bordstein und schaltete den Motor aus. Lenz hatte die Tasche mit dem Laptop auf dem Schoß. Draußen war es inzwischen dunkel geworden.

»Und nun?«

»Jetzt sehen wir nach, ob der gute Herr Söntgerath vielleicht gar nichts davon weiß, dass diese Amygdala ihre Post von seinem Briefkasten weggeschickt hat.«

Damit griff er nach der Tasche, holte das Laptop heraus, klappte es auf und drückte auf den Startknopf. »Ich habe keine Ahnung, was du hier veranstaltest, Thilo. Aber ich bin ganz zuversichtlich, dass du mich im Verlauf deiner Exkursion noch aufklärst.«

Hain ließ seinen rechten Zeigefinger über das Touchpad gleiten und drückte eine Taste.

»Es ist eigentlich ganz einfach, Paul. Viele Menschen benutzen heutzutage einen drahtlosen Zugang zum Internet. Leider sind nicht alle schlau genug, diesen Zugang auch so zu sichern, dass er von keinem Dritten unbefugt benutzt werden kann. Wenn jetzt also jemand von diesen Unvorsichtigen im Internet ist oder auch nur seinen Router eingeschaltet hat, kann sich jeder in der Nähe gratis bedienen. Und er surft über die IP dieses Trottels.«

Das Gerät auf seinem Schoß piepte.

»Bingo. Hier in der Gegend sind ...«, er zählte kurz durch, »neun W-LAN Netzwerke aktiv. Acht sind mit WPA geschützt, eins offen. Das probieren wir jetzt einfach aus.«

Wieder gab er ein paar Befehle ein und wartete.

»Willst du mal eben deinen Kontostand wissen?«, fragte er kurze Zeit später.

»Wie ...«

»Wir sind drin. Das Netzwerk, das uns den Zugang ermöglicht hat, heißt CS-Net. Sagt dir das was?«

Lenz dachte einen Moment nach.

»Nein, nie gehört.«

Hain stöhnte auf.

»CS. Christian Söntgerath. So heißt der Typ.«

»Scheiße«, murmelte der Hauptkommissar, »jetzt ziehe ich meinen Hut aber ganz tief vor dir, Thilo. Das ist wirklich gute Arbeit.«

»Was allerdings noch nicht heißt, dass dieser Söntgerath nichts mit der Sache zu tun hat. Vielleicht stellt er sich nur unendlich blöd an bei dem, was er macht.«

Lenz griff zum Türöffner.

»Das sollten wir ihn persönlich fragen, was meinst du?«

»Gerne. Aber lass mich wenigstens das Ding noch wegpacken und in den Kofferraum legen, sonst habe ich am Ende zwei davon.«

Zwei Minuten später legte Hain den Finger auf die Klingel.

»Ja, bitte?«, hörten die beiden Kommissare kurze Zeit später aus der Sprechanlage.

»Mein Name ist Lenz, Kripo Kassel, guten Abend. Können wir kurz hereinkommen?«

»Worum geht es denn?«

»Wir hätten ein paar Fragen an Herrn Söntgerath. Ist er zu Hause?«

»Nein, der wohnt nicht mehr hier.«

»Vielleicht können Sie uns weiterhelfen, Frau …?«

Für einen Moment war Stille in der Leitung.

»Beate Söntgerath. Kommen Sie bitte herein. Die Treppe hoch, bis es nicht mehr weitergeht.«

Das Haus gehörte zu den besseren in Kassel. Der Flur war sauber und freundlich, die Treppe aus edlem Buchenholz.

»Beate Söntgerath«, stellte die Frau sich vor, nachdem die Polizisten sich ausgewiesen hatten. »Kommen Sie bitte mit ins Wohnzimmer.«

»Was also will die Polizei von meinem Mann?«, fragte sie, nachdem alle saßen.

»Sie sind mit Herrn Söntgerath verheiratet?«

»Noch, ja.«

»Also leben Sie getrennt?«

»Ja, seit etwa zwei Monaten.«

»Ist Ihr Mann in dieser Zeit hier gewesen?«

Sie lachte laut auf.

»Definitiv nicht, nein.«

»Was macht Sie da so sicher?«, wollte Hain wissen.

»Ein gebrochenes Nasenbein und ein Rippenserienbruch. Mein Mann hat, na ja, sagen wir mal, den Abgang mit Getöse gewählt. Und seitdem hat er keinen Schlüssel mehr für diese Wohnung. Ich habe die Schlösser tauschen und eine Alarmanlage einbauen lassen. Das sollte Ihre Frage ausreichend beantworten.«

»Gibt es in Ihrem Haus einen Computer, Frau Söntgerath?«

»Es gab einen, ja. Der gehörte meinem Mann, er hat ihn mitgenommen. Ich selbst besitze keinen.«

»Und einen Internetzugang?«

»Habe ich im Büro. Zu Hause möchte ich so wenig wie möglich mit diesen Dingen zu tun haben. Aber warum wollen Sie das alles wissen? Hat mein Mann Ärger? Vorstellen könnte ich es mir ja durchaus.«

Die Frau schlug die Beine übereinander und wollte weitersprechen, aber Hain hob die Hände und unterbrach sie.

»Dürfen wir uns Ihren Router mal ansehen?«

»Meinen was?«

»Das Gerät, mit dem Ihr Mann die Verbindung zum Internet hergestellt hat.«

Sie verzog das Gesicht.

»Ich habe keine Ahnung, wovon Sie sprechen, meine Herren. Aber ich zeige Ihnen gerne den Schreibtisch, an dem der Computer stand.«

Die beiden Polizisten folgten der Frau eine Treppe nach oben und wurden von ihr in ein großes Büro geführt. Dort stand ein riesiger Schreibtisch, an dem zwei Menschen gegenüber arbeiten konnten. Sie deutete auf den hinteren Arbeitsplatz.

»Da hinten, in der Ecke, hat der Computer meines Mannes gestanden. Schauen Sie, ob Sie finden, was Sie suchen.«

Hain ging um den Schreibtisch herum, sah sich die Kabel unter dem Tisch an und entdeckte das W-LAN-Modem. Auf der Frontseite des Geräts leuchteten drei verschiedene Lämpchen.

»Dieses kleine Kästchen ist das Modem, das die Verbindung mit dem Internet möglich macht. Weil es drahtlos arbeitet, also mit Funkwellen, und noch dazu ungeschützt ist, konnte sich vermutlich ein Dritter über Ihren Anschluss ins Netz einwählen und Mails versenden. Über die IP sind wir auf Sie gekommen.«

»Aber hier war seit mehr als zwei Monaten niemand

mehr im Internet. Sie sehen doch, dass nicht mal ein Computer hier steht. Ich dachte, das Gerät sei zum Telefonieren notwendig.«

Hain machte eine beschwichtigende Geste.

»Selbstverständlich, Frau Söntgerath, es macht Ihnen auch niemand einen Vorwurf. Mir wäre es allerdings ganz recht, wenn wir das Ding jetzt abschalten würden.«

Er hielt es hoch.

»Wenn ich es nicht zum Telefonieren brauche, können Sie es gerne ausschalten.«

Sie fuhr sich besorgt durch die Haare.

»Heißt das, ich bekomme jetzt Schwierigkeiten deswegen?«

»Nein. Wir sprechen noch einmal mit Ihrem Mann und lassen uns bestätigen, dass er seit zwei Monaten nicht mehr von hier aus im Internet war, dann ist die Geschichte für uns erledigt, soweit es Sie betrifft.«

Der Oberkommissar zog den Netzstecker aus der Dose, legte das Modem auf den Boden und lächelte die Frau an.

»Jetzt braucht es auch keinen Strom mehr.«

»Wie bist du darauf gekommen?«, wollte Lenz wissen, als sie wieder im Auto saßen.

»Eigentlich ganz einfach. Wenn ich eine Mail verschicken wollte und auf gar keinen Fall zu ermitteln sein will, würde ich durch ein Wohngebiet fahren, alle 50 Meter anhalten und genau das probieren, was wir vorhin gemacht haben. Und du kannst sicher sein, dass ich spätestens nach dem dritten Stopp einen offenen Zugang hätte. Weil die meisten

Menschen gar keine Ahnung haben, was bei W-LAN alles zu beachten ist. Manchen ist es offenbar auch scheißegal, ob sich ein Fremder am privaten Zugang bedient.«

»Merkt man davon nichts? Ich meine, gibt es da keine Programme, die das erkennen und melden?«

»Es gibt vermutlich für und gegen alles Programme, Paul, aber sie müssten installiert sein. Und wer seinen Zugang offen stehen lässt, so wie Söntgerath, der ist auch an diesen Schutzprogrammen nicht interessiert. Und nein, man merkt davon nichts.«

»Das heißt, dass derjenige, der die Mails als Amygdala an Topuz geschickt hat, mit seinem Laptop hier auf dem Parkplatz im Auto gesessen hat?«

»Vielleicht.«

Hain betrachtete die Häuserfassade.

»Er könnte sich allerdings auch in einer der Wohnungen aufgehalten haben. Deshalb sollten wir morgen früh zwei Kollegen mit dem Phantombild hierherschicken und die Nachbarn befragen.«

»Du meinst, er könnte hier wohnen?«

»Theoretisch schon, aber ich halte das für ausgeschlossen. Er hat sich so eine Mühe gemacht, Topuz für die Zeit des Mordes an Fehling aus dem Verkehr zu ziehen, dass ich ihm einen solchen Fehler nicht zutraue.«

»Gut, das machen Heller und Rauball.«

»Und wir sollten uns überlegen, ob wir uns bei Heini entschuldigen. Mittlerweile glaube ich ihm nämlich, dass die ganze Geschichte irgendwie zusammengehört und dahinter ein richtig heller Kopf die Fäden zieht, der gleichzeitig ein ziemlich erbarmungsloser Killer ist.«

»Das machen wir, Thilo.«
Er gähnte herzhaft.
»Und jetzt will ich Feierabend machen.«
»Vorher noch am Präsidium vorbei?«
»Nein, ich hab keine Lust mehr. Wenn irgendwas Wichtiges gewesen wäre, hätten die Kollegen mobil angerufen. Bring mich einfach nach Hause.«

Während der Fahrt schaltete Hain das Autoradio ein.

Der Sender berichtete über die Ereignisse in Kassel. Am Rande wurde erwähnt, dass in einer Schule im Osten der Stadt ein türkischer Jugendlicher von deutschen Mitschülern krankenhausreif geschlagen wurde. Ein Zusammenhang wurde nicht hergestellt.

27

Der alte, mit einem dunkelblauen Anzug und einem grauen Cashmeremantel bekleidete Mann reihte sich in die Schlange der Menschen ein, die auf den Ausgang zustrebten, nahm mühsam seine Reisetasche in die rechte Hand und wartete. Eine Minute später stand der Zug, die Türen öffneten sich, und die Menschen strömten ins Freie. Er achtete nicht auf die Lautsprecherdurchsage, die ihn am Berliner Ostbahnhof begrüßte, und die Reisenden, die sich rechts und links um ihn herum ihren Weg zum Ausgang bahnten. Langsam, fast bedächtig, setzte er seinen Stock auf, bevor er das linke Bein belastete, wobei die Tasche in der anderen Hand leicht hin und her schwang. Im Reisecenter kaufte er eine Fahrkarte erster Klasse nach Basel, bezahlte mit einem 500-Euro-Schein und saß die nächste Viertelstunde am Bahnsteig von Gleis 7, wo der Zug um 10.22 Uhr abfahren würde, auf einer Bank.

Tatjana Medwedewa trug einen dunklen Hosenanzug, halbhohe Schuhe und einen edel aussehenden Kamelhaarmantel. In der linken Hand hielt sie eine kleine Handtasche, mit der rechten zog sie einen großen, silbernen Rollkoffer hinter sich her. An einer mit gelben Markierungen versehenen Zone stellte sie den Koffer neben sich ab, griff in die Manteltasche, kramte eine Packung Zigaretten heraus und steckte sich umständlich eine an. Mit gierigen Zügen rauchte sie die Hälfte, sah dabei immer wieder nach rechts und nach links, als warte sie auf jemanden, und drückte den Stummel schließlich in einem mit Sand gefüllten Aschenbecher aus. Offenbar war ihr kalt, denn sie rieb immer wieder mit den Händen über ihre Oberarme und trippelte von einem Fuß auf den anderen. Der alte Mann mit dem schlohweißen, gepflegten Vollbart beobachtete ihr Treiben aus dem Augenwinkel, sah, dass sich in diesem Moment ihre Haltung änderte und sie mit Erleichterung das Eintreffen von zwei Männern feststellte. Beide waren mit Jeans und Lederjacken bekleidet, trugen kurz gestutzte Bürstenhaarschnitte und sahen durchtrainiert aus. Nach einer förmlichen Begrüßung und einigen vorwurfsvollen Gesten der Frau stieg das Trio in den seit ein paar Minuten bereitstehenden ICE 373. Der alte Mann griff nach seinem Stock, erhob sich, setzte sich langsam in Bewegung und kletterte kurze Zeit später in den Zug. Dort stellte er die Reisetasche neben sich, nahm seine beschlagene Brille ab, holte ein Tuch aus der Manteltasche und polierte die Gläser. Dabei sah er unauffällig in den Gang, wo der eine der beiden Begleiter gerade mit einem jüngeren Mann diskutierte, ihm etwas zusteckte und im Abteil verschwand. Mit ruhigen, bedachten Bewegungen steckte er das Tuch zurück, setzte die Brille wieder auf, griff nach seiner Tasche und drückte auf den elektrischen Türöffner. Die Glastür fuhr zurück und gab ihm den Weg in den Gang frei. Mit einem freundlichen Gesichtsausdruck sah er in das erste Abteil, in dem zwei ältere Frauen sich auf den Fensterplätzen gegenübersaßen, grüßte freundlich und ging weiter. Langsam, bei jedem Schritt des linken Beines auf den Stock gestützt, passierte er drei weitere Abteile, dann blickte er in Tatjana Medwedewas markantes Gesicht. Sie hob kurz den Kopf, als er die Tür erreicht hatte, wäre jedoch nie auf die Idee gekommen, diesen gebückt gehenden, weißhaarigen, gut situiert wirkenden Mann schon einmal gesehen zu haben, der ihr freundlich zunickte. Ihre Begleiter hatten sich der Jacken entledigt und sahen entspannt, aber hellwach aus. Der eine hatte sich neben die Frau gesetzt, der andere saß ihr gegenüber am Fenster, neben sich den großen silbernen Koffer.

Eine Minute später öffnete der alte Mann die Tür des Abteils, in dem die beiden älteren Damen in eine angeregte Unterhaltung vertieft waren.

»Ich wollte Sie eigentlich nicht stören, meine Damen, doch in den anderen Coupés herrscht schon ein großer Andrang. Würde es Ihnen etwas ausmachen, wenn ich mich zu Ihnen geselle?«, fragte er mit knarrender Stimme.

Beide schüttelten synchron die Köpfe.

»Nein, nein, wo denken Sie hin. Bitte, nehmen Sie ruhig Platz.«

Der Mann nickte dankbar.

»Allerdings muss ich Sie auf den Umstand hinweisen, dass ich im Moment leider so gut wie nichts hören kann.«

Er zog ein kleines Hörgerät aus der Tasche.

»Die Batterien haben mich im Stich gelassen, und auf die Schnelle war kein Ersatz zu beschaffen. Wenn ich also nicht sehr unterhaltsam erscheine, so ist das kein böser Wille.«

Die beiden Frauen sahen ihn verständnisvoll an.

»Nein, lassen Sie nur. Meinem verstorbenen Mann ist das dumme Ding auch immer im falschen Moment ausgefallen!«, brüllte die linke. »Leider immer gerade dann, wenn ich etwas von ihm wollte«, fügte sie leise hinzu.

Der Mann öffnete seine Reisetasche, kramte darin, bugsierte das Gepäckstück auf die Ablage über seinem Kopf, zog seinen Mantel aus, hängte ihn sorgfältig an einen Haken neben der Tür und setzte sich gegenüber.

Als zehn Minuten später der Pfiff des Zugbegleiters ertönte und der ICE sich in Bewegung setzte, hatten die beiden Damen offenbar schon vergessen, dass sie nicht allein im Abteil waren, denn sie unterhielten sich laut und ohne jegliche Skrupel. Der Mann hatte schon vor der Abfahrt die Augen geschlossen und schien zu schlafen.

Nach dem Halt in Berlin-Spandau öffnete eine junge Frau in blauer Uniform die Tür und begrüßte die drei Fahrgäste.

»Kann ich Ihnen etwas zu essen oder zu trinken anbieten?«, fragte sie mit routinierter Freundlichkeit.

»Vielen Dank, nein«, erwiderte die rechte der beiden Frauen und deutete auf eine kleine Kühltasche. »Wir sind für Bahnfahrten immer bestens vorbereitet.«

Nun öffnete auch der Mann die Augen, sah der Bedienung ins Gesicht und lächelte.

»Kann ich Ihnen etwas bringen? Ein Sandwich? Ein Glas Wein?«

Er legte den Kopf zur Seite und zog entschuldigend die Schultern hoch.

»Könnten Sie bitte etwas lauter sprechen? Ich höre leider nicht sehr gut.«

»Die Batterien seines Hörgerätes sind alle«, ergänzte die linke Frau am Fenster.

»Aha, kein Problem«, ließ die Bedienung wissen und wiederholte ihre Fragen deutlich lauter.

»Nein, danke, ich benötige nichts«, antwortete der Mann. »Aber sehr freundlich, dass Sie sich danach erkundigen.«

»Dieser Service ist in der ersten Klasse selbstverständlich.«

Sie deutete auf einen kleinen Taster neben der Tür.

»Wenn Sie es sich anders überlegen sollten, drücken Sie einfach auf diesen Knopf, und ich kümmere mich um Ihre Wünsche. Für den Fall, dass Sie eine richtige Mahlzeit einnehmen wollen, kann ich Ihnen gerne einen Tisch im Speisewagen reservieren.«

Damit schob sie die Tür zu und ging ein Abteil weiter.

»Nett, nicht wahr«, lobte die rechte Frau den Auftritt der Zugbegleiterin.

»Ja«, erwiderte die andere, »aber die Bahn muss ja auch was tun gegen ihr schlechtes Image.« Beide nickten.

90 Minuten später hatte der Zug Wolfsburg, Braunschweig und Hildesheim passiert und nahm Kurs auf Göttingen. Der weißhaarige Mann saß noch immer in der gleichen Haltung auf seinem Sitz, und vermutlich wäre nicht einmal einem geschulten Beobachter aufgefallen, dass sein linkes Auge nicht vollständig geschlossen war und er stän-

dig den Gang beobachtete. Zehn Minuten, bevor der Zug Göttingen erreicht haben würde, öffnete der Mann die Augen und lächelte seine Reisebegleiterinnen an.

»Na, gut geschlafen?«, fragte die linke fröhlich und laut.

»Ja, sehr gut, vielen Dank.«

Er stand langsam auf, streckte sich ungelenk und beugte den Oberkörper kaum wahrnehmbar nach vorne.

»Wenn die Damen mich entschuldigen und derweil mein Gepäckstück im Auge behalten würden?«

»Ja, ja, gehen Sie ruhig. Wir fahren bis Freiburg und achten darauf, dass niemand sich an Ihrer Tasche zu schaffen macht. Bis dahin müssen Sie aber zurück sein.«

»Meinen herzlichen Dank dafür«, erwiderte er galant, nahm seinen Mantel vom Haken, zog ihn über und schob die Abteiltür zurück. »Dann bis später.«

Tatjana Medwedewa sah aus dem Fenster, als der alte Mann an ihrem Abteil vorbeiging. Der eine ihrer Begleiter döste, der andere telefonierte. Der Mann warf einen flüchtigen Blick in das Abteil und ging weiter Richtung Toilette. Dort schloss er sich ein, zog ein Paar schwarze Lederhandschuhe an, griff in die Innentasche seines Mantels, nahm eine Pistole und einen Schalldämpfer heraus und schraubte die beiden Teile zusammen. Als diese Arbeit erledigt war, zog er aus der anderen Manteltasche eine kleine Spraydose, schüttelte den Inhalt gut durch und steckte sie zurück. Die Pistole schob er in die speziell präparierte rechte Außentasche des Mantels. Danach hob er die Arme, streckte sich, fuhr mit den Handflächen zum Boden, verharrte dort einen Moment, kam wieder hoch und atmete tief ein. Seine Bewegungen hatten nun nichts mehr von einem alten Mann, ganz im Gegenteil. Als er aus der anderen Innentasche des Mantels einen scheckkartengroßen Funksender zog, huschte ein Lächeln über sein Gesicht. Mit einer schnellen Bewegung entriegelte er die Toilettentür, schob die Klinke nach unten und warf einen vorsichtigen Blick in den Gang. Dann drückte er auf eine der Tasten.

Im Abteil der beiden älteren Damen wurde in diesem Moment in der Reisetasche des Mannes ein Timer aktiviert, der 25 Sekunden später die elektrische Zündung von 550 Gramm des Nebelstoffes HC auslösen würde. Der Mann steckte den Sender zurück, atmete noch einmal tief ein, schloss kurz die Augen, griff nach der Spraydose und verließ die Toilette. Mit der linken Hand auf seinen Stock gestützt, näherte er sich der Glastür zum Gang, bediente den Öffnungstaster, machte zwei Schritte vorwärts, drehte sich nach links und stand vor Tatjana Medwedewas Abteil. Dort hatte sich nichts verändert. Die Frau sah gelangweilt aus dem Fenster, ihr Begleiter gegenüber telefonierte, der andere döste oder schlief. Der alte Mann näherte sich mit der linken Hand, die noch immer den Stock hielt, dem Türgriff und schob die Glastür nach links. Mit seinem freundlichen Gesichtsausdruck und der gebückten Haltung erweckte er offenbar keinen Argwohn bei der Frau, denn sie schenkte ihm ein herzliches Lächeln. Ihr Gegenüber nahm das Telefon ans andere

Ohr und drehte den Kopf zum Fenster, nachdem er den Alten von oben bis unten gemustert hatte.

»Hier ist leider alles besetzt«, flötete sie mit rollendem R.

»Das ist aber …«

In diesem Augenblick passierte ein entgegenkommender Güterzug den ICE. Die Druckwelle der Vorbeifahrt löste ein leichtes Schaukeln und eine durch die Isolierverglasung gedämpfte Schallwelle aus. Gleichzeitig explodierten die Bewegungen des alten Mannes. Die verdeckt gehaltene Spraydose in seiner rechten Hand flog hoch und traf den Mann am Fenster mit einem gezielten Strahl mitten im Gesicht. Eine Mischung aus CS-Reizgas, Xenongas und Äther ließ ihm keine Chance. Die Hand mit der Dose fuhr herum und traf den noch immer schlafenden Mann neben Tatjana Medwedewa mit dem gleichen Strahl. Beide heulten wegen des Reizgases auf und atmeten möglichst tief ein, um überhaupt Luft in ihre Lungen zu bekommen. Der meiste Teil davon bestand allerdings aus Äther und Xenon, sodass eine sofortige Bewusstseinstrübung bei ihnen eintrat.

Die Frau hatte schon bei der ersten schnellen Bewegung geschaltet und nach ihrer Handtasche auf der Ablage vor sich gegriffen. Ihre rechte Hand war darin verschwunden und tastete nach etwas. Der linke Arm des Angreifers mit dem Stock fuhr ein Stück nach oben, senkte sich mit der Geschwindigkeit eines Fallbeils und der Wucht eines Hammers und zertrümmerte alle fünf Knochen ihrer Mittelhand. Sie schrie gellend auf, zog die Hand aus der Tasche und stierte mit schmerz- und wutverzerrtem Gesicht den Mann und seinen Stock an.

Der Güterzug auf dem Gegengleis war vorbeigefahren, deswegen herrschte plötzlich eine gespenstische Stille im Abteil, die nur von dem leisen Gewimmer ihrer beiden Begleiter untermalt wurde, die betäubt, schwer atmend und mit den Händen vorm Gesicht dasaßen.

»Guten Tag, Tatjana Medwedewa!«, zischte der Alte.

Sie presste ihre blutunterlaufene, verformte Hand an die Brust und verengte die Augen zu Schlitzen.

»Damit kommst du nicht durch, du Dreckskerl, niemals. Ich werde dich finden und zertreten wie eine Fliege im Dreck.«

»Interessant«, antwortete der Mann. »Darauf wetten würde ich an Ihrer Stelle allerdings nicht, Verehrteste.« Damit hob er den rechten Arm, zielte mit der Spraydose auf ihr Gesicht und drückte ab. Sofort wurde die Frau von einem Hustenreiz erfasst, atmete röchelnd ein und sank in ihren Sitz zurück.

»Was ist denn das?«, schrie die linke der beiden älteren Frauen. »Oh mein Gott, was ist denn das?«

Beide starrten auf die Reisetasche des älteren Herrn in der Gepäckablage, aus der starker, weißer Qualm drang. Innerhalb von Sekunden war das Abteil in dicken, die Atemwege reizenden Rauch gehüllt.

»Komm, Helga, das ist bestimmt eine Bombe!«, brüllte die andere mit sich überschlagender Stimme, »raus hier!«

Beide sprangen auf und drängten in Richtung der Tür, deren Griff sie mit geschlossenen Augen ertasten mussten. Sofort drängte der Rauch, der noch immer aus der

Tasche strömte, in den Gang und waberte nach allen Seiten davon.

»Hilfe, Hilfe, eine Bombe!«, schrien beide, so laut sie konnten und stürmten in Richtung des Zugendes.

Hätten sie nach rechts gesehen zu den Abteilen, wäre ihnen aufgefallen, dass sich im gleichen Moment der nette, schwerhörige Herr über eine leblose Frau beugte.

»Du Schwein«, hauchte sie mit tonloser Stimme. »Du verdammtes Schwein.«

Er griff in seine Manteltasche, zog die Kanüle einer Spritze heraus und nahm die Schutzkappe ab.

»Sie hätten nicht gierig werden dürfen, Tatjana. Jeder soll sein Geschäft machen, aber nicht auf diese Art. Und nun sterben Sie wohl, Gnädigste.«

Ihre glasigen Augen sahen ihm dabei zu, wie er ihren Kopf zur Seite legte, die Nadel zwischen Zeigefinger und Daumen der rechten Hand nahm und sich damit langsam ihrem Ohr näherte. Sie sah nicht mehr, wie er die etwa zehn Zentimeter lange Kanüle an ihrem Ohrkanal anlegte, und spürte nichts davon, als sich die Spitze durch ihr Trommelfell und die Gehörschnecke ins Gehirn schob. Nach einem letzten leichten Spasmus wurde ihr Körper schlaff.

Der Mann zog die Nadel aus dem Kanal, nahm ein Papiertaschentuch aus der Manteltasche und wischte den kleinen Blutstreifen ab, der sich durch das Herausziehen im Ohr gebildet hatte. Dann drehte er sich um und registrierte zufrieden, dass der Gang vor dem Abteil in dichten, weißen Nebel gehüllt war. Er griff sich an den linken Backenknochen, riss mit einer schnellen Bewegung den weißen Bart herunter, nahm danach das Haarteil vom Kopf, richtete sich auf und fuhr sich durch die eigenen Haare. Bevor er nach dem silbernen Koffer neben sich griff, zog er seinen Mantel aus und von der anderen Seite wieder an. Nun trug er einen dunkelblauen Trenchcoat.

Er schob die Tür auf, drängte in den Gang und nach rechts. Der Qualm wurde immer stärker, was ihn keineswegs überraschte. Er wusste, dass die Nebelkerze in der Reisetasche mindestens zwei Minuten lang Rauch produzieren würde.

Am Eingang zum nächsten Wagen stand ein halbes Dutzend Reisende und gestikulierte. Von hinten näherte sich ein Zugbegleiter und forderte sie auf, sich aus der Gefahrenzone zu entfernen. Der Mann mit dem silbernen Koffer im Schlepptau drängte sich an der Gruppe vorbei.

»Wir müssen stoppen!«, schrie eine Frau. »Da vorne ist eine Bombe explodiert.«

»Wer sagt das denn?«, fragte der blau gekleidete Mitarbeiter der Bahn mit Verzweiflung und Hilflosigkeit in der Stimme.

»Zwei Frauen, die in dem Abteil saßen. Da ist bestimmt was ganz Schreckliches passiert.«

»Wo sind die Frauen?«

»Die sind nach hinten gerannt, als ob der Teufel persönlich hinter ihnen her sei. Also machen Sie schon, stoppen Sie den Zug.«

Die Rauchwolke bahnte sich, unterstützt durch die

Lüftungsanlage, trotz der geschlossenen Türen ihren Weg durch den ICE. Der Zugbegleiter überlegte fieberhaft. Dann jagte er los in die Richtung, aus der er gekommen war. Am Ende des Gangs hob er den Arm, griff nach dem Hebel der Notbremse und riss daran. Schlagartig verlor der Zug an Vortrieb, um Sekundenbruchteile später mit markerschütterndem Kreischen eine Vollbremsung einzuleiten. Die Menschen, die auf den Gängen standen, flogen übereinander. Viele Reisende, die in Fahrtrichtung saßen, landeten auf dem Schoß ihres Gegenübers.

Der Mann mit dem Koffer ging, nachdem er den Bereich des dicksten Qualms hinter sich gelassen hatte, langsam weiter in Richtung hinteres Ende des Zuges, sorgte jedoch dafür, sich ständig mit einer Hand irgendwo festzuhalten. Während der Notbremsung wurde er trotzdem nach vorne geschleudert und schlug hart mit dem Kopf an der Trennwand zwischen zwei Wagen an. Den Koffer hatte er währenddessen nicht losgelassen.

Der ICE brauchte etwa 800 Meter bis zum Stillstand, weil er nur noch mit etwa 160 Kilometern in der Stunde auf den Bahnhof in Göttingen zugerollt war. Als er stand, brach die totale Panik aus. Menschen liefen schreiend aus den Abteilen und Großraumwagen und drängten zu den Türen, die sich jedoch nicht öffnen ließen. Die Information, dass sich im vorderen Teil des Zuges eine Bombenexplosion ereignet habe, verbreitete sich wie ein Lauffeuer. Noch immer drang dichter Rauch aus dem Bereich hinter dem vorderen Triebkopf. Viele Reisende, die mit dem Qualm in Berührung gekommen waren oder ihn eingeatmet hatten, klagten über Hautirritationen und Atemprobleme. Vom Gewerbegebiet Lutteranger gegenüber des gestrandeten ICE kamen Arbeiter in Blaumännern und mit Feuerlöschern angerannt, doch sie sahen nicht, was sie löschen sollten.

»Öffnen Sie endlich die Türen, dass wir aus diesem rasenden Sarg können!«, schrie eine der beiden Frauen, die das Abteil mit dem älteren Herrn geteilt hatten, den Zugbegleiter an, der unschlüssig in die Menge sah. »Ich brauche einen Arzt, und zwar auf der Stelle.«

Mehrere Reisende bedrängten den Mann nun fast körperlich, sodass ihm gar nichts anderes übrig blieb, als die Türen zu öffnen.

Danach gab es kein Halten mehr. Innerhalb von einer Minute strömten die etwa 280 Passagiere des ICE 373 auf die freie Fläche zwischen der Trasse und dem Gewerbegebiet. Manche blieben stehen, in der Hoffnung, dass sich das Ganze als Missverständnis erweisen würde. Andere stiegen mit ihrem Gepäck in der Hand über einen Zaun, traten ein paar Büsche nieder und kamen auf der anderen Seite zu den Betriebsgeländen. Unter ihnen war ein unscheinbarer, etwa 45-jähriger Mann mit rotblonden Haaren und einem dunkelblauen Trenchcoat, der langsam, fast bedächtig einen großen, silbernen, offenbar sehr schweren Rollkoffer zuerst trug und dann hinter sich herzog. An der Ecke Große Breite/Nordhoffstraße ging er über den Hof auf das Bürogebäude einer Autolackiererei zu, trat vorsichtig ein und lächelte die Sekretärin an.

»Entschuldigung, ich hatte vor einer halben Stunde

ein Taxi bestellt, das mich wohl vergessen hat. Nun ist leider der Akku meines Mobiltelefons leer. Würden Sie bitte noch einmal bei denen anrufen?«

Die junge Frau lächelte freundlich zurück und griff zum Telefon.

»Natürlich, kein Problem. Normalerweise sind die in zwei Minuten hier. Da ist bestimmt was Größeres schiefgegangen. Wissen Sie noch, wo Sie angerufen haben?«

»Uups, das tut mir leid. Ich hatte mir die Nummer heute Morgen am Bahnhof ins Telefon eingespeichert.«

»Na ja, ist ja egal. Ich rufe die an, die wir immer anrufen, wenn wir eins brauchen. Die sind wenigstens zuverlässig.«

»Das ist sehr nett, vielen Dank.«

Von draußen war das Heulen von Sirenen zu hören.

»Wahrscheinlich ist wieder irgendwo was passiert«, stellte die Frau fest, nachdem sie das Taxi geordert hatte.

»Ja, vermutlich. Vielen Dank, ich warte draußen, damit diesmal alles klappt. Bekommen Sie etwas für den Anruf?«

»Nein, alles Flat hier«, antwortete sie fröhlich.

28

Lenz sprang am gleichen Morgen aus dem Bus, stellte den Kragen seiner Jacke hoch und überquerte mit schnellen Schritten den Bahnhofsvorplatz. Es war deutlich kälter geworden; auf den Autos, die über Nacht auf dem großen Parkplatz gestanden hatten, war eine dicke Reifschicht zu sehen.

»Schöne Scheiße!«, wurde er von Uwe Wagner begrüßt, bei dem er einen Kaffee schnorren wollte.

»Dir auch einen schönen guten Morgen, mein Freund«, gab er zurück. »Was, außer deinem sinnlosen Leben als Pressefuzzi, ist denn noch scheiße?«

Wagner nahm eine Fernbedienung in die Hand, richtete sie auf den kleinen Fernseher, der auf dem Regal an der Wand stand, und schaltete das Gerät ein.

»In Kassel ist die Hölle los«, brummte er.

»Das weiß ich. Wir müssten langsam Ergebnisse vorweisen, sonst kriegt Ludger noch schlechtere Laune.«

»Nein, Paul, diesmal geht es ausnahmsweise mal nicht um Mord und Totschlag, diesmal geht es um Brandstiftung.«

Er füllte einen Becher mit Kaffee und reichte ihn Lenz. Im Fernsehen erklärte der Wettermann des Kanals den Zuschauern, warum es in den nächsten Tagen noch weiter abkühlen würde.

»Heute Nacht haben zwei Dönerläden gebrannt. Einer am Stern, ein richtig großer, der andere auf der Frankfurter Straße, eine ehemalige Tankstelle. Beide mit Molotowcocktails angesteckt.«

Lenz kratzte sich am Kopf.

»Das ist wirklich nicht gut, da gebe ich dir recht. Gibt es schon irgendwelche Erkenntnisse?«

»Die Spurensicherung ist an beiden Tatorten, aber die wissen auch langsam nicht mehr, wo ihnen der Kopf steht. Ich hab vor 20 Minuten mit Weber telefoniert, der die Ermittlungen leitet. Er sagt, es gäbe Flugblätter, die eine Verbindung zu dem Mord an dem Kollegen nahelegen. Von wegen Bullenmörder und so.«

Das Telefon auf seinem Schreibtisch klingelte.

»Alle wollen von mir was wissen, aber ich weiß leider nichts. Was glaubst du, wie viele Interviewanfragen ich gestern ablehnen musste, weil ich sowieso nichts Neues hätte sagen können?«

Er sah seinen Freund ernst an.

»Also trink deinen Kaffee aus, geh los und such diese Ärsche, die den Kollegen und die anderen beiden umgebracht haben, wenn du mich wieder richtig lieb haben soll.«

»Sonst nicht?«

»Sonst auch«, knurrte Wagner, »aber halt ein bisschen weniger.«

Nun wurde auf der Mattscheibe die Gegend um den Stern in Kassel eingeblendet, im Anschluss ein völlig ausgebranntes türkisches Restaurant. Aus den Trümmern stieg noch immer leichter Rauch, die Fassade oberhalb war geschwärzt. Überall standen Feuerwehrautos. Eine übermüdet aussehende Reporterin schilderte den Hergang des Brandes und warf die Frage eines Zusammenhangs mit den Morden der letzten Tage auf. Dann schwenkte die Kamera, und das betroffen aussehende Gesicht Erich Zeislingers wurde sichtbar.

»Neben mir steht der Oberbürgermeister der Stadt Kassel, Erich Zeislinger«, begann die Frau ihr Interview. »Herr Zeislinger, wie können Sie sich diese Wahnsinnstaten erklären?«

Zeislinger wippte zweimal mit den Zehenspitzen, bevor er antwortete.

»Zunächst, Frau Braun, sind wir alle überaus erleichtert, dass es sowohl bei diesem wie auch bei dem anderen Brand keine Personenschäden zu beklagen gab, nicht? Wenn es eine positive Meldung an diesem traurigen Morgen gibt, dann diese. Aber nun zu Ihrer Frage: Natürlich sind solche Taten nicht zu erklären. Hier handeln Menschen irrational und dumm.«

»Sehen Sie die Möglichkeit eines rechtsradikalen Hintergrundes, Herr Zeislinger?«

Wieder ließ sich Zeislinger ein paar Augenblicke Zeit, bevor er antwortete.

»Nun, Frau Braun, die Ermittlungen stehen erst ganz am Anfang. Es gibt diese Bekennerschreiben, die an beiden Tatorten gefunden wurden, aber dazu kann ich Ihnen leider nichts sagen und muss Sie an die Ermittlungsbehörden verweisen. Was ich Ihnen und den Zuschauern allerdings mitteilen kann, ist, dass wir Seite an Seite mit unseren türkischen Mitbürgern und Freunden stehen.«

»Sie gelten seit Jahren als Verfechter der flächendeckenden Videoüberwachung nach englischem Vorbild, Herr

Oberbürgermeister. Wären diese Vorfälle Ihrer Meinung nach dadurch zu verhindern gewesen?«

»Davon bin ich ganz felsenfest überzeugt, nicht? Jeder potenzielle Straftäter überlegt es sich doch zweimal, etwas Illegales zu tun, wenn er weiß, dass mindestens ein halbes Dutzend Kameras auf ihn gerichtet sein könnte. Meine Forderung nach dem flächendeckenden Einsatz modernster Videoüberwachung, für die sich, wie Sie wissen, ja auch der Hessische Ministerpräsident schon seit Längerem ausspricht, bekommt durch diese Taten ein noch größeres Gewicht.«

Wieder wippte er mit den Füßen.

»Und lassen Sie mich bitte in aller Deutlichkeit klarstellen, dass ich in dieser Sache weiterhin alles unternehmen werde, eine Lösung im Sinne der Kasseler Bürger herbeizuführen.«

Sein rechter Arm fuhr mit einer pathetischen Geste über die Szenerie der Brandruine hinter ihm. »Auch der ausländischen Mitbürger im Übrigen.«

Die Kamera zoomte auf die Moderatorin.

»So weit der Kasseler Oberbürgermeister Erich Zeislinger, meine Damen und Herren, damit gebe ich zurück ins Studio.«

Wagner drückte auf die Fernbedienung und warf sie auf den Schreibtisch.

»Unser Schoppen-Erich. Wenn der die flächendeckende Videoüberwachung einfordert, könnte er auch gleich zugeben, dass es sich dabei um ein gewerbesteuerhebendes Konjunkturprogramm für VogtSecure handelt.«

»Hätte der alte Vogt denn so viel davon?«, fragte Lenz.

»Worauf du einen lassen kannst. Du glaubst doch nicht im Ernst, dass die beiden einem anderen Anbieter eine Chance lassen würden?«

»Solche Aufträge müssen europaweit ausgeschrieben werden, wenn ich es recht erinnere«, gab Lenz zu bedenken.

»Ich lach mich tot«, erwiderte Wagner feixend. »Diese Vorgaben möglichst elegant zu umgehen, darin sind wir Deutschen mittlerweile besser als die Italiener und Spanier zusammen. Und wenn sie Kassel erobert haben, geht es über Hessen in die ganze Republik.«

Lenz stellte die Kaffeetasse auf den Tisch und stand auf.

»Wie auch immer, meine Parole für heute lautet: ›Mörder finden‹, und du hast sie ausgegeben. Also mach ich mich jetzt auf die Socken und sehe, was ich für dich tun kann. Wenn's was Neues gibt, melde ich mich bei dir.«

»Sei vorsichtig, Paul. Irgendwie hab ich bei dieser Geschichte kein gutes Gefühl.«

»Wird schon. Mach's gut.«

»Hallo, Thilo«, begrüßte Lenz seinen Kollegen, der am Schreibtisch saß und in einer Akte blätterte. »Was liest du denn Spannendes?«

»Den Obduktionsbericht von Fehling«, antwortete Hain, ohne aufzublicken.

»Und, hat er was Falsches gegessen, bevor er erschossen wurde?«

»Nein, aber er wurde betäubt, bevor er erschossen wurde.«

Lenz zog sich einen Stuhl heran und setzte sich.

»Was heißt das, er wurde betäubt?«

Der Oberkommissar hob den Kopf und streckte die rechte Hand nach vorne.

»Moin, erst mal.«

»Hab ich schon gesagt«, erwiderte Lenz ungeduldig und deutete auf die Akte.

»Womit wurde er betäubt?«

»Einer ungewöhnlichen Mischung, wie Dr. Franz sich ausdrückt. CS-Reizgas, Xenon und Äther. Er hat an den Rand die Bemerkung geschrieben, dass er über diese Kombination noch nie nachgedacht hat, sie ihm aber schlüssig erscheint, wenn man einen Menschen kurz bewusstlos oder wehrlos machen will.«

»Das würde bedeuten, dass der Täter Fehling erst den Strom abgeknipst hat, um ihm dann in die Beine und den Kopf zu schießen? Was für eine Vorstellung.«

Das Telefon in Lenz' Büro klingelte. Der Hauptkommissar ging nach nebenan, griff zum Hörer und meldete sich.

»Franz. Hallo, Herr Lenz.«

»Hallo, Herr Doktor. Gerade haben mein Kollege und ich uns mit Ihrem Obduktionsbericht beschäftigt. Vielen Dank, dass das so schnell geklappt hat.«

»Gerne«, antwortete der Rechtsmediziner. »Wir hier in Göttingen tun für die Kollegen in Kassel, was wir können, auch wenn uns eigene Leichen beschäftigen.«

Darauf hinzuweisen, dass Kassel keine eigene Rechtsmedizin unterhielt und auf die Göttinger Kollegen angewiesen war, gehörte zu Dr. Franz' Standardrepertoire.

»Angekommen, Herr Dr. Franz.«

»Aber das ist gar nicht der Grund meines Anrufs. Mir geht es um den anderen, den ich von ihnen bekommen hab, diesen Türken.«

»Bülent Topuz.«

Im Hintergrund raschelte Papier.

»Genau, Bülent Topuz. Der wurde mit dem gleichen Zeug betäubt wie dieser Architekt, also das erste Opfer.«

»Sind Sie sicher?«

Es entstand eine hässliche Stille in der Leitung.

»Ja, Herr Lenz, ich bin sicher«, kam es patzig aus dem Hörer.

»Sorry, Herr Doktor, ich wollte Ihre Ergebnisse nicht infrage stellen. Und ich danke Ihnen ganz herzlich, dass Sie mich gleich angerufen haben. Gibt es sonst noch etwas Außergewöhnliches?«

»Nichts, das Sie weiterbringen würde, vermute ich. Den einen Bericht haben Sie, den anderen lasse ich Ihnen möglichst schnell zukommen. Bis zum nächsten Mal, Herr Lenz.«

Um Punkt zehn Uhr waren alle Mitglieder der Sonderkommission versammelt. Als alle saßen, ging die Tür auf und Ludger Brandt kam herein.

»Ich setze mich dazu, damit ich auf dem neuesten Stand bin und nicht weiterhin hinter den Ermittlungsergebnissen herlaufen muss.«

»Ich wäre schon noch bei dir vorbeigekommen«, beruhigte Lenz seinen Chef. Der winkte ab. »Schon O. K., Paul.«

Zuerst berichtete Lenz von seinen Besuchen in der Teestube, bei der Familie Özönder und seinem Besuch mit Hain bei Frau Söntgerath. Dann gab Hain seine Erkenntnisse aus den Computerdateien weiter.

»Wie war euer Ausflug nach Lohfelden?«, wollte Lenz von Rauball und Heller wissen.

»Wir haben nach dem Kerl gesucht, mit dem Fehling den Unfall hatte, diesem Günther Döring. In Lohfelden hat er nicht mehr gewohnt. Über das Einwohnermeldeamt haben wir herausgefunden, dass er zuerst nach Kaufungen und dann nach Hofgeismar gezogen ist. Da sind wir eingefahren, aber angetroffen haben wir ihn nicht. Eine Nachbarin hat uns gesteckt, dass er ziemlich durch den Wind ist und irgendwo in Kassel in der Psychiatrie stecken würde. Dort haben wir ihn gefunden, allerdings können wir ihn als Verdächtigen abhaken. Er ist seit sieben Monaten in der Geschlossenen, weil er immer zwischen Alkohol und Drogen hin und her pendelt. Wenn er von dem einen clean ist, fängt er mit dem anderen wieder an. Der Stationsarzt hat mir versichert, dass er in den letzten Monaten die Klinik nicht verlassen hat.«

»Gut, wäre das erledigt. RW, was habt ihr über den Lover von Petra Topuz in Erfahrung gebracht?«

»Das ist ein komischer Vogel, so viel steht fest, aber er hat für die beiden Tatzeiten wasserdichte Alibis, die wir natürlich gleich überprüft haben. Am Morgen war er an der Arbeit, was das ganze Büro, in dem er sitzt, bestätigt hat, und während der Türkensache hat er vor 150 Leuten Musik gemacht. Er ist Gitarrist in einer Amateurband, und die hatte einen Auftritt in Heiligenrode. Auch das ist bestätigt.«

»Also fallen die beiden als Täter aus, aber das hat sich sowieso abgezeichnet«, fasste Lenz zusammen. »Allerdings gibt es noch eine weitere Erkenntnis, und die kommt von der Rechtsmedizin.«

Er setzte sich aufrecht, bevor er weitersprach.

»Beide Opfer wurden mit dem gleichen Gascocktail betäubt, bevor sie erschossen wurden. Es handelt sich dabei um ein Gemisch aus ...«

»... CS-Reizgas, Xenon und Äther«, brachte Hain den Satz zu Ende.

»Xenon?«, fragte Rolf-Werner Gecks ungläubig. »Das Zeug, mit dem ich in meiner Karre die Straße ausleuchte?«

»Das hat mich auch irritiert«, stimmte Hain ihm zu. »Deshalb habe ich mich im Internet ein bisschen schlau gemacht. Xenon wird, wie ein paar andere Gase übrigens auch, zu Narkosezwecken eingesetzt. Es ist sehr gut verträglich und hat viel weniger Nebenwirkungen als zum Beispiel der auch in diesem Cocktail verwendete Äther.«

»Man lernt nie aus, RW«, bemerkte Lenz. »Allerdings stellt sich die Frage, warum der Täter nicht gleich losgeballert, sondern die beiden zuerst betäubt hat. Das bringt Sie ins Spiel, Dr. Driessler.«

Die Frau räusperte sich und setzte ihre Lesebrille auf.

»Ich habe im Verlauf des gestrigen Tages beide Tatorte besucht und mir ein Bild der Örtlichkeiten gemacht. Weiterhin habe ich die Tathergänge aus den Akten studiert. Die Erkenntnis, dass der Täter die Opfer zuerst betäubt hat, kommt zwar jetzt für mich überraschend, sie überrascht mich jedoch nicht wirklich.«

Sieben Augenpaare fixierten die Psychologin. Sehr interessant, aber was zum Teufel soll das heißen, schien jedes einzelne davon auszudrücken.

»Der Täter, und wir gehen jetzt mit an Sicherheit grenzender Wahrscheinlichkeit von einem Täter aus, ist bis zur Arroganz hin selbstbewusst. Wie und wo er die Taten ausgeführt hat und die Präzision, mit der er sie ausgeführt hat, lassen darauf schließen, dass es nicht seine ersten Morde waren. Er kennt sich mit Waffen aus, versteht, sich unerkannt vom Tatort zu entfernen, weiß seine Spuren zu beseitigen. Das alles lernt man nicht in der Schule. Nach meiner Meinung ist er zwischen 35 und 45 Jahre alt, Europäer, Weißer, hat eine gute Schulbildung und eine erstklassige Armeebiografie. Oder er ist ein Geheimdienstler.«

Sie sah ernst in die Runde.

»Aber die wichtigste Erkenntnis ist, dass Töten ihm offenbar Spaß macht. Er verfolgt einen Plan, auch davon bin ich überzeugt, und das Töten ist ein von ihm gerne ausgeführter Teil dieses Plans.«

»Hmm«, machte Lenz. »Was meinen Sie damit, dass er einen Plan hat?«

»Was ist sein Motiv?«, fragte die Psychologin zurück. »Wenn Sie herausfinden, was er plant, haben Sie sein Motiv.«

»Da hätte ich vielleicht auch noch was beizusteuern«, mischte Hain sich ein. Lenz nickte ihm zu.

»Es ist für einen Normalsterblichen nahezu unmöglich«, begann der Oberkommissar, »an die Daten hinter den IP-Adressen zu kommen. Ihm ist es gelungen, und das hat mich schon ziemlich verwundert. Entweder er verfügt über erstklassige Kontakte, oder aber er hat sich jemanden gekauft, der sie ihm beschafft hat. Beides müsste eigentlich herauszufinden sein, zumal sowohl Fehling als auch Topuz den gleichen Provider benutzt haben, nämlich ihren Kabelanbieter.«

»Wahrscheinlich hat er sie sich deswegen ausgesucht«, gab Gecks zu bedenken.

»Ja, das glaube ich auch«, bestätigte Hain, »aber warum hat er sie überhaupt ausgesucht? Das kriege ich nicht rund, und die Frage, die Frau Dr. Driessler eben aufgeworfen hat, geht ja in die gleiche Richtung.«

»Moment«, bremste Lenz seinen Mitarbeiter, »wir dürfen nicht vergessen, dass er uns ursprünglich Bülent Topuz als den Mörder von Fehling verkaufen wollte. In diese Legende hat er viel Zeit und Arbeit investiert.«

»Genau das meine ich«, mischte sich Helga Driessler ein. »Wozu dieser ganze Aufwand?«

Lenz sah in die Runde. »Irgendwelche Ideen?«

»Vielleicht war es ja sein Ziel, die Türken gegen die Deutschen und umgekehrt aufzuhetzen«, spekulierte Gecks.

»Was ihm durchaus gelungen ist«, führte Lenz den Gedanken weiter. »Die ersten Dönerbuden sind abgebrannt, für morgen sind Demonstrationen von beiden

Seiten angemeldet, und unser Herr OB darf im Fernsehen seine Forderung nach flächendeckender Videoüberwachung verbreiten.«

Als Nächster berichtete Rüdiger Ponelies, der Kollege, der mit den Spurensicherern in Verbindung stand. Er klappte eine Mappe vor sich auf.

»Unser Kollege wurde mit einer 9-mm-Para erschossen. Standardmunition. Der Mörder hat die beiden Hülsen aufgesammelt und mitgenommen, die Projektile sind im Labor. Es wurden keine DNA-Spuren gesichert, Schuhabdrücke gab es ebenfalls keine. Der Kerl ist aufgetaucht, hat geschossen und ist wieder verschwunden. Wenn er aus Kassel stammt, hat er im Bett gelegen, bevor wir angefangen haben, nach ihm zu suchen.«

»Also sind wir nicht viel weiter als gestern. Aber es hilft nichts, solange wir nicht weiterkommen, müssen wir uns auf die klassische Polizeiarbeit konzentrieren. Das heißt: An die Arbeit, Männer!«

Ein paar Minuten später zerstreuten sich die Mitglieder der SOKO. Heller und Rauball waren auf dem Weg nach Wilhelmshöhe, während Gecks, Ponelies und Peschel sich damit beschäftigten, das Täterprofil von Dr. Driessler mit alten Fällen und gespeicherten Personen zu vergleichen.

Als Lenz und Hain allein waren, kniff der Hauptkommissar plötzlich die Augen zusammen und verzog das Gesicht.

»Was ist los?«, wollte Hain wissen.

»Warte mal einen Moment, ich muss nachdenken.«

Er trat ans Fenster und starrte eine halbe Minute lang hinaus auf die Stadt. Hain sah ihm interessiert zu. Dann drehte Lenz sich um, ging langsam auf seinen Schreibtisch zu und setzte sich.

»Wenn es hier in der Stadt so weitergeht, kriegt Schoppen-Erich garantiert seine Videoüberwachung. Er hat erst heute Morgen im Fernsehen wieder dafür getrommelt. Und Uwe hat was dazu gesagt, dem ich bis jetzt noch gar keine Bedeutung beigemessen hab.«

Hain sah ihn neugierig an.

»Und was ist dem genialen Pressemann dazu eingefallen?«

»Kennst du den alten Vogt von VogtSecure?«

»Nicht persönlich, aber wer kann das schon von sich behaupten?«

»Uwe sagt, dass VogtSecure der große Nutznießer wäre, wenn diese Überwachung wirklich käme.«

Der Oberkommissar lächelte seinen Chef an.

»Ich will dir nicht zu nahe treten, Paul, aber geht dir jetzt nicht ein bisschen die Fantasie durch? Ich meine, immerhin ist der alte Vogt einer der angesehensten Bürger dieser Stadt. Vielleicht reden wir von einem einfachen Irren, dem es Spaß macht, wenn Türken und Deutsche aufeinander losgehen?«

»Vergiss es. Die Driessler hat recht, dahinter verbirgt sich ein wie auch immer gearteter Plan. Und wenn Vogt einen Vorteil davon hätte, sollten wir ihm wenigstens ein paar Fragen dazu stellen.«

»Na, da bin ich aber gespannt, wie du das machen

willst. So einfach hinfahren, guten Tag sagen und ihn unter Freunden danach fragen, ob er einen Killer beauftragt hat, in der Stadt für Randale zu sorgen, damit er seine Kameras verkaufen kann, geht vermutlich nicht, oder?«

Lenz dachte einen Moment nach.

»Nein, das geht nicht. Es sei denn, man hat Lust auf ein Vieraugengespräch mit dem Polizeipräsidenten. Und danach ist mir nicht. Vielleicht hast du ja auch recht, und es ist eine Schnapsidee.«

Hain hob beschwichtigend die Hände.

»So ganz abwegig muss diese Idee nun nicht sein, und wir können es ja auch im Auge behalten. Aber wenn du mich fragst, ist es der absolut größte Blödsinn der letzten 1.000 Jahre. Das sollte Einzug halten ins Lexikon der Verschwörungstheorien. Aber bis es so weit ist, gehen wir mal bei dem Provider von Topuz und Fehling vorbei und machen das, was du vorhin angeregt hast: einfach gute Polizeiarbeit.«

»Wenn du meinst …«

29

Zwei Stunden später standen Lenz und Hain vor einem anonymen Bürohaus gegenüber dem Rathaus und suchten das Klingelbrett nach der *Kabel-Hessen-Media-GmbH* ab.

»Hier ist es!«, rief Hain, als er fündig geworden war, und legte den Finger auf die Klingel. Ohne Kommentar wurde der Türöffner betätigt. Die beiden traten in den Hausflur, fanden das Unternehmen auf dem Wegweiser und gingen durch das Treppenhaus in den dritten Stock. Dort mussten sie erneut klingeln. Hinter der Milchglasscheibe wurde eine Bewegung sichtbar, dann öffnete eine junge Frau die Tür.

»Guten Tag, was kann ich für Sie tun?«

Beide zückten ihre Dienstausweise, hielten sie hoch und stellten sich vor.

»Wir kommen wegen zwei Ihrer Kunden und hätten ein paar Fragen an Sie. Können wir kurz reinkommen?«

Die Frau war offensichtlich beeindruckt davon, zwei echten Polizisten gegenüberzustehen, riss die Tür auf und bat die Beamten freundlich herein.

»Ich sage gleich dem Herrn Zander Bescheid, ich kann Ihnen da nämlich gar nicht weiterhelfen, ich mache nur Schreibkram und Rezeption.« Sie deutete auf eine kleine Sitzecke gegenüber dem Tresen, hinter dem sie verschwand.

»Bitte, nehmen Sie doch solange Platz, Herr Zander wird gleich hier sein.«

Es dauerte eine Viertelstunde, bis ein etwa 50-jähriger, graumelierter, aber trotzdem jugendlich wirkender Mann mit offenen Armen auf die Polizisten zukam und sich zunächst entschuldigte.

»Jochen Zander, guten Tag. Es tut mir wirklich leid, aber das Telefonat, das ich zu Ende bringen musste, ließ sich nicht verschieben. Bitte sehen Sie mir nach, dass Sie warten mussten, meine Herren.«

Lenz stellte sich und seinen Kollegen vor und kam gleich zur Sache.

»Sie können uns helfen, wenn es um Kunden und Kundendaten geht?«

»Das hoffe ich, immerhin werde ich als Geschäftsführer bezahlt.« Er lächelte charmant. »Aber bitte, gehen wir doch in mein Büro. Möchten Sie einen Kaffee trinken?«

Beide lehnten ab.

»Ich nehme noch einen, Sabine.«

Sein helles, stilvoll eingerichtetes Büro lag am Ende des Flurs.

Er bot den beiden einen Platz vor seinem Schreibtisch an, setzte sich gegenüber und nahm den Kaffee in Empfang.

»Also, wie kann ich Ihnen helfen?«

»Es geht um zwei Ihrer Kunden, Bülent Topuz und Reinhold Fehling«, begann Lenz. »Wir haben den begründeten Verdacht, dass aus Ihrem Haus illegal Daten der beiden an Dritte weitergegeben wurden.« Er deutete auf Hain. »Mit den Details ist mein Kollege besser vertraut.«

»Um welche Daten soll es dabei gehen?«

»Es geht um Zuordnungen zu IP-Adressen. Die beiden sind über Ihr Unternehmen im Internet gesurft. Offenbar ist es danach jemandem gelungen, über die IP-Adressen an die Kundendaten zu kommen.«

Zander riss die Augen auf.

»Das ist ganz und gar unmöglich, meine Herren. Unser Datenschutz ist perfekt, wir sind weder von außen noch von innen anzugreifen oder auszuspähen.«

»Kein System ist zu 100 Prozent perfekt, Herr Zander. Wir sind davon überzeugt, dass aus diesem Haus Informationen nach außen gedrungen sind.«

»Ich kann es nur noch einmal sagen. Unser System ist nicht zu knacken, dafür lege ich meine Hand ins Feuer.«

»Wie viele Menschen hier im Haus haben Zugriff auf die Daten?«

»Zunächst einmal muss ich Ihnen erklären, dass wir so wenig wie möglich Kundendaten überhaupt speichern. Über die Abrechnungsdaten und das, was der Gesetzgeber von uns verlangt, hinaus würde uns alles Weitere nur Rechnerleistung und damit Geld kosten.«

Er griff zur Tastatur seines Computers.

»Wie war der Name des ersten Kunden?«

»Topuz. Bülent Topuz.« Hain buchstabierte den Namen.

»Stimmt, der Herr ist Kunde bei uns. Hat das Komplettpaket mit allem inklusive gebucht. Das heißt, er hat eine Flatrate, demzufolge speichern wir keine Verbindungsdaten. Ab Januar wird sich das aufgrund gesetzlicher Bestimmungen vermutlich ändern, bis dahin allerdings löschen wir alle Daten nach dem Trennen der Verbindung. Wie hieß der andere?«

Hain nannte ihm Fehlings Namen, Zander kam zum gleichen Ergebnis.

»Und es gibt keine Möglichkeit, die das ändern würde?«, wollte der Oberkommissar wissen.

»Nun, wenn wir per richterlichem Beschluss dazu angewiesen sind, Daten bereitzustellen, dann speichern wir natürlich. Rein technisch ist es kein Problem für uns, aber im Fall der beiden hier war das nicht angeordnet, wie ich eindeutig sehen kann.«

»Könnten Sie denn auch sehen, wenn irgendwelche Daten zu einer bestimmten Zeit gespeichert gewesen wären?«

»Das tut mir leid, das übersteigt meine Auskunftsfähigkeit. Ich rufe Herrn Wahlburg zu unserem Gespräch, er ist unser IT-Mann.«

Zwei Minuten später betrat ein pummeliger, schwitzender Mann das Büro und stellte sich vor.

»Stefan Wahlburg, guten Tag. Gibt es irgendwelche Probleme?«

Zander schilderte ihm das Anliegen der Polizisten.

»Voll und ganz unmöglich. Ich würde sofort vom System darauf aufmerksam gemacht, weil das gegen die Routine verstößt.«

»Und da sind Sie ganz sicher?«

Wahlburg wischte seine Hände an den Hosenbeinen ab.

»Ganz sicher!«, bestätigte er.

»Stefan, gab es da nicht mal die Möglichkeit, über den Adminzugang alle jemals gespeicherten Kundendaten abzurufen?«

»Das schon, aber das müssen die in Frankfurt machen. Wir hier haben keine Freigabe dafür. Und ich bin ganz sicher, dass dabei nichts herauskommt.«

»Ich auch. Wer ist denn der Ansprechpartner dafür in der Zentrale?«

Wahlburg schluckte.

»Keine Ahnung. Vielleicht der Fischer.«

Zander bedankte sich bei dem Mann und schickte ihn zurück an seinen Arbeitsplatz. Anschließend griff er zum Telefon.

»Ich versuche gleich mal, den besagten Herrn Fischer an die Strippe zu kriegen.«

Der Versuch scheiterte, weil Horst Fischer an diesem Tag nicht im Büro war. Er hielt sich nach Aussage seiner Sekretärin im Krankenhaus auf, wo ihm während einer ambulanten OP ein eingewachsener Zehennagel entfernt wurde. Am folgenden Tag wäre er aller Wahrscheinlichkeit wieder im Büro, schob die Frau noch hinterher.

»Also muss ich Sie auf morgen vertrösten, meine Herren. Wenn Sie mir ein Kärtchen dalassen, rufe ich Sie an, sobald ich etwas weiß.«

Lenz legte eine Visitenkarte auf den Tisch, die Polizisten bedankten sich und verließen das Büro.

»Ziemlich nervös, dieser Wahlburg«, meinte Hain, als sie mit einer Tasse Kaffee in der Hand an der Theke des *Coffeeshops am Rathaus* lehnten.

»Vielleicht leidet er ja an Hyperhidrose?«

»An was?«

»Hyperhidrose. So heißt die Krankheit, wenn man zu viel schwitzt.«

»Was du alles weißt ...«

»Ich glaube nicht, dass er an Hyperhidrose leidet. Er ist vielleicht einfach nur ein bisschen klein für sein Körpergewicht.«

»Oder er hat Dreck am Stecken.«

»Das ist mir auch durch den Kopf geschossen, aber hast du dir den Knilch mal genau angesehen? Wie einer, der was Illegales macht, sieht der nun wirklich nicht aus.«

»So sehe ich auch nicht aus und hab doch in meiner Jugend gekifft«, gab Hain grinsend zurück.

»Dazu will ich jetzt besser mal nichts sagen«, meinte Lenz, weil er wusste, dass die sporadischen Verstöße seines Kollegen gegen das Betäubungsmittelgesetz noch immer andauerten.

»Und was pla...« Weiter kam der Oberkommissar nicht, weil das Mobiltelefon seines Chefs ihn unterbrach. Lenz nahm den Anruf an, hörte ein paar Sekunden zu, stellte eine Frage, hörte wieder einen Moment zu und beendete das Gespräch mit einem knappen: »Wir sind gleich da.«

»Wo sind wir gleich?«

»Das war Evelyn Brede. Ihr ist was eingefallen, das sie mit uns besprechen will, also fahren wir bei ihr vorbei.«

Hain trank seinen Kaffee aus und griff zum Autoschlüssel auf der Theke.

»Wo ist das?«

»In der Schillstraße«, antwortete der Hauptkommissar und warf einen Fünfeuroschein auf die Theke.

Evelyn Brede empfing ihre Kollegen an der Tür ihrer Wohnung. Sie trug eine weite, dunkle Jogginghose und ein Sweatshirt. Ihre Augen sahen aus, als hätte sie geweint.

»Hallo, kommen Sie doch rein. Wollen Sie einen Kaffee?«

»Nein, vielen Dank, ich hatte gerade einen«, erwiderte Lenz freundlich. Auch Hain lehnte dankend ab.

»Sie fragen sich bestimmt, was ich Ihnen jetzt so Wichtiges erzählen könnte«, wandte sie sich an Lenz, nachdem alle drei in der geräumigen Küche der Altbauwohnung Platz genommen hatten.

Der winkte ab. »Alles, was Ihnen einfällt, und sollte es noch so albern erscheinen, kann zur Aufklärung des Falles beitragen. Also ist es wichtig.«

Sie nickte, trank einen Schluck Kaffee, putzte sich die Nase und fing an zu erzählen.

»Seit ich wieder so halbwegs klar denken kann, ging mir etwas durch den Kopf, was ich jedoch nicht richtig rund gekriegt hab. Irgendwas an dem Auftritt dieses Mannes war nicht schlüssig.« Sie presste für einen Moment die Lippen zusammen. »Ich meine, die ganze Situation war für mich kaum auszuhalten, und manches, das mir vielleicht in der Situation aufgefallen ist, war verschüttet. Und eben, als ich kurz eingenickt war, ist mir klar geworden, worüber ich die ganze Zeit gestolpert bin.«

Sie machte eine kurze Pause, während ihre Kollegen sie erwartungsvoll ansahen.

»Es waren seine Hände. Seine Hände haben nicht zum Rest gepasst.«

»Wieso? Was hat nicht gepasst?«, fragte Hain.

»Der Mann war ziemlich dick. Er hatte bestimmt 100 Kilo, eher mehr. Seine Hände steckten in schwarzen Handschuhen, vermutlich dünnes Nappaleder. Ich habe beide Hände gesehen, und die waren schlank, fast feingliedrig. Das hat nicht zusammengepasst. Wenn man dicker wird, werden auch die Hände dicker, ich weiß das, weil es bei meinem Vater so ist. Der war früher schlank und ist in den letzten Jahren ziemlich auseinandergegangen. Dabei haben sich auch seine Hände verändert.«

»Und der Mann hatte dünne Hände?«

»Ja, wie gesagt. Vielleicht war es ja ein schlanker Mann, der sich verkleidet hatte.«

Sie sah von einem zum anderen.

»Ich meine, möglich wäre es doch, oder?«

Das Telefon im Flur klingelte. Evelyn Brede zuckte mit den Schultern. »Wahrscheinlich wieder eine Fernsehanstalt oder eine Zeitung, die ein Interview mit mir machen will. Das Höchstgebot steht bei 30.000 Euro.«

»Sie gehen nicht dran?«, wollte Lenz wissen.

»Nicht mehr. Am Anfang habe ich sie noch abgewimmelt, das ist mir aber lästig geworden.«

»Kann ich verstehen. Werden Sie gut betreut?«

»Soweit ich das beurteilen kann, ja. Ich war ja noch nie in so einer Situation. Herr Aumüller, der Psychologe, hat mir gesagt, dass ich ihn Tag und Nacht anrufen kann, wenn mir danach ist, das finde ich gut. Mein Freund nimmt sich ab morgen Urlaub, wahrscheinlich fahren wir zu meinen Eltern nach Treysa und bleiben da ein paar Tage.«

»Gute Idee.«

Wieder putzte sie sich die Nase.

»Und es war nicht blöd von mir, dass ich Sie wegen seiner Hände herbestellt habe?«

»Überhaupt nicht, Frau Brede. Ich bin sicher, dass Sie sich daran erinnert haben, hilft uns weiter.«

»Das würde mich freuen, wegen meines Kollegen. Ich will, dass dieser Dreckskerl, der ihn erschossen hat, so schnell wie möglich hinter Gitter kommt.«

Die beiden Kommissare standen auf.

»Wir tun, was wir können.«

»Dicker Mann, dünne Hände«, sinnierte Lenz, als sie vor dem Wagen standen. »Das passt irgendwie.«

»Wozu?«

»Zu der ganzen Verkleidung. Ich werde immer sicherer, dass es kein Türke gewesen ist, sondern der Gleiche, der Fehling und Topuz erschossen hat.« Der Hauptkommissar sah auf die Uhr. »Ich glaube, die steht schon wieder. Vielleicht kaufe ich mir wirklich eine neue. Wie spät ist es denn?«

»Viertel vor fünf.«

»Dann bring mich zum Friedrichsplatz, ich leiste mir auf der Stelle eine neue Uhr.«

Eine Stunde später hatte Lenz mindestens 30 Uhren in der Hand und am Arm gehabt, sich jedoch nicht entscheiden können. Stattdessen hatte er ein neues Eau de Toilette gekauft. Er reservierte sich bei der Carsharing-

Agentur einen Wagen, fuhr mit dem Bus nach Hause, duschte und rasierte sich und benutzte den neuen Duft. Danach besorgte er Champagner, ein paar Knabbereien und eine Tüte Gummibärchen, weil er wusste, dass Maria die gerne mochte.

Um 19.45 Uhr stieg er in den Opel Corsa und machte sich auf den Weg nach Fritzlar.

»Wow, du riechst aber lecker.«

»Schön, wenn es dir gefällt.«

Sie standen auf dem Flur, hielten sich im Arm und pressten die Körper aneinander. Maria streifte die Schuhe ab, küsste ihn auf den Hals und machte sich von ihm frei.

»Es macht mir gar nichts mehr aus«, flötete sie und schob ihn ins Ruhezimmer der Praxis.

»Was macht dir nichts mehr aus?«

Sie knöpfte ihre Jacke auf, warf sie auf einen Stuhl am Tisch und ließ sich auf die Liege fallen.

»Machst du mir einen Tee?«

»Erst, wenn du mir verraten hast, was dir nichts mehr ausmacht.«

»Mein Mann macht mir nichts mehr aus, Paul. Früher hätte ich mich über einen Auftritt von ihm wie dem heutigen tierisch geärgert, aber ich war die Ruhe selbst und konnte mir diesen Unsinn sogar bis zum Ende ansehen.«

Lenz griff nach dem Schnellkocher, füllte ihn zur Hälfte mit Wasser und schob den Schaltknopf nach oben.

»Was hätte dich denn früher so aufgeregt?«

Maria zog sich ein Kissen unter den Kopf, legte die Hände darauf und sah ihn ernst an.

»Ich erkläre dir jetzt mal unter Freunden, wie mein Morgen abgelaufen ist. Also, so gegen 5.45 Uhr hat mich mein Mann geweckt und gebeten, ihm einen starken Kaffee zu machen, weil er in einer halben Stunde zu einem Fernsehinterview am Stern erwartet würde und keine Zeit dafür hätte. Auf meine Frage, was denn passiert sei, erklärte er mir, dass zwei ›Türkengrills‹ abgebrannt seien. Er war echt schlecht gelaunt und richtig sauer, dass er um diese Zeit aus dem Bett geholt worden war. Und was er dann über die Türken im Allgemeinen und türkische Imbisse im Speziellen losgelassen hat, wiederhole ich jetzt besser nicht, weil ich mich sonst schämen müsste. Ich hab ihm den Kaffee gemacht, weil ich wusste, dass ich ihn damit schneller loswerden würde. Und während der ganzen Zeit, in der er im Bad und in der Küche war, hat er nur über die Türken hergezogen. Dass es ihnen nur recht geschehen sei, warum hätte einer von ihnen auch den armen Polizisten umbringen müssen. Irgendwann ist es mir zu viel geworden, und ich bin in mein Zimmer abgehauen.«

Sie zögerte einen Moment.

»Allerdings konnte ich es mir nicht verkneifen, das Spektakel live anzuschauen.«

»Ich hab's auch gesehen«, warf er ein.

»Klasse. Dann hast du ja den Oberbürgermeister aller Kasseler gesehen, der Seite an Seite mit den türkischen Mitbürgern gegen die bösen Brandschatzer und Mörder kämpft.«

Lenz reichte ihr den Tee.

»Das klingt jetzt nicht gerade so, als hätte dich sein Auftritt kaltgelassen.«

»Bis dahin war ich vielleicht wirklich ein bisschen mitgenommen von der Sache. Aber dann ist mir aufgegangen, dass ich in, sagen wir mal, spätestens einem halben Jahr über ihn und seine dummen Kapriolen nur noch ablachen kann.«

»Vielleicht sollte ich dich daran erinnern, dass er erst die Wahl verlieren muss, bevor du und ich …« Er stockte. Sie stellte die Teetasse auf den Tisch, griff nach seinem Arm und zog ihn zu sich herunter.

»Bevor ich und du was?«

»Bevor du ihn verlassen kannst und wir wie ein ganz normales Paar leben können.«

»Er wird die Wahl verlieren, Paul. Erstens hat sein neuer Herausforderer das wesentlich bessere Programm. Zweitens ist Erich den Kasseler Bürgern wirklich lange genug mit seiner immer gleichen Ankündigungspolitik auf die Nerven gegangen, aus der in den seltensten Fällen echte Handlungen erwachsen sind. Neulich hat eine Freundin zu mir gesagt, dass er verwaltet, nicht gestaltet. Und sie hat recht.«

»Immerhin hat er es bei der letzten Wahl auch verstanden, die Stimmung im letzten Moment für sich zu drehen.«

»Ich weiß. Das kann man aber nicht vergleichen. Dieser Mühlenkamp, sein Herausforderer, ist ein echter Sympathieträger. Jung, dynamisch, gut aussehend und gebildet. Also alles, was Erich abgeht. Meine Stimme ist ihm auf jeden Fall sicher.«

Lenz zog die Schuhe aus, legte sich neben sie und zog ihren Kopf auf seinen Arm.

»Wenn ich dich so reden höre, kann ich nicht glauben, dass du ihn überhaupt jemals geheiratet hast.«

Maria nickte stumm.

»Und wenn ich für jedes Mal, an dem ich mir die Frage gestellt habe, warum ich junges, dummes Ding damals diesen Erich Zeislinger geheiratet habe, einen Euro gekriegt hätte, könnten wir ab Mai in Saus und Braus leben.«

Der Kommissar grinste. »Schöne Vorstellung.«

»Aber wir müssen auch so nicht hungern. Ich hab was gespart, damit kommen wir schon eine Zeit lang über die Runden.«

»Hehe!«, protestierte er. »Ich bin Staatsdiener und in der Lage, eine Frau zu ernähren.«

»Und ich muss an deiner Seite nicht mehr repräsentieren und freue mich darauf, mal wieder was Anständiges zu arbeiten. Vielleicht erst mal halbtags, bis ich deinen Junggesellenhaushalt auf Vordermann gebracht habe.«

»Ja«, bestätigte er, »da liegt einiges im Argen, das auf deine kundige Hand wartet.«

Sie legte ihren Kopf nachdenklich auf seine Brust.

»Apropos im Argen liegen: Wie geht es der jungen Polizistin?«

»Ich habe sie heute Nachmittag gesehen. Ihr war etwas eingefallen, das für die Aufklärung des Mordes von Bedeutung sein könnte, deshalb haben mein Kollege und ich ihr einen Besuch abgestattet.«

Er gähnte herzhaft.

»Sie sah nicht gut aus, aber wer will ihr das verdenken.

Ab morgen hat ihr Freund sich Urlaub genommen, dann werden die beiden eine Weile zu ihren Eltern fahren, was ich für eine richtig gute Idee halte.«

»Stimmt. Einfach raus und abschalten. Das könnte ich jetzt auch gebrauchen.«

»Ach, Maria, du könntest immer Urlaub gebrauchen.«

»Das ist jetzt nicht fair, Paul. Mein letzter richtiger Urlaub ist ganz schön lange her, und das weißt du auch, weil ich ihn mit dir verbracht habe. Und es war eine Woche in den Dolomiten, nicht die Karibik oder Südostasien.«

»Aber schön war es trotzdem.«

»Stimmt.«

Sie griff zum Fußende, zog eine Decke hoch, legte sie über sich und kringelte sich ein.

»Ist es O. K., wenn wir einfach ein bisschen schlafen? Ich bin zum Sterben müde.«

»Nichts lieber als das. Wir sollten aber besser einen Wecker stellen, sonst fragen sich morgen früh Christians Sprechstundenhilfen, was wir hier machen.«

»Wenn das keine Liebe ist, dann weiß ich es auch nicht«, murmelte Maria verschlafen, nachdem Lenz den Alarm seines Telefons beendet hatte.

»Was ist Liebe?«

»Wir zwei Irren sind Liebe. Wir fahren bei dieser Kälte jeder eine halbe Stunde, um uns zu sehen, dann schlafen wir vier Stunden, um wieder nach Hause zu fahren.«

»Es ist erst zwei Uhr. Ich könnte dir noch etwas anderes als Schlafen anbieten, wenn du Lust hättest«, ließ er sie wissen.

Sie verdrehte die Augen und winkte ab.

»Besser nicht. Der Geist könnte vielleicht noch einen Rest von Willen aufbringen, das Fleisch allerdings ist matt, ausgelaugt, schrumpelig und ganz und gar unwillig. Kurzum, du würdest versuchen, einen toten Gaul zu reiten. Aber wenn mich nicht alles täuscht, kommt dir das heute nicht ungelegen.«

»So ganz unrecht hast du nicht«, gestand er ein und küsste sie zärtlich auf den Mund. »Es war ein langer Tag.«

»Na bitte, sag ich doch.«

»Vielleicht kriege ich ja beim nächsten Mal eine neue Chance. Wie sieht deine Planung in den nächsten Tagen denn aus?«

Sie dachte einen Moment nach.

»Eigentlich gut für uns. Der einzige Termin, der uns im weiteren Verlauf der Woche im Weg steht, ist die Zirkuspremiere. Da muss ich mit Erich hin. Ansonsten bin ich frei.«

»Der große Zirkus auf dem Friedrichsplatz?«

»Ja. Die haben ein neues Programm, das sie in Kassel erstmals präsentieren. Übermorgen Abend ist die ›Weltpremiere‹ mit allerlei Prominenz aus Radio, Funk und Fernsehen. Der Ministerpräsident hat sich angekündigt, mit zwei Ministern im Schlepptau, ein paar Staatssekretäre gibt's gratis dazu. Angeblich sind auch ein paar Parteibonzen aus Berlin im Anflug, aber daran glaube ich nicht so recht. Auf jeden Fall ist es eine reine Wahlkampfveranstaltung für unseren derzeitigen OB, so viel steht fest.«

»Kommen da auch Normalsterbliche rein?«

»Natürlich«, erwiderte sie mit hochgezogener Nase und viel Arroganz in der Stimme. »Auf den billigen Plätzen ist immer Platz für den Pöbel. Aber mach dir keine Hoffnungen, die Vorstellung ist seit Wochen ausverkauft.«

»Schade eigentlich.«

»Ach, du verpasst nichts. Außerdem freue ich mich drauf, mit dir dorthin zu gehen. Also hab noch ein bisschen Geduld, dann musst du auch nicht so ganz allein da rumsitzen.«

Auf der Fahrt nach Kassel hörte Lenz in den Nachrichten im Autoradio, dass am Nachmittag bei Göttingen ein ICE gebrannt und es eine Tote und etwa 15 Verletzte gegeben hatte.

30

Am nächsten Morgen fühlte Lenz sich trotz des völlig unzureichenden Schlafes in der Nacht frisch und ausgeschlafen. Um acht Uhr saß er vor einer Tasse Kaffee in Uwe Wagners Büro.

»Wenn es dir so geht, wie du aussiehst, geht's dir ziemlich übel.«

»Nein, ganz und gar nicht. Ich hatte eine schöne Nacht und habe gut ausgeschlafen meinen Dienst angetreten.«

»Dann muss es das Alter sein.«

»Wie du meinst.«

Er stellte die Tasse auf den Tisch, erzählte seinem Freund die Ergebnisse der gestrigen Ermittlungen und stand auf.

»Danke für den Kaffee. Ich muss los, die SOKO trifft sich gleich.«

»Danke für deinen Besuch. Und viel Erfolg beim Mörderfangen.«

Lenz verließ das Büro, betrat das Treppenhaus und blieb plötzlich wie angewachsen stehen. Ein uniformierter Kollege, der hinter ihm ging, lief ungebremst in ihn hinein.

»Entschuldigung!«, rief er abwesend, griff nach seinem Telefon und wählte die Nummer der Rechtsmedizin in Göttingen. Als er schon aufgeben wollte, meldete sich Dr. Franz doch noch.

»Lenz, guten Morgen.«

»Sie schon wieder«, begrüßte ihn der Mediziner. »Ich bin gerade mit einer sehr interessanten Frauenleiche beschäftigt. Ihre Störung kommt überaus ungelegen.«

»Dann machen wir es möglichst kurz. Wie lange, Herr Dr. Franz, können Sie nachweisen, dass jemand mit derselben Mischung wie die beiden Ermordeten betäubt wurde?«

»Na ja«, meinte der Rechtsmediziner. »Wenn die Leiche schon richtig verwest ist, wird's schwer. Je weiter die Verwesung fortgeschritten ist, desto ...«

»Nein, nein«, wurde er von Lenz unterbrochen. »Es geht um jemanden, der lebt und sich vielleicht schon ein paar Mal gewaschen hat.«

»Das mit der Wäsche ist nicht schlimm. Wie lange könnte denn die Applizierung zurückliegen?«

»Gestern Morgen. Also besser gesagt, vorgestern Nacht um zwei.«

Dr. Franz schaltete sofort.

»Ihre Kollegin soll sich so schnell wie möglich bei mir melden. Entweder ich komme nach Kassel, oder sie kommt hierher.«

»Danke, Herr Doktor.«

Die Sitzung der SOKO war schnell zu Ende. Heller und Rauball hatten mit den Bewohnern der anderen drei Wohnungen des Hauses in der Langen Straße gesprochen. Es waren alles ältere Leute, die schon seit mindestens 15 Jahren in dem Haus lebten. Einen weiteren Internetzugang außer dem der Söntgeraths gab es nicht, und keiner hatte eine Beobachtung bezüglich eines Mannes gemacht, der mit einem Laptop auf dem Schoß in einem Auto gesessen hätte.

Christian Söntgerath hatte die Aussage seiner Frau bestätigt, dass er seit mehr als zwei Monaten die Wohnung nicht mehr betreten und den Internetzugang nicht benutzt hatte.

Lenz berichtete von den Besuchen bei der Kabelgesellschaft und Evelyn Brede, was für den Moment allerdings nicht weitergebracht hatte. Weil auch die anderen Kollegen mit ihren Recherchen keine neuen Erkenntnisse erzielt hatten, vertagte man die Sitzung auf den nächsten Tag. Dann hatten bis auf Lenz, Hain und Ludger Brandt alle das Büro verlassen.

»Der Innenminister hat heute Morgen in aller Herrgottsfrühe unseren allseits beliebten Polizeipräsidenten Bartholdy angerufen und Erfolge angemahnt. Sollte bis übermorgen nichts passiert sein, überträgt er die Ermittlungen dem LKA«, erklärte der Kriminalrat den beiden und erhob sich schwerfällig. »Also, lasst euch was einfallen, wir brauchen Resultate.« Ohne eine Antwort abzuwarten und ohne einen Gruß verließ er das Zimmer.

»Der ist aber mies drauf.«

»Lass mal, Thilo, der kriegt von oben den gleichen Druck, den er uns hier unten machen muss. Außerdem ist Ludger nicht mehr der Jüngste. Und irgendwie hat er ja recht, wir sind bis jetzt keinen Deut weitergekommen.«

»Stimmt, aber ...«

Das Telefon auf dem Schreibtisch klingelte.

»Lenz.«

»Dr. Franz aus Göttingen. Haben Sie Zeit, zu mir ins Institut zu kommen?«

»Nicht direkt. Was gibt es denn?«

»Kommen Sie einfach her. Ich will am Telefon nichts dazu sagen.«

Damit war das Gespräch beendet. Lenz behielt den Hörer noch für ein paar Sekunden am Ohr, weil er nicht glauben wollte, dass der Rechtsmediziner tatsächlich aufgelegt hatte.

»Was war das denn?«, fragte Hain. »Du siehst ja aus, als hättest du gerade erfahren, dass du noch genau eine Stunde zu leben hast.«

»Nein, ein bisschen länger ist es, glaube ich, noch. Zieh dir was an, wir müssen nach Göttingen.«

Eine halbe Stunde später fuhr Hain auf den Hof vor dem Rechtsmedizinischen Institut, parkte den Opel und drehte den Zündschlüssel um.

»Muss ich wirklich?«

»Mensch, Thilo, ich hab auch keine Lust drauf, und der Gestank da drin geht mir genauso auf die Nüsse wie dir, aber es hilft nichts. Wir gehen zusammen da rein.«

»Scheiße!«

»Hallo!«, wurden sie von Dr. Franz empfangen, der in seinem Büro vor einer aufgeschlagenen Zeitung saß und auf einem Stück Brot kaute.

»Dass Sie hier essen können ...«, meinte Hain kopfschüttelnd.

»Ich kann hier sogar Menschen aufschneiden. Und

das habe ich den ganzen Morgen gemacht«, erklärte er ernst und stand auf.

»Kommen Sie mit.«

Die drei gingen über einen langen Flur, an dessen Ende zwei Türen lagen. Dr. Franz drückte auf den Öffner der linken und trat ein. In dem bis unter die Decke gefliesten Raum standen drei Edelstahltische. Auf dem mittleren lag ein abgedeckter Leichnam. Der Mediziner ging darauf zu, griff nach dem Stoff und gab den Blick auf den Kopf frei. Die beiden Polizisten sahen eine Frau von etwa 40 Jahren.

»Das ist die Tote aus dem ICE von gestern. Wir haben leider keinen Namen von ihr, weil sie keinerlei Papiere bei sich getragen hat. Eigentlich hat sie gar nichts bei sich gehabt.«

Lenz und Hain tauschten einen fragenden Blick.

»Was sie aber vor ihrem Tod erhalten hat, war eine Betäubung.«

Lenz war mit einem Satz neben Dr. Franz.

»Was für eine Betäubung?«

»Die gleiche, die Ihre beiden Mordopfer abbekommen haben, bevor man sie erschossen hat. CS-Gas, Xenongas und Äther. Und bevor Sie fragen, ja, es ist die absolut identische Mischung wie bei den anderen. Aber das ist leider noch nicht alles.«

Was könnte jetzt noch kommen, fragte Lenz sich.

»Die Frau ist radioaktiv verstrahlt.«

Wie auf Kommando traten die beiden Polizisten einen Schritt zurück.

»Nein, Sie müssen keine Angst haben. Wir haben nichts zu befürchten, wenn wir uns hier aufhalten.«

»Woher rührt die Verstrahlung?«

»Ich habe keine Ahnung. Das Ergebnis habe ich erst vor fünf Minuten bekommen, aber ich hatte es mir schon gedacht. Sie ist allerdings nicht an der Verstrahlung gestorben.«

»Aha«, machte Lenz.

»Das Isotop, das sie kontaminiert hat, ist Strontium 90. Ich glaube nicht, dass sie akut daran gestorben wäre, dazu reichte die Dosis nach meiner Meinung nicht aus. Vielleicht wäre sie in ein paar Jahren an Krebs erkrankt, vielleicht auch nicht. Und ich muss betonen, dass alles, was ich Ihnen jetzt sage, vorbehaltlich der Obduktion ist.«

»Ich fasse mal kurz zusammen«, formulierte der Hauptkommissar vorsichtig. »Die Frau ist mit der gleichen Mischung betäubt worden, die unser Mörder in Kassel verwendet hat?«

Der Mediziner nickte.

»Daran ist sie nicht gestorben.«

»Mit an Sicherheit grenzender Wahrscheinlichkeit nicht.«

»Sie war radioaktiv verstrahlt, woran sie jedoch auch nicht gestorben ist?«

Wieder ein Nicken.

»Sie saß ohne Papiere in dem brennenden ICE, über den ich gestern Abend im Radio was gehört habe?«

Nun schüttelte Franz den Kopf.

»Der Zug hat nicht gebrannt. Eine Rauchbombe, die in einer Reisetasche versteckt war, hat den Qualm ausgelöst. Nach Aussage von zwei älteren Damen gehörte die Tasche einem schwerhörigen, älteren Mann. Und sie …«, er deutete auf die tote Frau, »... sie saß drei Abteile daneben. Und war mausetot, als die Helfer kamen.«

»Und die Todesursache ist völlig unklar?«, wollte Hain wissen.

Franz funkelte ihn an.

»Wollen Sie mir bei der Obduktion assistieren? Je mehr Hände helfen, desto schneller haben wir ein Ergebnis.«

Der Oberkommissar hob abwehrend die Arme.

»Besser nicht ...«

»Na, dann müssen Sie sich noch ein paar Stunden gedulden. Ich glaube nicht, dass sie an dem Qualm erstickt ist, danach sieht sie nicht aus. Aber ich habe, offen gestanden, noch keine Idee, was letztlich ihren Tod herbeigeführt haben könnte. Deshalb ist eine Fremdeinwirkung genauso möglich wie der plötzliche Herztod.«

Er schlug das Tuch ein weiteres Stück zurück. Die Beamten sahen die geschwollene, blutunterlaufene Hand der Frau.

»Was ist das?«, fragte Lenz.

Franz nahm den kleinen Finger und hob daran den Arm ein Stück nach oben.

»Eine komplett zertrümmerte Mittelhand. Die Verletzung ist ihr kurz vor ihrem Tod beigebracht worden, das kann ich Ihnen schon sagen. Alles Weitere muss ich erst näher untersuchen.«

»Gestorben kann sie auch daran nicht sein?«

Franz zuckte mit den Schultern.

»Eigentlich nicht. In der Medizin ist so ziemlich alles möglich, deshalb will ich es nicht komplett und kategorisch ausschließen, aber mit an Sicherheit grenzender

Wahrscheinlichkeit war diese Verletzung nicht die Todesursache. Auch wenn ich sicher bin, dass sie mit dieser Hand nie mehr eine Zigarette gehalten hätte.«

»Sie war Raucherin?«

Der Mediziner nickte und deutete auf den Zeigefinger und den Mittelfinger der Frau.

»Und eine ziemlich starke dazu. Solche Finger kriegt man nicht vom Gelegenheitsrauchen.«

»Na ja, Raucherin oder nicht, ich habe keinen blassen Schimmer, wie diese Frau hier in das Puzzle unserer Kasseler Morde passen könnte«, sinnierte Lenz.

Der Mediziner ging zu einer Edelstahlanrichte an der Wand, nahm eine durchsichtige Plastiktüte in die Hand und reichte sie dem Polizisten.

»Das ist der Schmuck, den sie getragen hat. Für Sie von Bedeutung dürfte die goldene Kette sein.«

Der Kommissar setzte seine Lesebrille auf, öffnete den Verschluss der Tüte und ließ den Inhalt auf die Hand fallen.

»Ist das wertvoll?«

»Materiell nicht, nach meiner unmaßgeblichen Meinung.«

Lenz ließ die feingliedrige Kette mit dem flachen Mittelteil prüfend durch die Hand gleiten.

»Meinen Sie die Gravur hier?«

»Ja.«

»Das ist kyrillisch.«

»Und heißt übersetzt Tatjana und Juri 2004.«

»Dann ist sie Russin?«

»Möglich, obwohl ihre Gesichtsform eher europäisch

anmutet. Oder sie ist Weißrussin. Oder Kasachin. Oder irgendwas anderes. Kyrillisch ist auf unserem Planeten weit verbreitet.«

»Und sie hat wirklich keine Papiere, kein Gepäck oder sonst etwas bei sich gehabt?«

»Nein, nichts. Ich habe mich extra eben noch einmal mit dem leitenden Ermittler unterhalten.«

»Ist sie allein unterwegs gewesen?«

»Das weiß ich nicht, das müssen Sie Hauptkommissar Tenhagen von der hiesigen Mordkommission fragen.«

»Das machen wir auf der Stelle. Und Sie rufen mich bitte gleich an, wenn Sie wissen, woran sie gestorben ist.«

»Und, wenn ich Frau Brede untersucht habe. Sie will spätestens um 13 Uhr hier sein.«

»Sehr schön, vielen Dank.«

Die beiden waren schon fast an der Tür, als sich Lenz noch einmal umdrehte.

»Der Kollege Tenhagen braucht nicht unbedingt zu erfahren, dass wir hier waren, Herr Dr. Franz.«

Der Mediziner blickte auf, nickte kurz, und Lenz hatte den Eindruck, als sei für einen winzigen Moment ein Lächeln über sein Gesicht gehuscht.

»Ist mir auch ganz recht«, murmelte er.

»Kennst du diesen Tenhagen?«, fragte Hain, als sie das Gelände der Universität verlassen hatten.

»Leider, ja. Ich dachte, die alte Giftspritze sei längst pensioniert. Scheint so, als hätte ich mich getäuscht.«

»Ist er so unangenehm?«

»Schlimmer. Und ich habe überhaupt keine Lust auf ihn, deshalb versuchen wir, die Sache ohne persönlichen Kontakt zu regeln.«

Er griff zu seinem Mobiltelefon, wählte Uwe Wagners Nummer in Kassel und wartete.

»Wagner.«

»Ich bin's.«

»Schöne Abwechslung, Paul. Du glaubst nicht, was hier los ist. Mittlerweile habe ich vermutlich mit jedem deutschen Journalisten telefoniert, der irgendeine Zeile über die Morde und den ganzen Unfug hier geschrieben hat.«

»Uwe, ich hab leider nicht viel Zeit. Kannst du mir mal die Nummer von Tenhagen in Göttingen raussuchen?«

»Tenhagen? Gibt's den überhaupt noch?«

Im Hintergrund hörte Lenz das Geräusch einer Computertastatur. Dann bekam er von Wagner die Nummer durchgesagt. Er bedankte sich, beendete das Gespräch und wählte neu.

»Tenhagen«, dröhnte es dem Hauptkommissar ins Ohr.

»Hallo, Herr Tenhagen, hier ist Lenz aus Kassel.«

Der Göttinger Polizist brauchte einen Moment zum Überlegen.

»Ach, der Herr Lenz. Lange nichts von Ihnen gehört.«

»Ja, wahrscheinlich haben wir beide zu viel zu tun.«

»Und warum stören Sie mich dann?«

»Ich will es möglichst kurz machen, deshalb komme

ich gleich zu meiner Frage. Die tote Frau aus dem ICE von gestern, war die allein unterwegs?«

Stille in der Leitung.

»Herr Tenhagen?«

»Ja.«

»Haben Sie meine Frage verstanden?«

»Ja.«

»Und?«

»Warum interessiert das die Kasseler Polizei?«

Lenz hätte am liebsten laut losgeflucht.

»Eine Routinesache. War sie allein?«

»Hmm.«

»Heißt das ja oder nein?«

»Ja. Die Frau ist ohne Begleitung unterwegs gewesen, ohne Gepäck und ohne irgendwas. Sie hat eine zertrümmerte Hand und ist tot. Mehr kann ich Ihnen nicht sagen. Ich weiß ja noch nicht mal, ob überhaupt Fremdverschulden vorliegt.«

»Und was hatte es mit dieser Rauchbombe auf sich?«

Nun wurde Tenhagen ungemütlich.

»Herr Lenz, das geht Sie einen Scheiß an. Wenn Sie etwas zu der Sache wissen wollen, schicken Sie mir eine schriftliche Anfrage. Wiederhören.«

Der Hauptkommissar steckte das Telefon in die Jacke, holte ein paar Mal tief Luft und sah dabei aus dem Fenster.

»Ab nach Kassel, Thilo!«

31

Der Opel Vectra rollte mit 120 Stundenkilometern auf die Werrabrücke zwischen Göttingen und Kassel zu. Seit der Abfahrt hatten die beiden Polizisten nicht viel miteinander gesprochen, jeder hing seinen Gedanken nach. Hain klopfte den Takt einer Melodie aus dem Autoradio auf dem Lenkrad mit. Dann wurde die Musik ausgeblendet.

»Meine Damen und Herren, wir unterbrechen das laufende Programm für eine Eilmeldung aus Kassel. Dort kam es in den Mittagsstunden zu schweren Straßenschlachten zwischen zwei Demonstrationsgruppen. Die Polizei spricht von zwei Schwerverletzten und etwa 25 Leichtverletzten, darunter vier Polizisten. Mehr dazu in etwa zehn Minuten live von unserem Reporter vor Ort.«

Lenz verzog das Gesicht und drehte die nun wieder einsetzende Musik leiser.

»Vielleicht hat das Ganze ja wirklich Methode. Wir hatten ...«

Sein Telefon klingelte, doch er machte keine Anstalten, den Anruf entgegenzunehmen. Hain sah ihn irritiert an.

»Was ist jetzt los?«

»Ich hab jetzt keine Lust. Wenn es etwas Wichtiges ist, hinterlässt der Anrufer mir eine Nachricht.«

Der Oberkommissar verzog das Gesicht und tat so, als konzentriere er sich wieder auf den Verkehr.

»So kenne ich dich ja gar nicht. Und wenn das jetzt einer von unseren Jungs ist, der den Mörder gefunden hat?«

Das zog. Lenz griff nach dem Telefon und drückte hektisch die grüne Taste.

»Ja«, machte er unwirsch.

»Ääähh«, tönte es nach einer kurzen Pause aus dem Gerät. »Spreche ich mit Hauptkommissar Lenz?«

»Genau. Und mit wem spreche ich?«

Wieder eine kurze Pause. Lenz hatte den Verdacht, er sei in einem Funkloch.

»Mein Name ist Bernhard Jelinski, Dr. Bernhard Jelinski. Könnten Sie im Verlauf des Nachmittags eine Stunde Zeit für mich erübrigen, Herr Lenz?«

»Ich bin im Moment sehr beschäftigt, Herr Jelinski. Worum geht es denn?«

»Darüber möchte ich am Telefon nicht sprechen. Aber ich bitte Sie, mir zu glauben, dass es wirklich überaus wichtig ist. Es betrifft den Fall, an dem Sie gerade arbeiten.«

»Gut, dann kommen Sie zu mir ins Büro. Ich bin in etwa einer Stunde dort.«

»So schnell wird es leider nicht gehen, Herr Kommissar. Ich habe eine etwas längere Anreise. Jetzt ist es 12.30 Uhr, sagen wir um 15.30 Uhr?«

»Ja, von mir aus. Sie müssen sich an der Wache melden, ich hole Sie dann ab.«

»Wenn es sich irgendwie vermeiden ließe, würde ich mich gerne mit Ihnen woanders treffen, nicht im Präsidium.«

Lenz dachte einen Moment darüber nach, ob sich einer der Kollegen einen Scherz mit ihm erlauben würde.

»Und ich möchte noch einmal darauf hinweisen, Herr Lenz, dass es wirklich wichtig ist.«

»Ja, ja, das habe ich verstanden. Kennen Sie sich denn in Kassel aus?«

»So leidlich, ja. Deshalb würde ich vorschlagen, wir treffen uns in der Orangerie. Wie wäre es am Marmorbad?«

»Merkwürdiger Treffpunkt. Aber wenn Sie meinen. Ich bin pünktlich da.«

»Und wenn Sie bitte allein kommen würden, Herr Lenz?«

Nun kam der Kommissar ins Grübeln.

»Warum?«

»Ich weiß, dass das jetzt alles ein wenig verwirrend für Sie sein dürfte, aber ich bitte Sie, mir zu vertrauen. Wenn wir miteinander gesprochen haben, werden Sie mich sicher verstehen.«

»In Ordnung.«

»Dann danke ich Ihnen, und bis später.«

»Gerne, bis später.«

Lenz beendete das Gespräch, überlegte ein paar Sekunden, suchte kurz im Menü des Telefons, nickte zufrieden, schrieb eine Nummer auf und reichte sie seinem Kollegen. Der sah zuerst den Zettel und danach ihn erstaunt an.

»Die Telefonseelsorge?«

»Nein, du Hirni, das ist die Nummer von diesem Typen, der mich gerade angerufen hat.« Er schilderte Hain den Inhalt des Gesprächs.

»Du willst doch nicht wirklich ohne mich da hingehen?«

»Richtig wohl ist mir nicht bei der Sache, aber ich glaube nicht, dass mir irgendjemand was Böses will. Also.«

»Ich könnte mich unauffällig im Hintergrund halten.«

»Nein, Thilo. Der Typ klang wie irgendein Bürohengst, nicht wie ein Killer.«

»Tolles Argument. Was er will, hat er wirklich nicht gesagt?«

»Kein Wort.«

Um kurz vor 15 Uhr nahm Lenz seine Dienstwaffe und das Gürtelholster aus dem Schrank, ließ das Magazin aus dem Griffstück gleiten, überprüfte den Ladezustand und setzte es wieder ein. Als die Pistole an seinem Gürtel befestigt war, zog er die Jacke über und verließ sein Büro.

»Ich mach mich los. Wenn irgendwas sein sollte, melde ich mich.«

»Und du bist sicher, dass du das im Alleingang machen möchtest?«

»Ganz sicher.«

»Ich bleibe für alle Fälle erreichbar.«

»Schön, aber sicher unnötig, Thilo.«

Zwei Minuten später verließ der Kommissar das Präsidium durch den Haupteingang, überquerte den Bahnhofsvorplatz und ging weiter auf die Innenstadt zu. Obwohl er einen Pullover und eine Jacke trug und schnell ging, war ihm kalt. Am oberen Ende der Treppenstraße blieb er einen Moment stehen und stellte überrascht fest, dass der Zirkus mit seinen Nebenbauten den gesamten Friedrichsplatz in Beschlag genommen hatte. Als er auf die schwarz-rote Stadt in der Stadt zuging und neben dem riesigen Zelt stand, nahm er sich fest vor, eine der Vorstellungen zu besuchen.

Als er an dem großen Rahmenbau von Rückert vorbeikam, einem übrig gebliebenen Kunstwerk der Documenta 6, setzte die Dämmerung am wolkenverhangenen Himmel ein. Mit gleichmäßigen Schritten nahm er die letzten Stufen hinunter zur Karlsaue, um sich fünf Minuten vor der vereinbarten Zeit dem gelb angestrichenen spätbarocken Bauwerk zu nähern. Sein Blick kreiste, doch weder im Eingang noch an der Längsseite konnte er jemanden entdecken. Über der großen Wiese bildete sich leichter Nebel, der langsam über den Platz zog. Dann hörte er das Knirschen von Kies hinter sich, drehte sich um und sah in das Gesicht eines etwa 45-jährigen Mannes, der sich ihm langsam näherte und dabei ständig das Gelände im Auge behielt. Lenz fuhr mit der rechten Hand vorsichtig hinter seinen Rücken.

»Herr Lenz?«

»Ja.«

Die rechte Hand des Mannes hob sich und verschwand in der Innentasche seines Mantels. Im gleichen Moment hatte Lenz seine Waffe aus dem Holster gerissen und zielte damit auf sein verdutztes Gegenüber.

»Ganz ruhig. Wenn Sie jetzt eine Bewegung machen, die mir nicht gefällt, drücke ich ab.«

»Aber Herr Lenz, ich bitte Sie. Nehmen Sie die Pistole

runter. Ich wollte Ihnen nur meinen Dienstausweis zeigen, damit Sie wissen, mit wem Sie es zu tun haben.«

Lenz schluckte.

»Dann nehmen Sie jetzt den Dienstausweis mit zwei spitzen Fingern aus der Tasche und halten ihn mir entgegen.«

»Das ist schwer möglich, er steckt in meiner Brieftasche.«

Scheiße, dachte der Kommissar.

»O. K., dann machen Sie den Mantel auf. Aber schön langsam.«

Der Mann zog vorsichtig die Hand aus dem Mantel, öffnete die drei Knöpfe und griff mit spitzen Fingern zur Innentasche.

»Schön langsam«, mahnte Lenz.

»Wenn Sie mich jetzt zittern sehen, Herr Kommissar, dann ist das die pure Angst«, erklärte der Mann und hielt eine Brieftasche zwischen den Fingern, aus der er, immer noch sehr, sehr vorsichtig, eine Plastikkarte zog.

»Mein Name ist Dr. Bernhard Jelinski, ich bin Mitarbeiter des Bundeskriminalamtes.« Er ging mit zitternden Beinen einen Schritt auf Lenz zu.

»Legen Sie den Ausweis auf die Mauer und gehen Sie drei Schritte zurück«, befahl der Kommissar. Dann bewegte er sich nach vorne, griff nach dem Dokument und warf einen Blick darauf.

»Und jetzt ziehen Sie den Mantel aus und legen ihn auch auf die Mauer.«

Wieder gehorchte der Mann. Lenz untersuchte das Kleidungsstück, konnte jedoch keine Waffe finden.

»Umdrehen!«

Der Mann vollführte eine Pirouette.

»Ziehen Sie die Hosenbeine hoch.«

Auch dieser Aufforderung kam er ohne Murren nach. Lenz warf ihm den Mantel zu.

»Den können Sie wieder anziehen.«

»Danke«, erwiderte er, schlüpfte in seinen Mantel und steckte die Brieftasche zurück. Lenz ließ die Pistole im Holster verschwinden.

»Und jetzt erzählen Sie mir, warum wir uns hier so konspirativ am Badehaus treffen mussten, Herr Jelinski.«

»Das ist eine längere Geschichte. Wollen wir ein Stück gehen?«

Der Hauptkommissar nickte.

»Das ist sicher besser, als sich hier den Hintern abzufrieren.«

»Also, wie gesagt, mein Name ist Bernhard Jelinski. Ich bin promovierter Physiker und arbeite seit sechs Jahren für das BKA.«

»Beim BKA arbeiten Physiker?«

»Selbstverständlich, aber das tut jetzt nichts zur Sache.«

Jelinski nahm eine Packung Zigaretten aus dem Mantel, bot Lenz eine an, der ablehnte, und zündete sich einen Glimmstängel an.

»Vielleicht erkläre ich Ihnen zunächst mal, warum ich am Telefon nicht mit Ihnen über mein Anliegen sprechen wollte, obwohl das eigentlich recht simpel ist. Ich hätte dafür Stoffe wie Strontium, Cäsium oder Plutonium benennen müssen, und sicher wissen Sie, dass bei gewissen

Schlüsselwörtern automatische Aufnahmegeräte gestartet werden. Strontium, Cäsium und Plutonium gehören ganz sicher in den Kreis dieser Schlüsselwörter.«

Lenz verstand nur Bahnhof.

»Heute Mittag, kurz nachdem Sie seine heilige Halle verlassen hatten, rief mich Peter Franz an. Wir sind im gleichen Ort in der Nähe von Göttingen aufgewachsen und haben am selben Gymnasium unser Abitur gemacht. Mit den Jahren haben wir uns zwar immer mehr aus den Augen verloren, aber ganz abgerissen ist unser Kontakt nie.«

Nun atmete Lenz hörbar durch.

»Peter erzählte mir von der verstrahlten Frauenleiche. Und das hat bei mir alle Alarmglocken zum Klingeln gebracht.«

»Weshalb?«

»Auch dazu muss ich jetzt ein wenig ausholen.«

Sie hatten die große Wiese zur Hälfte umrundet und nahmen Kurs auf die Insel Siebenbergen.

»Dann los!«, forderte Lenz.

»Vor etwa einem halben Jahr habe ich im BKA für einen der größten Fehlalarme der letzten Jahre gesorgt, weil ich behauptet habe, dass ein Anschlag mit einer Schmutzigen Bombe unmittelbar bevorstünde.«

»Eine Schmutzige Bombe?«

»Dazu komme ich gleich, Herr Lenz. Dieser Fehlalarm, der tatsächlich auf meine Kappe geht, hat die Bundesrepublik geschätzte acht Millionen Euro gekostet, und Sie können sich wahrscheinlich vorstellen, dass meine Vorgesetzten darüber nicht amüsiert waren.«

Lenz schnalzte mit der Zunge.

»Acht Millionen? Was haben Sie denen denn verkauft?«

»Eigentlich ist es meine Aufgabe innerhalb der Abteilung, genau das zu tun, was ich gemacht habe. Allerdings lag ich mit ein paar Annahmen leider daneben.«

»Aha«, machte der Hauptkommissar.

»Hintergrund meiner Warnung vor einem Angriff mit einer Schmutzigen Bombe waren Informationen über ausgeschlachtete Radioisotopengeneratoren in den Staaten der ehemaligen Sowjetunion.«

Er sah in Lenz' fragendes Gesicht und hob beschwichtigend die Hand.

»Keine Angst, Herr Kommissar, ich versuche, Ihnen das so einfach wie möglich darzulegen. Radioisotopengeneratoren benutzt man überall dort, wo man Strom braucht, es aber leider keinen gibt, zum Beispiel in der Raumfahrt. Alle Marssonden, die bis heute losgeschickt wurden, werden mit diesen Dingern betrieben. Aber nicht nur in der Raumfahrt benutzt man sie, sondern auch für militärische und zivile Zwecke. Sogar in ganz alten Herzschrittmachern hat man winzig kleine verbaut. Die Amerikaner haben welche, die Chinesen, und eben auch die ehemalige Sowjetunion hatte und hat welche. Meistens haben sie damit Leuchttürme oder militärische Funkstationen am Polarkreis und in der Steppe betrieben, manchmal, aber das ist weniger bekannt, wurde damit auch der Strom für unterirdische Abschussrampen von Atomraketen erzeugt. Für uns sind im Moment die Leuchttürme und die Funkfeuer von Bedeutung, weil deren Generatoren mittlerweile ihren Lebenszyklus weit hinter sich haben. Das heißt, sie erzeugen nur noch wenig Energie, sind aber vollgepackt mit strahlendem Material, in der Hauptsache Strontium 90.«

»Moment«, unterbrach Lenz, »das ist doch das Zeug, mit dem die Frau aus dem ICE verstrahlt war.«

»Ganz genau. Strontium 90 ist ein sogenannter Betastrahler, aber dazu komme ich später, weil ich noch mal auf die Leuchttürme der Sowjets zurückkommen muss. Nach Berechnungen der Internationalen Atomenergiebehörde waren bis 1990 da drüben mindestens 1.750 dieser Radioisotopengeneratoren in Betrieb. Nach dem Zerfall der Sowjetunion standen plötzlich Staaten wie Georgien, Kasachstan oder Turkmenistan vor der Aufgabe, den radioaktiven Müll entsorgen zu müssen, sofern sie sich überhaupt darum gekümmert haben. In vielen Fällen, das ist dokumentiert, haben sie sich aber eben nicht darum gekümmert. Und das bringt uns zu dem Punkt, warum ich mich unbedingt mit Ihnen treffen musste, seit ich weiß, dass die Frau verstrahlt und tot ist.«

Er erwartete offenbar eine Reaktion von Lenz, der jedoch voll und ganz mit der Verarbeitung seiner Ausführungen beschäftigt war.

»Seit 1990 wurden mindestens 14 dieser Radioisotopengeneratoren von Unbefugten ausgeschlachtet. Das radioaktive Material hat sich natürlich nicht in Luft aufgelöst, sondern ist irgendwo in der Welt unterwegs. Wir, speziell ich, befürchten seit Langem einen Anschlag damit, weil ich vermute, dass die eine oder andere Ladung in den falschen Händen gelandet ist.«

Lenz' Schritte wurden langsamer.

»Beispielsweise in denen der Frau?«

»Vielleicht. Jetzt erkläre ich Ihnen auf die Schnelle, wie das Zeug wirkt. Wie gesagt, handelt es sich bei Strontium 90 um einen Betastrahler. Wird der menschliche Körper Betastrahlen ausgesetzt, sind nur die äußeren Hautschichten betroffen. Je nach Intensität kann es zu intensiven Verbrennungen kommen, eine denkbare Spätfolge wäre Hautkrebs, dazu braucht es allerdings schon eine größere Dosis. Das Gute an Betastrahlung ist, dass sie nicht lange genug in der Luft bleiben kann, um das ganz große Unheil anzurichten. Schlimm sicher, aber bei Weitem nicht so schlimm wie etwa Gammastrahlung, deren Energie den menschlichen Körper durchdringen kann. Ganz anders sieht es aus, wenn Betastrahlung inkorporiert, also vom Körper aufgenommen wird, beispielsweise durch Einatmen oder Verschlucken. Dann ist das Zeug ganz, ganz böse.«

»Das heißt?«

»Je nach Kontaminationsgrad Tod in Minuten, Stunden, Tagen, Monaten oder Jahren, und immer ein elendes Verrecken.«

Es war nun fast komplett dunkel geworden in der Karlsaue. Zwischen den spärlich leuchtenden Laternen bildeten sich weite, nahezu stockdunkle Flecken. Lenz fröstelte noch immer.

»Wenn ich mir das vorstelle, wird mir noch kälter. Aber glauben Sie tatsächlich, diese Frau aus dem ICE hat was mit dem Strontium aus den Leuchttürmen zu tun?«

»Ob und was für eine Rolle sie dabei spielt, kann ich

nicht sagen. Was ich Ihnen aber sagen kann, ist, dass ein gewisser Juri Kirow, ein Ukrainer, einer der Drahtzieher in diesem Geschäft ist.«

Nun blieb Lenz stehen.

»Die Kette! Tatjana und Juri ...«

»Tatjana und Juri«, wiederholte Jelinski.

Von vorne hörte Lenz das Knirschen von Kies, dann tauchte ein dick eingepackter Jogger mit Stirnlampe und Handschuhen auf. Als er den Kopf kurz senkte, erkannte Lenz das verschwitzte Gesicht von Thilo Hain. Sein Kollege murmelte ein kaum hörbares *'n Abend* und war auch schon wieder in der Dunkelheit verschwunden. Der Hauptkommissar drehte sich um und wollte ihm etwas hinterherrufen, ließ es dann aber sein. Allerdings brauchte er einen Moment, bis er wieder voll konzentriert war.

»Und Sie glauben, dass dieser Juri seine Tatjana instruiert hat, einen Teil des Strontiums hier in Deutschland zu verkaufen?«

Nun zögerte Jelinski.

»Was ich Ihnen jetzt sage, unterliegt der absoluten Geheimhaltung, Herr Lenz. Ich muss mich darauf verlassen können, dass nichts davon an die Öffentlichkeit dringt.«

»Na, Sie machen's aber spannend, Herr Jelinski.«

»Es ist auch spannend, vielleicht deshalb. Und weil es mich meinen Job kosten könnte.« Er überlegte ein paar Sekunden. »Ach was, meinen Job wäre ich schon los, wenn mein Vorgesetzter wüsste, dass ich mit Ihnen hier über eine Schmutzige Bombe spreche.«

Sie überquerten die kleine Brücke über den Hirschgraben und bogen danach links ab, Richtung Orangerie.

»Es gibt da einen Spezialisten, so nennen sich solche Leute meistens selbst. Der Mann ist Franzose, hat lange Zeit in einer Spezialeinheit der französischen Streitkräfte gedient und ist perfekt ausgebildet. Dieser Mann, nennen wir ihn mal ›Das Chamäleon‹, ist seit ein paar Jahren als freiberuflicher Killer auf der ganzen Welt unterwegs. Er hat schon für die meisten der westlichen Geheimdienste gearbeitet und gilt als fehlerfrei. Mancher, der mit ihm zu tun hatte, hält ihn auch deswegen für den besten seiner überschaubaren Zunft, weil er es versteht, sich immer und überall anzupassen. Er ist ein Meister der Verkleidung und des Mimikry. Genau wie dieser Mann, der hier in Kassel zwei Menschen erschossen hat.«

Vielleicht auch drei, dachte Lenz.

»Ende letzten Jahres ist er urplötzlich von der Bildfläche verschwunden. Zuerst wurde gemunkelt, er sei bei einem Auftrag in Afrika getötet worden, dann hieß es, er arbeite im Auftrag der Engländer an der Ermordung von Robert Mugabe. Alles Quatsch. Der Mann ist untergetaucht, weil er einen Anschlag plant, und nach meiner Meinung einen Anschlag mit einer Schmutzigen Bombe. Ich habe seit gestern Informationen, die leider unbestätigt sind, dass Juri Kirow einen Unterhändler zu einem Treffen nach Kassel entsandt hat. Vielleicht war es ja diese Tatjana?«

»Sie wollen mir also erzählen, dass dieser vermutete, unbestätigte Anschlag hier in Kassel stattfinden soll?«

»Bis gestern hatte ich keine Ahnung, wo. Und sehr viel weiter bin ich jetzt auch nicht, aber ja, die Hinweise verdichten sich.«

»Haben Sie nicht vorhin gesagt, dass man mit diesem Strontium 90 in freier Luft gar keinen großen Schaden anrichten kann? Was also sollte er in dieser Stadt planen?«

»Das habe ich mir auf der Fahrt hierher auch überlegt. Wir müssen davon ausgehen, dass er den Anschlag in einem Gebäude vornehmen will. Dafür kommt aber nur eine Halle oder ein anderes großes Gebäude in Betracht.«

»Wie würde er das dann machen? Reicht es, wenn er das Zeug von der Empore in den Saal wirft?«

»Ja und nein. Um einen möglichst großen Personenschaden anzurichten, würde ich an seiner Stelle dafür sorgen, dass ich es über die Lüftungsanlage im Raum verteile. Man sieht es nicht, man riecht es nicht, man schmeckt es nicht. Und wenn man merkt, dass etwas nicht stimmt, ist es schon viel zu spät, weil der Körper kontaminiert ist. Bei einer Schmutzigen Bombe mit einem Gammastrahler, etwa Cäsium 137 oder Cobalt 60, wäre das anders, da würde man eine Explosion herbeiführen und das Zeug möglichst weit streuen.«

Lenz dachte kurz nach.

»Sicher, es gibt, gerade jetzt, in der Vorweihnachtszeit, viele Veranstaltungen in Gebäuden, aber ob einem potenziellen Attentäter mit einer Schmutzigen Bombe daran gelegen ist, den Altennachmittag im Kirchenzentrum aufzumischen, glaube ich dann doch nicht.«

»Nein, sicher nicht.«

»Außerdem«, gab Lenz zu bedenken, »wer sollte hinter solch einem Terroranschlag stehen? Er macht es nicht auf eigene Rechnung, wenn ich Sie richtig verstanden habe, also stellt sich die Frage, für wen er arbeitet.«

»Auch darüber habe ich mir Gedanken gemacht, bin aber leider nicht weitergekommen.«

Hain passierte die beiden zum zweiten Mal. Wieder hörte der Kommissar seine Schritte ein paar Sekunden, bevor er ihn sah. Und wieder war er nach ein paar Augenblicken verschwunden.

»Das einzige Gebäude, das mir auf Anhieb einfällt, ist die Eissporthalle. Dort finden die Heimspiele der Kasseler Eishockeymannschaft statt. Ich glaube, da passen 6.000 Leute rein. Außerdem die Stadthalle, ich informiere mich gleich morgen, welche Veranstaltungen bis Weihnachten dort geplant sind.«

Dann fiel ihm etwas ein.

»Und im Moment gastiert ein Zirkus auf dem Friedrichsplatz. Käme der für einen Anschlag auch infrage?«

Jelinski zuckte mit den Schultern.

»Vermutlich nicht, weil das Zelt nicht dicht genug ist. Deshalb benötigen die bestimmt auch keine Lüftungsanlage, aber die bräuchte der Attentäter zur Verteilung des Strontiums. Aber ich möchte noch auf ein Detail eingehen, das wir bis jetzt außer Acht gelassen haben, nämlich den Tod der Frau. War ihre Anwesenheit in dem Zug schon der Termin der Übergabe oder ein Vortermin, vielleicht wegen einer Geldübergabe? Peter sagt, sie sei ohne Begleitung und ohne Gepäck unterwegs gewesen, was dafür spricht, dass das ›Chamäleon‹ sich die Ware geschnappt hat, nachdem er sie erledigt hatte. Allerdings halte ich es für ausgeschlossen, dass sie wirklich allein unterwegs gewesen ist.«

»Transportiert man dieses Zeug so einfach im Handgepäck?«, fragte Lenz verdutzt.

»Strontium 90 ist relativ leicht abzuschirmen, das heißt, dass man es durchaus im Auto oder eben auch in der Eisenbahn von A nach B transportieren könnte. Ein gut gebauter Koffer reicht definitiv.«

»Interessant. Aber wie wäre dieses ›Chamäleon‹ mit dem Strontium von dem auf freier Strecke stehenden Zug weggekommen?«

»Dieser Mann muss nicht wegkommen, Herr Lenz. Man sagt, er ist nicht mal für seine Mutter zu erkennen, wenn er es nicht will. Vielleicht hat er weiterhin in dem ICE gesessen und ist in aller Seelenruhe in den Ersatzzug umgestiegen, nur hat er dabei ganz anders ausgesehen.«

»Also gehen Sie davon aus, dass er das Material hat, das er für die Bombe benötigt?«

»Wir müssen es annehmen, ja.«

»Dann fasse ich zusammen, bevor mir die Füße komplett abgefroren sind, Herr Jelinski: Sie glauben, dass in der nahen Zukunft in Kassel ein Attentat mit einer Schmutzigen Bombe bevorsteht, haben aber keine Ahnung, wann und wo. Es gibt einen Mann, der nicht zu fassen ist, weil er ständig sein Äußeres ändert, und der seit ein paar Monaten verschwunden ist, jedoch als Attentäter infrage käme. Weiterhin haben wir eine tote Frau im ICE, die zwar mit Strontium 90 verstrahlt war und eine zertrümmerte Hand hatte, von der wir aber noch nicht einmal wissen, ob sie vielleicht an einem Herzkasper gestorben ist.«

Er seufzte.

»Irgendwie sitzen wir im gleichen Boot. Wenn ich das meinem Vorgesetzten erzähle, wird er genauso reagieren wie Ihrer: Er erklärt mich für verrückt. Und so ganz verdenken kann ich es ihm nicht.«

»Ich weiß, Herr Lenz. Nachdem ich heute mit Peter telefoniert hatte, habe ich einen Moment darüber nachgedacht, wieder Alarm zu schlagen. Aber einen weiteren Fehler kann ich mir wirklich nicht leisten. Darüber bin ich mir im Klaren, und das hat mein Vorgesetzter mir auch unmissverständlich zu verstehen gegeben.«

»Und was schlagen Sie vor, sollten wir nun tun?«

»In Kontakt bleiben und die Augen offen halten. Mehr fällt mir dazu nicht ein.«

»Haben Sie vielleicht ein paar Daten zu diesem ›Chamäleon‹? Wie alt ist er, hat er irgendwelche Besonderheiten?«

»Er ist 46, hat eine Verbrennungsnarbe am linken Oberschenkel und spricht sechs Sprachen. Mehr weiß ich nicht.«

»Na, das sollte helfen«, frotzelte Lenz. »Kann ich Sie mobil erreichen, wenn ich eine Frage habe?«

Der Physiker gab ihm die Nummer.

»Und bitte versuchen Sie nicht, mich in Wiesbaden im Amt zu erreichen. Weiterhin unterlassen Sie bitte, irgendwelche Dinge wie Strontium, Mörder oder Bombe ins Telefon zu hauchen.«

»Das haben Sie vorhin schon erwähnt. Warum?«

»Sie halten mich jetzt sicher für den König der Verschwörungstheoretiker, Herr Lenz, aber ich weiß, wovon ich spreche, weil ich die Überwachungstechnik kenne. Sie sagen am Telefon Bombe, sofort beginnt die Aufzeichnung mit den Daten der Gesprächsteilnehmer. Das machen unsere Leute und der BND, und die Amerikaner, da bin ich sicher, hören auch mit.«

»Kaum zu glauben«, meinte Lenz, hatte allerdings schon von dieser Überwachung gehört. »Und jetzt kommen Sie, wir machen uns auf den Rückweg.«

Am Marmorbad trennten sie sich. Jelinski stieg in einen Wagen mit Mainzer Kennzeichen, Lenz nahm Kurs auf die Innenstadt. Ein paar Mal drehte er sich um, in der Hoffnung, Hain würde auftauchen, doch der Oberkommissar blieb verschwunden. An der Fußgängerampel am Staatstheater musste er warten, betrachtete dabei die imposante Zirkusbeleuchtung auf der anderen Straßenseite und dachte über das nach, was Jelinski ihm erzählt hatte.

Das Klingeln des Telefons riss ihn aus seinen Gedanken.

»Ja bitte«, meldete er sich.

»Ich wollte dir nur sagen, dass ich den Abend richtig schön fand und mich auf den nächsten Sommer freue.«

»Hallo, Maria. Ich fand den Abend ebenso schön, auch wenn ich jetzt vor Müdigkeit sterben könnte.«

»Das könnte ich auch. Deshalb bin ich schon im Nachthemd und mit einem Buch auf dem Weg ins Bett.«

»Klasse. Hast du heute keine offiziellen Verpflichtungen?«

»Nein, heute gehöre ich mir selbst.«

In Lenz' Telefon klopfte es an.

»Maria, ich muss Schluss machen. Schlaf gut.«

»Du auch.«

Er beendete das Gespräch und nahm das wartende an.

»Lenz.«

»Hallo, Paul, hier ist Thilo.«

»Hallo, Thilo. Schon ausgejoggt?«

»Ja, bisschen Sport am Abend schadet ja nicht. Aber ich habe keine Zeit für Geschwätz. Kannst du ins Präsidium kommen?«

»Warum?«

»Hier ist jemand, der will eine Aussage machen wegen der Frau aus dem ICE.«

»Bin gleich da.«

Der Hauptkommissar sprintete los und hatte kurze Zeit später den Taxihalteplatz am Friedrichsplatz erreicht. Keine fünf Minuten danach sprang er am Haupteingang des Präsidiums aus dem Wagen. Hain, der noch immer seine verschwitzten Laufklamotten trug, erwartete ihn dort. Neben ihm stand ein junger Mann.

»Das ist Herr Gerhold. Er ist in dem besagten ICE gestern von Berlin nach Kassel gefahren.«

Lenz streckte die rechte Hand nach vorne, stellte sich vor und begrüßte den Mann.

»Wollen wir in mein Büro gehen?«

»Ja, gerne.«

»Dann erzählen Sie mal, was Sie beobachtet haben, Herr Gerhold«, ermunterte Lenz den Besucher, nachdem die drei in seinem Büro angekommen waren.

»Also, ich bin vorgestern nach Berlin gefahren, weil ich einen Vorstellungstermin bei einem Unternehmensberater hatte. Der Termin ist gut gelaufen, und ich habe in Berlin übernachtet. Gestern Morgen bin ich dann zurückgefahren mit dem ICE um 10.22 Uhr ab Berlin Ostbahnhof. Die Firma in Berlin hatte mir für die Reise ein Erste-Klasse-Ticket spendiert, inklusive Reservierung, und das habe ich mir auch gegönnt. Ich sitze also auf meinem Platz, als die drei reinkommen.«

»Wie, die drei?«, fragte Lenz verdutzt.

»Ja, sie waren zu dritt. Die Frau, deren Bild ich eben in den Nachrichten gesehen habe, und die zwei Typen. Der eine hat mich gleich angemacht, ob ich nicht in ein anderes Abteil gehen wollte, aber ich hatte ja meine Platzreservierung. Das habe ich ihm gesagt. Da zieht der einen Fünfhunderteuroschein aus der Tasche, hält ihn mir hin und sagt: ›Das ist deiner, wenn du dir einen anderen Platz suchst.‹«

Er hob entschuldigend die Hände und sah von einem Polizisten zum anderen.

»Ich wäre doch blöd gewesen, wenn ich es nicht gemacht hätte, zumal der Typ aussah, als ob ein Nein in seinem Wortschatz nicht die erste Geige spielen würde. Also hab ich das Geld genommen und mir einen Platz möglichst weit weg gesucht, für den Fall, dass er es sich anders überlegt und die Kohle zurückgefordert hätte.«

»Hat er aber nicht?«

»Nein. Ich bin mitgefahren, bis der Zug wegen des Brandes auf freier Strecke angehalten hat, und hab mich dann von einem Taxi zum Bahnhof in Göttingen bringen lassen, weil ich nachmittags noch einen Termin hatte.«

»Und Sie sind sicher, dass die Frau und die beiden Männer zusammengehörten?«

Er nickte.

»Natürlich, deswegen bin ich ja hier. Der eine hat ihren schweren Koffer ins Abteil geschleppt, der andere hat dafür gesorgt, dass ich verschwinde.«

Er grinste verlegen.

»Ehrlich gesagt, hab ich gedacht, die würden nach meinem Abflug die Gardinen zuziehen und in dem Abteil einen Porno drehen. In dem Koffer hätte bestimmt alles Nötige dafür Platz gehabt.«

»Wie sah der Koffer denn aus?«, wollte Hain wissen.

»Groß war er, und aus Aluminium. Wissen Sie, es war so einer dieser teuren Rollkoffer.«

»Und er war schwer?«

»Na ja, ich hatte ihn ja nicht in der Hand, aber als der Typ, der ihn gezogen hat, den Koffer aufgestellt hat, musste er ganz schön asten. Also, sich anstrengen.«

»Können Sie aus Ihrer Erinnerung beschreiben, wie die beiden Männer ausgesehen haben?«

»Die beiden hätten Brüder sein können. Runde Gesichter, Stoppelfrisur, breite Nasen wie Boxer. Getragen haben sie Lederjacken und Jeans. Und sie haben untereinander und mit der Frau russisch gesprochen, als sie vor dem Abteil standen.«

»Da sind Sie sicher?«

»Ganz sicher.«

Lenz drehte sich zu seinem Kollegen.

»Kriegen wir jetzt noch ein Phantombild?«

Hain nickte.

»Ich hab schon Bescheid gesagt. In ein paar Minuten ist jemand drüben, der mit Herrn Gerhold zusammen die Bilder anfertigt.«

»Hätten Sie noch Zeit, mit einem Kollegen von uns die Phantombilder der beiden zu erstellen? Es kann aber zwei bis drei Stunden dauern.«

Gerhold sah auf die Uhr.

»Wenn ich um Mitternacht im Bett bin, reicht mir das. Aber später sollte es nicht werden.«

»Wir tun, was wir können«, versicherte Lenz ihm. »Und bis der Kollege kommt, können Sie mir noch erzählen, was Sie letztlich dazu veranlasst hat, zu uns zu kommen.«

»Na, der Bericht im Fernsehen«, erklärte Gerhold lakonisch. »Da war immer die Rede davon, dass eine allein reisende Frau ohne Gepäck bei oder während des Brandes im Zug ums Leben gekommen sei. Und das stimmt definitiv nicht, weder das eine noch das andere.«

Lenz sah ihn anerkennend an.

»Es wäre schön, wenn jeder Zeuge so denken würde wie Sie. Und ich glaube, dass Sie uns mit Ihrer Aussage einen großen Dienst erwiesen haben.«

»Und um das abzurunden, bringe ich den Herrn Gerhold jetzt rüber zu dem Kollegen, damit das mit den Bildern klappt«, meinte Hain und stand auf. Mit dem jungen Mann im Schlepptau verließ er das Büro, um fünf Minuten später zurückzukehren.

»Du solltest langsam mal duschen«, bemerkte Lenz süffisant.

»Später, noch kann ich mich selbst riechen.«

»Vorher erklärst du mir aber, wie du überhaupt an den Kerl gekommen bist.«

»Den hat uns Kommissar Zufall in die Hände gespielt. Als ich mein Trainingspensum für heute erledigt hatte, fiel mir auf, dass ich mein Mobiltelefon im Büro vergessen hatte, und wollte es kurz holen. Unten an der Pforte habe ich dann mitgekriegt, dass der alte Hiemer heute seinen letzten Nachtdienst schiebt, weil er ab nächste Woche in Pension ist, und mit den Kollegen noch ein Glas Sekt getrunken. Und während wir da so standen und uns über die alten Zeiten unterhalten haben, tauchte plötzlich dieser Gerhold auf und fragt, an wen er sich wenden muss, wenn er eine Aussage zu der Toten aus dem ICE machen will. Den Rest kennst du.«

»Gut gemacht, Thilo, auch wenn du gar nichts dafür kannst.«

Der junge Oberkommissar kniff die Augen zusammen.

»Danke. Und wie war dein konspiratives Treffen mit diesem Jelinski?«

»Zunächst mal danke ich dir, dass du da unten ein bisschen gejoggt bist. Als ich dich erkannt hab, wollte ich zwar losschreien, aber das hat sich schnell gelegt, und die Freude darüber war viel größer als der Ärger. Und Jelinski hat sowieso nicht geschnallt, dass du mein Kollege bist.«

Dann erzählte er Hain die Einzelheiten der Unterredung mit dem Physiker, auch die der etwas angespannten Annäherung. Dessen Augen wurden dabei immer größer.

»Halleluja! Wenn er recht hat, sollten wir eine groß angelegte Fahndung nach diesem ›Chamäleon‹ anleiern.«

»Nach einem Mann, dessen Äußeres sich ständig ändert? Von dem wir nicht mal wissen, ob er überhaupt jemals in Kassel gewesen ist?«

»Was willst du denn tun?«

»Unser Problem ist, dass alles, was Jelinski zu berichten hatte, inoffiziell ist. Wir können es nicht an die große Glocke hängen, weil bestimmt irgendjemand fragen würde, wo wir es herhaben, und dann wäre Jelinski erledigt. Also versuchen wir, so viel wie möglich über dieses ›Chamäleon‹ herauszufinden. Und wir verstärken noch einmal die Präsenz der uniformierten Kollegen in der Stadt, was wir locker mit den Ausschreitungen begründen können.«

»Willst du Ludger von deinem Gespräch mit Jelinski erzählen?«

»Würde ich gerne, aber was sollte es bewirken? Er hat gute Kontakte zum BKA, da könnte ein Anruf den Mann um seinen Job bringen.«

»Das ist wahr. Also suchen wir nach einem Phantom, dürfen aber mit niemandem darüber reden.«

»So in etwa, ja.«

32

Lenz sah dem kleinen Cabrio hinterher, das sich rasch entfernte, und ging auf den Eingang des Hauses zu. Er war hundemüde und wollte nur noch schlafen. Nach einem Glas Wasser in der Küche putzte er sich die Zähne, schaltete das Licht im Bad aus und ließ sich auf sein Bett fallen. Das Klingeln des Telefons schreckte ihn kurze Zeit später wieder hoch.

»Oh nein«, murmelte er und griff nach dem Gerät.
»Ja?«
»Ich bin's noch mal«, meldete sich Maria.
Nun konnte er sich ein Grinsen nicht verkneifen.
»Wenn wir erst unter einem Dach leben, werde ich diese nächtlichen Anrufe sicher vermissen.«
»Und das eine oder andere vielleicht auch noch.«
»Ich hoffe, darauf muss ich nicht verzichten.«
»Das werden wir dann sehen. Heute hätte ich noch eine kleine Überraschung für dich, wenn du willst.«
Der Kommissar nahm das Telefon ans andere Ohr.
»Du willst mit mir auf der Stelle hemmungslosen Sex erleben und danach in meinem Arm einschlafen. Morgen früh machen wir dann da weiter, wo wir heute Nacht aufgehört haben. Danach frühstücken wir ausgiebig und gehen in die Therme, um zu relaxen.«
Sie stöhnte genießerisch.
»Das wäre kaum auszuhalten, so verlockend klingt es. Leider müssen wir uns damit noch ein paar Monate gedul-

den. Meine Überraschung besteht aus einer Eintrittskarte für die Zirkuspremiere morgen Abend.«

»Auch schön«, erwiderte er mit gespielter Enttäuschung. »Ich dachte, die Chose sei ausverkauft?«

»Ist sie auch. Aber ich habe eben mit meiner Freundin Judy telefoniert, und zum guten Schluss hat sie mir erzählt, dass sie eine Karte hat und gerne hingegangen wäre, aber ihre Tochter überraschend aus Amerika kommt. Sie muss sie in München vom Flughafen abholen.«

»Ist das die Judy, in deren Wohnung …?«

»Genau die, eine andere kenne ich nämlich nicht.«

Sie beide hatten ein paar Abende in Judys Wohnung verbracht, als die sich in Amerika um ihre kranke Mutter kümmern musste.

»Ihre Tochter könnte doch mit der Bahn kommen?«

»Stimmt, aber Judy würde nie zulassen, dass ihre Prinzessin sich in einer schnöden Eisenbahn von München nach Kassel bewegen muss.« Sie machte eine kurze Pause. »Und ich entnehme irgendwie deinen Worten, dass du dich gar nicht darüber freust?«

»Nein, doch, natürlich freue ich mich. Wie kommt die Karte denn zu mir?«

»Wenn du sie haben willst, hinterlegt Judy sie an der Zirkuskasse für dich. Und ich lade dich ein, wenn du erlaubst.«

»Das wird ja immer besser. Sitze ich wenigstens in deiner Nähe?«

Maria lachte laut auf.

»Vergiss es, dass du auch nur in die Nähe der geladenen

Prominenz kommst. Nein, Judy hat eine ganz normale Karte. Vielleicht erkennst du mich ja im Bonzenblock, aber ich werde, zumindest morgen Abend, unerreichbar für dich sein.«

»Schöne Aussichten. Wollen wir uns wenigstens mal auf dem Klo verabreden, auf einen kurzen Plausch?«

Nun seufzte sie.

»Auch an diese Idee musst du einen Haken machen, Paul. Aber ich verspreche dir, wenn du durchhältst bis nach der Wahl, bin ich die Deine.«

»Wenigstens was«, murrte er.

»Also ruf ich jetzt Judy an und sag ihr, dass du die Karte nimmst?«

»Gerne. Weiß sie mittlerweile von uns?«

»Wieso mittlerweile?«

»Ich dachte ...«

»Lass das Denken. Natürlich weiß sie von uns, sie ist meine beste Freundin.«

»Und seit wann?«

»Seit es dich für mich gibt.«

»Ach du lieber Gott. Du hast doch letztes Jahr, als wir ihre Wohnung benutzt haben, gesagt, dass ...«

»Ich muss Schluss machen, Paul«, unterbrach sie ihn fröhlich. »Schlaf gut und träum was Schönes.«

Das ›Halt, warte!‹, das er noch rief, kam nicht über die Sprechmuschel seines Telefons hinaus, weil sie tatsächlich aufgelegt hatte.

Du auch, murmelte er und legte das Telefon neben das Bett.

Sieben Stunden später stieg er verschlafen in den Bus und fuhr zum Präsidium. Wie so oft führte ihn sein erster Weg zu Uwe Wagner. Mit einer Tasse Kaffee in der Hand erzählte er seinem Freund von den Ereignissen des vergangenen Tages.

»Eine Schmutzige Bombe in Kassel? Wenn ich Terrorist wäre oder dieses ›Chamäleon‹, würde ich um unsere Heimatstadt einen so großen Bogen machen, wie ich nur könnte. Nein, Paul, diese Räuberpistole soll dieser Herr vom BKA jemand anderem erzählen, ich glaube sie nicht.«

»Er war aber ziemlich überzeugt von seiner Annahme.«

»Mag sein, allerdings kann ich seine Vorgesetzten verstehen. Dem würde ich auch keine zweite Chance mehr zugestehen.«

»Und wenn er doch recht hat?«

»Hat er nicht.«

»Dann hoffe ich, dass du recht hast. Ich kann es mir auch schlecht vorstellen, aber ich will auch nicht an die Folgen denken, wenn wir uns irren sollten.«

»Wie heißt das Zeug, dass in diesen russischen Dingern benutzt wurde?«

»Strontium 90. Ich kannte es bis gestern auch nicht, habe aber seitdem eine ganze Menge darüber gelernt.«

»Prima, dann weiß ich, wen ich anrufe, wenn es so weit ist.«

Er nahm einen Schluck Kaffee.

»Apropos so weit ist: Wann ist denn nun das Überlaufen der Frau Zeislinger geplant? Gilt noch der Zeitplan, wonach erst die Wahl verloren gehen muss für Schoppen-Erich?«

Lenz nickte.

»Dann kannst du schon mal nach einer größeren Wohnung Ausschau halten. Ich hab gestern Abend beim Skat ein Gespräch am Nachbartisch verfolgen dürfen, bei dem es um Zeislingers Wahlchancen ging. Sie sind wohl, nach deren Meinung, homöopathisch, und das waren Leute von seiner Partei!«

»So was habe ich auch gehört, aber abgerechnet wird am Wahlabend. Und dann wird es wohl auch noch ein paar Wochen dauern, bis Maria ›überläuft‹, wie du es nennst.«

»Freust du dich?«

»Ist Paris 'ne Stadt? Ist der Papst katholisch? Klar freue ich mich. Wie ein kleiner Junge sogar.«

»Ich mich auch«, erwiderte Wagner vieldeutig.

»Warum freust du dich denn?«

»Weil ich die Frau gerne kennenlernen will, die dich so verzaubert hat. Jeder in der Stadt kennt sie von Bildern oder aus der Entfernung, aber die wenigsten davon haben schon mal mit ihr gesprochen. Und auf ein Gespräch mit ihr freue ich mich eben.«

Lenz stand auf.

»Ich werde es ausrichten. Übrigens gehe ich heute Abend in den Zirkus.«

»Mit ihr?«

»Spinnst du? Sie hat mir zwar die Karte organisiert, hingehen wird sie aber mit ihrem Mann.«

»Und das macht dir gar nichts aus?«

»Überhaupt nichts«, antwortete Lenz, ohne nachzudenken.

»Na, dann viel Spaß.«

»Die SOKO-Sitzung habe ich auf morgen früh verschoben«, empfing Hain seinen Chef. »Heller und Rauball sind schon unterwegs, und Ponelies hat sich krankgemeldet.«

»Schon in Ordnung. Ich hätte sowieso nicht gewusst, wie ich mit Jelinskis Informationen umgehen soll.«

»Du hättest lügen, betrügen und verheimlichen müssen.«

Lenz nickte schuldbewusst.

»Vermutlich, ja.«

»Ich allerdings habe etwas Substanzielles über dieses ›Chamäleon‹ herausgefunden«, erklärte Hain stolz. Lenz sah ihn skeptisch an.

»Was denn?«

»Dass es nichts zu finden gibt. Die ›Süddeutsche‹ hat vor etwa einem Jahr mal einen Artikel über Auftragskiller gemacht; wie sie an ihre Jobs kommen und so weiter. In einem Nebensatz wird ein Franzose ohne Gesicht erwähnt, der angeblich von höchsten Kreisen Protektion genießt. Niemand weiß, wie er aussieht, aber es gilt als sicher, dass er existiert.«

»Und das hat die ›Süddeutsche‹ geschrieben?«

»Exakt.«

»Dann wird es wohl stimmen. Und in unserem System ist nichts über ihn verzeichnet?«

»Kein einziges Zeichen. Für uns ist er nicht existent.

Ich hatte mich sogar mit Ludgers Zugangscode angemeldet, weil der, wie du weißt, mehr Rechte hat als so ein kleiner Kripomann wie ich, aber selbst das hat mich nicht weitergebracht.«

Vor etwa vier Monaten war es Hain aus einer Bierlaune heraus gelungen, den Code des Kriminalrates zu hacken. Lenz hatte die größten Bedenken, wenn sein Kollege darauf zugriff, doch der Oberkommissar verstand es immer wieder, ihn zu beruhigen.

»Immerhin«, fuhr Hain fort, »sind die beiden Russen zur Fahndung ausgeschrieben. Die Phantombilder sind gut, aber ich könnte mir vorstellen, dass die beiden längst wieder im Osten untergetaucht sind. Und es ist eine Mail von Dr. Franz gekommen. Evelyn Brede wurde mit der gleichen Mischung betäubt wie Fehling, Topuz und die unbekannte Russin.«

»Dann werden die Dinge so langsam klar. Dieses ›Chamäleon‹ hat auch den Kollegen Hartmann erschossen.«

»So weit, so schlecht«, stimmte Hain ihm zu. »Trotzdem müssen wir klären, ob es bei dieser Kabelgesellschaft eine undichte Stelle gibt. Und wenn, dann hat vielleicht dieser Datenverkäufer das ›Chamäleon‹ gesehen.«

Lenz sah auf die Uhr an der Wand.

»9.30 Uhr. Von mir aus können wir gleich bei denen vorbeigehen. Vielleicht hat der Geschäftsführer schon was rausgefunden.«

»Schon in Ordnung, aber mir wäre die Benutzung eines Kraftfahrzeuges wesentlich lieber«, nölte Hain.

»Nix da, wir gehen zu Fuß.«

Eine halbe Stunde später standen sie vor der Bürotür des Geschäftsführers der *Kabel-Hessen-Media-GmbH*. Die junge Sekretärin klopfte vorsichtig und steckte den Kopf hinein.

»Hat er sich gemeldet?«, fragte eine Stimme aus dem Zimmer.

»Nein, leider nicht, Herr Zander. Aber da sind wieder die beiden Herren von der Polizei, die gestern schon hier waren.«

»Sollen reinkommen.«

Zander sah mitgenommen aus. Er streckte den Beamten die Hand hin, begrüßte sie und bot ihnen einen Stuhl an.

»Das ist einer jener Tage, wie ich sie hoffentlich nicht zu häufig in meinem Leben geboten bekomme«, eröffnete er das Gespräch.

»Was ist passiert?«, wollte Lenz wissen.

»Herr Wahlburg, den Sie ja gestern kennengelernt haben, ist heute nicht hier erschienen. Seine Frau hat mir versichert, dass er pünktlich wie immer die Wohnung verlassen hat, allerdings ist er hier nicht angekommen. Und das passt ganz schlecht, weil wir eine größere Störung haben und er der Mann ist, der sie beseitigen muss.«

»Wo wohnt er?«

»In Vellmar.« Der Geschäftsführer schrieb die Adresse auf einen Zettel.

»Kommt es öfter vor, dass er zu spät oder gar nicht zur Arbeit erscheint?«

Zander schüttelte den Kopf.

»Nein. Er ist ein überaus zuverlässiger Mitarbeiter.«

»Aha«, machte Hain. »Sind Sie mit Ihren Recherchen, was die Daten von Herrn Fehling und Herrn Topuz angeht, weitergekommen?«

»Nein, leider noch nicht. Zuerst muss die Störung behoben sein, vorher geht gar nichts.«

»Was ist das für eine Störung?«, wollte der Oberkommissar wissen.

»Das ist etwas Internes, Herr Kommissar. Es sind keine Kundendaten involviert, wenn Sie das meinen.«

»Schön«, erwiderte Hain.

»Wenn ich Sie richtig verstanden habe, können Sie erst etwas zu unserer Anfrage sagen, wenn Herr Wahlburg die Störung in Ihrem System behoben hat«, fasste Lenz zusammen.

»Herr Wahlburg oder jemand anders. Wir stehen in engem Kontakt mit der Zentrale. Glücklicherweise ist Herr Fischer wieder im Dienst.«

»Dann schlage ich vor, Sie melden sich bei uns, sobald Sie etwas wissen. Einverstanden?«

»Natürlich«, gab Zander zurück.

33

Martin Franck band sich die Laufschuhe, befestigte die Gürteltasche an seiner Hüfte, steckte eine kleine Pistole hinein und verließ die Wohnung. Über den idyllischen Park am Katzensprung erreichte er den Fluss, folgte dem Radweg und hatte kurze Zeit später die Stadt mit ihrem morgendlichen Verkehrslärm hinter sich gelassen. Das moderate Tempo, das er lief, konnte er über viele Kilometer halten. 90 Minuten später hatte er seine Trainingseinheit für den Tag erledigt. Nach einer ausgiebigen Dusche und einem frugalen Frühstück zog er Unterwäsche und Strümpfe an und entnahm danach einer großen, olivfarbenen Kunststoffkiste einen unförmigen, neongelben Schutzanzug und ein Hazmat-Atemschutzgerät samt Versorgungsflasche der amerikanischen Firma Interspiro. Nachdem er das Atemschutzgerät angelegt hatte, stieg er in den Anzug, verschloss sorgfältig alle Öffnungen und stellte seine Atemversorgung um auf die Flasche auf seinem Rücken. Dann ging er ein Zimmer weiter, wo auf einem Tisch der Aluminiumkoffer stand, dessen Inhalt Tatjana Medwedewa ihm gerne verkauft hätte. Er atmete tief ein, öffnete die Schlösser und klappte vorsichtig den schweren Deckel nach oben. Dort befand sich, eingefasst in einen CNC-gefrästen, mittig geteilten Aluminiumblock, die mattschwarz schimmernde Kartusche mit 2,8 Kilogramm feinst gemahlenem Strontium 90. Er nahm den Zylinder in die rechte Hand, griff mit der linken an die Oberseite und begann, den Behälter aufzuschrauben. Als er damit fertig war, legte er den Deckel vorsichtig auf den Tisch. Trotz der Kühle in dem ungeheizten Raum begann er zu schwitzen.

Mit langsamen Bewegungen setzte er einen flexiblen Stahlschlauch auf das offene Ende, überzeugte sich, dass die Verbindung dicht saß, und füllte den Inhalt des Zylinders in eine quadratische Metalldose, die ebenfalls auf dem Tisch stand. Als er das erledigt hatte, nahm er den Schlauch von beiden Behältern, setzte jeweils einen Deckel auf die Enden, fixierte diese mit Schellen und legte ihn beiseite. Dann verschloss er den Zylinder aus dem Koffer, stellte ihn neben das Gepäckstück und wandte sich der quadratischen Metalldose zu, die er selbst angefertigt hatte. Auch hier setzte er einen Verschlussstopfen auf die kreisrunde Einfüllöffnung und drehte ihn fest. Nun befand sich das Strontium 90 in dem Behälter, in dem er es verwenden wollte.

Nachdem er alle Utensilien und Gegenstände, die er benutzt hatte, in einer von ihm vorbereiteten großen, strahlungsgeschützten Kiste verstaut und die Kiste verschlossen hatte, hob er den quadratischen Behälter hoch und trug ihn zu einer Spüle an der Wand. Dort ließ er lange Wasser darüber laufen, trocknete ihn ab und ging zur Tür. In einer weiteren Kiste verstaute er den Anzug und das Atemschutzgerät, griff nach dem quadratischen Behälter und verließ den Raum, den er niemals wieder betreten würde.

34

»So viel zum Thema ›Das können wir doch zu Fuß erledigen‹, Herr Hauptkommissar. Hätten wir gleich einen Wagen genommen, wären wir schon in Vellmar.« Die beiden überquerten den Bahnhofsvorplatz, betraten das Polizeipräsidium durch den Haupteingang und verließen es kurze Zeit später fünf Stockwerke tiefer am Hinterausgang. Hain steuerte auf einen Opel zu und öffnete die Türen. »Warum muss ich auch immer auf dich hören, wenn du deinen Bewegungsdrang ausleben willst?«

»Nun hör auf, Thilo. Ich hab mich zwei Mal entschuldigt, das muss reichen.«

Der Oberkommissar klemmte sich hinters Steuer, stellte Sitz und Spiegel ein und startete den Motor.

»Ich hab mich doch entschuldigt ...«, äffte er seinen Chef nach.

Eine Viertelstunde später hatte er sich beruhigt und stellte den Vectra gegenüber dem Haus ab, in dem Stefan Wahlburg wohnte. »Dann mal los.«

Martina Wahlburg, Stefan Wahlburgs Frau, empfing die beiden an der Tür. Sie war völlig irritiert, dass die Polizei sich nach dem Verbleib ihres Mannes erkundigte, bat die Beamten aber trotzdem ins Wohnzimmer.

»Es gibt ein Problem in der Firma Ihres Mannes, deshalb wurden wir von Herrn Zander gebeten, uns nach ihm umzuschauen«, log Hain. »Und Sie haben keine Idee, wo Ihr Mann sich aufhalten könnte?«

»Absolut nicht«, antwortete die untersetzte Frau. »Ich habe schon mit den meisten unserer Bekannten und Verwandten telefoniert, aber keiner hat etwas von Stefan gehört. Und so langsam mache ich mir ernsthafte Sorgen, dass ihm etwas zugestoßen sein könnte.«

»Daran wollen wir im Moment noch nicht denken, Frau Wahlburg«, versuchte Lenz, die Frau zu beruhigen. »Ist Ihr Mann irgendwie anders gewesen in den letzten Tagen oder Wochen?«

Sie dachte einen Moment nach.

»In den letzten Tagen oder Wochen nicht, aber so wie gestern Abend habe ich ihn noch nie erlebt. Er war völlig durch den Wind.«

»Wieso?«

»Er hat mir erzählt, dass in der Firma etwas schiefgelaufen sei und er vielleicht dafür verantwortlich gemacht würde. Es hat Stefan immer belastet, wenn in dieser doofen Firma etwas danebengegangen ist, und das ist eher die Regel als die Ausnahme.«

»Was geht denn so alles schief?«

»Fragen Sie mich nicht, davon habe ich keine Ahnung. Ich weiß nur, dass Stefan sich schleunigst einen anderen Job suchen muss, sonst geht er vor die Hunde. Meistens arbeitet er elf oder auch zwölf Stunden am Tag, oft auch samstags. Und der Verdienst ist auch nicht die allererste Sahne.«

»Kommt es denn öfter vor, dass er mal einen Tag nicht zu erreichen ist?«

Sie rutschte unsicher auf ihrem Sessel hin und her.

»Na ja, eigentlich nicht, aber wir haben uns gestern Abend ziemlich heftig gestritten.«

»Darf ich fragen, worum es bei diesem Streit ging?«, wollte der Hauptkommissar wissen.

Wieder rutschte sie unruhig herum.

»Ich weiß nicht. Das ist doch sehr privat.«

»Ging es um seinen Job? Um das, was in der Firma schiefgelaufen ist?«

»Nein, ganz und gar nicht. Aber der Job hängt natürlich immer irgendwie mit drin.« Sie schnaufte. »Also. Es ging mal wieder ums Geld. Stefan will unbedingt ein Cabrio kaufen, dabei haben wir unseren Polo noch nicht komplett abbezahlt. Er meinte, das mit dem Geld würde er schon hinkriegen, aber er wolle unbedingt das Cabrio. Ich bin darüber furchtbar ärgerlich geworden, und dann haben wir uns richtig gezankt.«

Die beiden Polizisten sahen sich an.

»Hat er Ihnen erklärt, wie er das mit dem Geld regeln würde?«, fragte Lenz.

»Nein. Irgendwann ist er ins Bett gegangen, und ich habe mich auf die Couch gelegt. Heute Morgen ist er schon weg gewesen, als ich aufgewacht bin.«

»So ein Streit kommt doch in jeder Ehe mal vor«, wandte Hain ein. »Das ist bei Ihnen sicher nicht anders als in anderen Beziehungen.«

»Ja, das stimmt«, bestätigte sie. »Wir streiten uns schon manchmal, aber wir vertragen uns auch wieder.«

»Sehen Sie. Und wenn Ihr Mann sich bei Ihnen meldet, sagen Sie ihm bitte, dass er uns anrufen soll. Und, dass es wirklich dringend ist.«

»Aber er hat doch nichts verbrochen, oder?«

»Nein, natürlich nicht. Es geht um diese Sache in der Firma, da bräuchten wir eine Aussage von ihm.«

Sie schnaufte. »Schön. Für einen Moment dachte ich jetzt, Stefan hätte ...« Sie sprach nicht weiter.

»Hat er bestimmt nicht, Frau Wahlburg«, beschwichtigte Lenz, stand auf und legte eine Visitenkarte auf den Tisch. »Er soll uns anrufen, bitte.«

»Ich sage es ihm.«

Sie brachte die Polizisten zur Tür.

»Und machen Sie sich keine Gedanken, er wird schon wieder auftauchen. Wie mein Kollege gesagt hat, Streit gibt's in den besten Ehen, das gehört einfach dazu.«

»Ich wusste ja gar nicht, dass du als Witwentröster über solch exquisite Begabungen verfügst«, frotzelte Hain, als sie im Auto saßen.

»Ich habe viele Begabungen, von denen du nichts weißt, mein junger Freund. Und ich hoffe, dass deine Wortwahl kein Orakel ist. Für den Fall nämlich, dass Wahlburg dieses ›Chamäleon‹ mit den Informationen über Fehling und Topuz versorgt und der sich jetzt einen Zeugen vom Hals geschafft hat.«

»Das wäre übel für Wahlburg, aber leider nicht ausgeschlossen. Wollen wir als Zeuge nach ihm fahnden lassen?«

»Ja, natürlich. Bring uns ...« Er wurde unterbrochen vom Klingeln seines Mobiltelefons. Es war Rolf-Werner Gecks, der ihn darüber informierte, dass die beiden Begleiter der toten Frau im ICE identifiziert seien.

»Wir sind in einer Viertelstunde bei dir. Bis gleich.«

»Bei den beiden Russen aus dem Zug handelt es sich nicht um Russen, sondern Ukrainer«, erklärte Gecks seinen Kollegen. »Es sind zwei Brüder, und sie heißen ...«, er griff zu einer Kladde auf dem Tisch, »Wladimir und Roman Kirow.«

»Kirow?«, wiederholte Lenz erstaunt.

Gecks sah noch einmal auf die Kladde. »Ja, Kirow, ganz sicher. Was stört dich daran?«

Lenz schloss für einen Moment die Augen. Dann sah er seinen langjährigen Kollegen ernst an und berichtete ihm von seinem Treffen mit dem Physiker am Abend zuvor.

»Und wenn ich richtig vermute, sind die beiden mit Juri Kirow verwandt. Aber wir können seinem Verdacht nicht offen nachgehen, weil Jelinski sonst einen Heidenärger bekommt. Und du musst mir versprechen, dass das, was ich dir gerade erzählt habe, hier im Raum bleibt.«

»Klar, Paul. Aber was machen wir, wenn dieses ›Chamäleon‹ tatsächlich einen Anschlag mit einer Schmutzigen Bombe plant?«

Lenz kam nicht dazu zu antworten, weil gleichzeitig sein Telefon und das von Gecks auf dem Schreibtisch klingelten. »Scheiße«, murmelte er, drückte auf die grüne Taste und meldete sich, während Gecks den anderen Anruf entgegennahm.

»Franz aus Göttingen. Setzen Sie sich ins Auto und kommen Sie her. Am besten sofort und möglichst schnell.«

Der Hauptkommissar wollte den Mediziner nach einer Begründung fragen, aber die Verbindung war unterbrochen.

»Das scheint sein verdammtes Hobby zu werden!«, fluchte Lenz und sah in das fragende Gesicht von Thilo Hain. »Dr. Franz aus Göttingen. Ich soll zum Rapport erscheinen.«

»Dann lassen wir ihn besser nicht warten«, schlug Hain vor und griff nach seiner Jacke. Gecks hob den Arm zum Zeichen, dass die beiden warten sollten. Dann schrieb er etwas auf und legte den Hörer zurück.

»Tayfun Özönder ist gestern Abend den Kollegen in Gießen ins Netz gegangen, als er eine Waffe kaufen wollte. Sie haben ihn in Gewahrsam genommen, heute Nachmittag wird er dem Haftrichter vorgeführt.«

»Wunderbar. Setz dich ins Auto, fahr hin und frag ihn, was er damit vorhatte. Und stell den Antrag, dass er nach Kassel überstellt wird. Wir sehen uns spätestens morgen früh.«

Hain benötigte für die 48 Kilometer zum Rechtsmedizinischen Institut in Göttingen genau 25 Minuten. Dr. Franz empfing die beiden in seinem Büro. Er sah unrasiert, unleidlich und übernächtigt aus.

»Setzen Sie sich. Und Sie, Herr Lenz, bitte ich um Entschuldigung für meinen Anruf vorhin. Kommt nicht wieder vor.«

Lenz winkte ab. »Schon gut. Was haben Sie denn für uns?«

»Die Todesursache der Frau.«

»Und?«

»Es hat zwar die ganze Nacht gedauert, aber heute Morgen hatte ich ein eindeutiges Ergebnis. Nachdem ich wusste, wo ich suchen musste, war es ein Kinderspiel.«

Offenbar wollte der Mediziner ein Frage-und-Antwort-Spiel veranstalten. Lenz stieg darauf ein.

»Und was haben Sie gefunden?«

»Ich könnte jetzt mit Ihnen zum Tisch rübergehen und es am Objekt präsentieren, doch ich befürchte, der Anblick der Frau würde Sie ziemlich verstören. Also erkläre ich es Ihnen lieber.«

Wieder machte er eine Kunstpause.

»Sie wurde ermordet. Mit einer Nadel oder einer Kanüle.«

»Mit einer Nadel? Wie geht das denn?«

»Ich würde vermutlich jetzt noch suchen, wenn nicht während meines Studiums ein Professor aus dem Buch eines englischen Schriftstellers zitiert hätte. Darin war die Tötungsart beschrieben.«

Er griff zu einer Spritze, die auf seinem Schreibtisch lag, und zog die Kanüle ab. Damit fuhr er sich zum rechten Ohr und setzte das Metallteil an. »Ungefähr so. Der Gegenstand muss nur tief genug in den Kopf geschoben werden, um eine Atemlähmung hervorzurufen, und aus ist es.«

Lenz und Hain verzogen angewidert die Gesichter.

»Das Schöne«, fuhr Dr. Franz fort, »zumindest für den, der die Nadel bedient, ist, dass die Wunde fast keine Blutung hervorruft. Er zieht das Ding heraus, wischt kurz die Ohrmuschel sauber, und basta. Weil man den Beginn des Einstichkanals von außen nicht sehen kann, ist es die nahezu perfekte Tötungsart. Allerdings muss man schon recht kompromisslos sein bei dem, was man tut.«

»Wie meinen Sie das?«, fragte Hain.

Der Mediziner lächelte. »Könnten Sie das ausführen, was ich Ihnen gerade geschildert habe?«

Beide schüttelten synchron die Köpfe.

»Vermutlich nicht«, antwortete Hain.

»Was ich mir gut vorstellen kann. Das Objekt, das Sie da reinschieben, flutscht nämlich nicht wie eine Stricknadel in die warme Butter. Da ist so mancher Knorpel im Weg, das heißt, man muss schon richtig drücken, bis man im Hirn angekommen ist.«

Hain schluckte. »Sag ich doch, das wär' nichts für mich.«

»Die Person, die es gemacht hat, wusste genau, was sie tat. Vermutlich hat sie es nicht zum ersten Mal gemacht, aber das ist eine private Anmerkung von mir.«

»Wie lange dauert es, bis man tot ist?«, wollte Lenz wissen.

»Der Strom im Hirn ist schnell weg. Bis der endgültige Tod eintritt, vergeht noch eine Zeit. Aber das Perfide ist, dass es absolut keine Möglichkeit der Rettung gibt, zumindest nicht nach menschlichem Ermessen.«

»Und der Mörder konnte relativ sicher sein, dass die Todesursache lange ungeklärt bleiben würde?«

Dr. Franz nickte. »Wenn überhaupt. Ich bin davon überzeugt, dass es einige Kollegen gäbe, die Herzversagen auf den Totenschein geschrieben hätten. Der plötzliche Rauch im ICE, die Notbremsung, ein Schock. Schwupps, bleibt die Pumpe stehen.«

»Wo lernt man, so zu töten?«

Wieder lächelte der Mediziner. »Im Medizinstudium auf keinen Fall. Vielleicht während der Ausbildung zum Killer, ich weiß es nicht.«

»Wie lange braucht man, um jemanden auf diese Art umzubringen?«, fragte Hain.

»Das ist eine Sache von Sekunden. Und Sie dürfen nicht vergessen, dass die Frau schon an dem Betäubungscocktail geschnuppert hatte. Danebensetzen, reinstecken, sauber machen, Feierabend. Und jetzt werde ich Sie rausschmeißen, weil ich den guten Herrn Tenhagen informieren muss und befürchte, dass er sofort den Weg zu mir einschlägt.« Er verzog das Gesicht. »Und wenn ich bedenke, wie er noch gestern über Sie geredet hat, Herr Lenz, will ich Sie beide auf keinen Fall gemeinsam hier haben.«

Nun lächelte der Hauptkommissar.

»Alte Liebe rostet nicht. Aber ich danke Ihnen, dass Sie uns informiert haben.«

»Gern geschehen. Jetzt lasse ich noch Ihren Göttinger Kollegen über mich ergehen und lege mich danach ins Bett. Wenn Sie heute in Kassel eine Leiche haben sollten, rufen Sie von mir aus in Hannover an. Auf Wiedersehen.«

»Willst du noch mit ins Präsidium?«, fragte Hain, als sie von der Autobahn abfuhren.

»Nein. Lass mich in der Stadt raus, ich mach Feierabend und gehe in den Zirkus.«

Lenz stieg am Königsplatz aus, weil er noch am Bankautomaten vorbei wollte, verabschiedete sich von Hain und zog den Kragen seines Mantels hoch. Das elektronische Thermometer an der Apotheke gegenüber zeigte minus acht Grad. Er ging langsam weiter und beobachtete einen Streifenwagen, der sich am unteren Ende des Platzes in Position brachte. Obwohl es noch ein paar Wochen bis Weihnachten waren, hatte der Kommissar den Eindruck, dass nur an diesem Freitagabend die Geschenke verkauft werden würden, so voll war die Innenstadt. Er kämpfte sich durch die drängelnden Menschenmassen und stand kurz darauf inmitten einer Traube von wartenden Besuchern vor dem Haupteingang des Zirkus. Dort bog er nach links ab und stieg vier Metallstufen nach oben, wo hinter einer Glasplatte eine junge Frau saß und in einem Magazin blätterte.

»Guten Abend. Für mich ist hier eine Eintrittskarte hinterlegt worden«, sprach er sie freundlich an. Sie blickte kurz auf und schob die Zeitschrift zur Seite.

»Wie ist denn Ihr Name?«

»Lenz.«

Mit schnellen Bewegungen durchsuchte sie einen Holzkasten, in dem Eintrittskarten hintereinander aufgereiht waren. Als sie fertig war, sah sie ihn mit einem Schulterzucken an.

»Tut mir leid, aber für Renz ist nichts dabei.«

»Lenz, mit L am Anfang«, korrigierte der Polizist.

Sie begann erneut zu suchen, zog die letzte aller möglichen Karten aus der Kiste und ließ sie in die Edelstahldurchreiche unter der Scheibe gleiten.

»Hier ist sie. Sorry, ich hatte zuerst wirklich Renz verstanden.«

»Das macht doch nichts. Ich danke Ihnen.«

»Gern geschehen.«

Lenz griff nach der bunt bedruckten Pappe, steckte sie in die Innentasche seines Mantels und stieg die Stufen wieder hinab.

Vor dem Eingang hatte sich die Zahl der Wartenden noch erhöht. Lenz wollte sich nicht in diese Schlange einreihen und ging deshalb langsam zurück zur Königsstraße. Dort wandte er sich nach links, ging auf den Straßenbahnschienen Richtung Rathaus und hatte kurze Zeit später das Hochhaus erreicht, in dem die *Kabel-Hessen-Media-GmbH* residierte. Obwohl er nicht daran glaubte, noch jemanden zu erreichen, legte er den Finger auf den Klingelknopf. Keine zehn Sekunden später wurde die Tür geöffnet. Er ging nach oben und wurde von der jungen Sekretärin empfangen.

»Guten Abend«, grüßte sie und bat ihn herein.

»Guten Abend. Ist außer Ihnen noch jemand hier?«

Die Frau nickte unsicher.

»Ja. Aber die Herren sind in einer Konferenz, und wie lange die dauert, kann ich Ihnen nicht sagen. Das wüsste ich selber gerne.«

»Wer sind denn die Herren? Ist der Computerchef aus Frankfurt da?«

Nun sah sie ihn verdutzt an.

»Woher ...?«

»Schon gut. Gehen Sie einfach hinein und richten Sie Herrn Zander aus, dass ich gerne dazukommen würde.«

»Wenn Sie darauf bestehen.«

Damit drehte sie sich um, ging mit federnden Schritten auf die Tür von Zanders Büro zu, klopfte und trat ein. Kurze Zeit später öffnete sie die Tür erneut und gab ihm mit einer Handbewegung zu verstehen, dass er erwartet würde. Lenz setzte sich in Bewegung und schob sich an ihr vorbei.

»Herr Lenz, guten Abend«, begrüßte ihn Zander. »Dass Sie so spät noch unterwegs sind, hätte ich nicht gedacht.«

Lenz erwiderte seinen Gruß. »Guten Abend, Herr Zander. Ich hatte in der Stadt zu tun und dachte, ich probiere es einfach mal.«

»Schön«, antwortete der Geschäftsführer und deutete auf einen weiteren Mann, der sich nun ebenfalls erhob. »Das ist Horst Fischer, der Verantwortliche für Kundendaten aus unserer Zentrale in Frankfurt.«

»Hauptkommissar Lenz«, stellte der Polizist sich vor und reichte ihm die Hand. »Und Sie sind extra angereist, um den Kollegen zu erklären, dass es gar nichts zu erklären gibt?«

»Leider nein, Herr Lenz«, erwiderte der Mann.

»Wie darf ich das verstehen?«, fragte Lenz erstaunt.

»Wollen wir uns setzen, dann erkläre ich es Ihnen?«

»Gerne.«

»Also«, begann Fischer, als alle Platz genommen hatten, »wir haben offenbar hier in Kassel jemanden gehabt, der systematisch Kundendaten, die zu IP-Adressen gehören, ausgespäht hat. Das heißt, er hat sich diese Daten widerrechtlich angeeignet.«

»Haben Sie einen konkreten Verdacht, wer es gewesen sein könnte?«

Fischer sah zu Zander.

»Es kann nur Stefan Wahlburg gewesen sein, Herr Hauptkommissar«, erklärte der. »Eine andere Möglichkeit gibt es nicht, wir haben es mehrfach überprüft.«

»Haben Sie etwas von ihm gehört?«

»Nein, bei uns hat er sich nicht gemeldet. Sie haben ihn demnach auch nicht gefunden?«

Lenz schüttelte den Kopf.

»Leider nicht. Was mich im Moment aber viel mehr interessiert, ist, ob Daten Ihrer Kunden Topuz und Fehling betroffen sind?«

»Allerdings«, antwortete Fischer.

»Es sind Daten weitergegeben worden, Thilo«, erklärte Lenz seinem Kollegen, als er ihn endlich am Telefon hatte. »Und es war Wahlburg. Ich rufe gleich im Präsidium an und lasse ihn zur Fahndung ausschreiben.«

»Woher weißt du das?«, fragte Hain erstaunt.

»Ich war noch mal bei der Kabelfirma. Der Heini aus Frankfurt war da und hat es kleinlaut eingeräumt.«

»Super, aber ich dachte, du wolltest in den Zirkus?«

»Ja, stimmt, leider war ich etwas zu früh.«

»Wann geht es denn los?«

»Um 19.30 Uhr.«

»Dann schlage ich vor, du rennst jetzt los, und ich rufe im Präsidium an wegen der Fahndung. Es ist nämlich schon Viertel vor.«

Lenz sah auf seine Uhr.

»Mist!«, fluchte er. »Meine Uhr steht schon wieder. Regelst du das mit der Fahndung?«

»Klar, sag ich doch! Und du, mach dich los!«

»Danke, Thilo.«

Der Kommissar überquerte die Kreuzung und stürzte sich in die noch immer hoffnungslos überfüllte Obere Königsstraße. Immer wieder musste er Menschen ausweichen, die ihm mit Einkaufstüten in den Händen im Weg standen oder vor ihm herliefen. Dann sah er das hell erleuchtete Zelt und hetzte auf den Eingang zu. Dort standen zwei blau gekleidete Männer und hoben abwehrend die Hände, als Lenz auftauchte.

»Sorry, aber die Vorstellung hat schon angefangen«, bremste ihn der linke der beiden, auf dessen Namensschild Heilmann zu lesen war.

Der Polizist stemmte die Hände auf die Oberschenkel und schnappte nach Luft.

»Und was heißt das?«, japste er.

»Dass Sie jetzt warten müssen bis zur Pause, bevor Sie Ihren Platz einnehmen können.«

»Ist nicht wahr«, brachte Lenz keuchend hervor. »Warum das denn?«

»Unsere Show ist auf maximalen Komfort ausgerichtet. Wir möchten unseren Zuschauern nicht zumuten, sich wegen der zu spät kommenden Gäste gestört zu fühlen.«

»Bestimmt gibt es …«, wollte der Kommissar einwenden, wurde jedoch von dem Mann unterbrochen. »Und diskutieren möchten wir diese Entscheidung unserer Geschäftsleitung auch nicht. Wenn Sie bitte einen Blick auf Ihre Eintrittskarte werfen, auch dort ist ein Hinweis aufgedruckt.«

Lenz ärgerte sich kolossal und überlegte einen Augenblick, seinen Dienstausweis zu zücken, um auf Kriminaler zu machen, sah jedoch ein, dass die beiden nur Anweisungen ausführten.

»Sie können gerne im Cafébereich warten und etwas essen oder trinken. Aber Ihren Platz einnehmen dürfen Sie erst zur Pause«, sagte der Rechte der beiden, ein Herr Kommol, nun freundlich, aber sehr bestimmt.

»Schon in Ordnung. Wo muss ich denn hin?«

»Dort entlang«, wies der Mann auf einen Durchgang links neben dem Kassenwagen.

Lenz fragte sich, ob er wütender auf sich selbst oder die beiden Türsteher war, als er immer noch keuchend und mit langsamen Schritten an der jungen Frau vorbeiging, die ihm die Karte ausgehändigt hatte und nun wieder lesend in ihrer Kabine saß. Erst jetzt fiel ihm der ohrenbetäubende Krach auf, der aus dem Innern des Zeltes kam. Aufheulende Motoren mischten sich mit Heavy-Metal-Musik, dazwischen immer wieder Beifall. Ohne Zweifel war die Show schon in vollem Gange.

Der Kommissar durchquerte den Verbindungsgang und erreichte kurz danach den Cafébereich. Überrascht stellte er fest, wie viel Platz hier herrschte und wie großzügig das Bewirtungszelt ausgelegt war. Rechts gab es zwei Theken für Getränke, daneben Popcorn und andere Süßigkeiten, und ein paar Meter weiter einen Grill. Die einzelnen Stände waren unterbrochen von Treppenaufgängen, die ins Hauptzelt führten. Gegenüber sah er die

Merchandisingabteilung, wo zwei Mädchen in ein angeregtes Gespräch vertieft waren.

Lenz knöpfte seinen Mantel auf, weil er noch immer schwitzte. Für einen Moment herrschte absolute Stille im Vorstellungszelt, und nun nahm er zum ersten Mal die dicken, schwarz-roten, flexiblen Rohre wahr, die an den Zeltwänden entlangliefen. Jetzt brandete wieder tosender Beifall auf. Er ging auf die Zeltwand zu, beugte sich hinunter zu dem Schlauch, der sich pulsierend bewegte, und berührte die Hülle. Erschreckt zog er die Hand zurück, weil er sich leicht verbrannt hatte. Wieder war Stille im Zelt. Für einen Augenblick hörte er das Rauschen aus dem Rohr. Und ihm klangen die Worte des BKA-Physikers aus Wiesbaden im Ohr.

Der Attentäter braucht eine Lüftungsanlage zur Verteilung des Strontiums.

Er sprang hoch, rannte zur rechten Theke und baute sich vor der Bedienung auf.

»Was passiert in diesen Rohren?«, schrie er die Frau an.

35

»Typen gibt's«, raunte Kommol kopfschüttelnd und sah dem Mann hinterher. »Soll er doch pünktlich kommen, dann kann er auch alles sehen, was er bezahlt hat.«

»Genau«, bestätigte Gunnar Heilmann. »Erst den Arsch nicht in Gang kriegen, und dann noch was raushaben wollen.« Er schickte dem Besucher, der gerade um die Ecke gebogen und im Verbindungsgang zur Cafeteria verschwunden war, einen ausgestreckten Mittelfinger hinterher.

»Gibt's solche Typen öfter?«, wollte Kommol von seinem Chef wissen.

»Zum Glück nicht. Und jetzt ist es 20 Uhr, da hat sich unser Auftrag erledigt. Wir müssen so lange hier stehen und die Zuspätgekommenen umbuchen, dann können wir uns unseren anderen Aufgaben widmen.«

Kommol schlug sich mit der flachen Hand an die Stirn.

»Mann, das hätte ich ja beinahe vergessen. Gestern hat mich Natascha angerufen. Sie ist schon in Deutschland.«

Heilmann machte große Augen. »Geil. Und wann kommt sie nach Kassel?«

»Nächsten Montag.«

»Was? In drei Tagen schon? Das wird ja immer besser!«

Kommol beugte sich näher an Heilmann heran. »Und sie hat sich extra frisch rasiert für dich, mein Freund«, flüsterte er ihm ins Ohr.

Ein paar Minuten später hatten die beiden ihren Kontrollgang ums Zelt beendet.

»Ich könnte einen Cognac vertragen, was meinst du?«, schlug Kommol vor. Heilmann verzog das Gesicht zu einem Grinsen und machte eine zustimmende Kopfbewegung. »Aber nur einen kleinen, sonst gibt's am Ende Ärger mit dem Alten. Wir können ja später, wenn die Premiere gut gelaufen ist, noch einen richtigen Zug durch die Gemeinde machen.«

»Gerne, aber jetzt hätte ich schon gerne einen kleinen, weil mir so scheißkalt ist.«

Heilmann setzte sich in Bewegung, Kommol folgte ihm. Kurz, bevor sie den Heizcontainer erreicht hatten, nahm der Sicherheitschef seinen Schlüsselbund aus der Tasche, kramte nach dem passenden Schlüssel und schloss die Tür auf. Im Innern war es jetzt noch lauter als während ihrer Besichtigung vor ein paar Tagen, weil die Heizung unter voller Belastung arbeitete. Kommol trat hinter Heilmann, der das Licht einschaltete, in den Container, und zog die Tür zu.

Gunnar Heilmann hatte keine Chance. In dem Moment, in dem er sich nach unten beugte, um den kleinen Schrank mit der Cognacflasche darin zu öffnen, schlug das Projektil in seinem Hinterkopf ein und riss ihm die Hälfte des Gesichts weg. Er starb ohne ein Geräusch, ohne eine

Abwehrbewegung. Den leisen Knall der Patrone aus der schallgedämpften Heckler & Koch USP Tactical hörte er schon nicht mehr. Kommol gab dem Sterbenden einen Tritt, sodass er nach vorne kippte. Dabei fiel der Schlüssel, der sich noch immer in Heilmanns Hand befunden hatte, zu Boden und in die sich schnell ausbreitende Blutlache. Mit einer raschen Bewegung griff der Killer nach dem Bund, nahm ihn vorsichtig hoch und schüttelte die rote Flüssigkeit ab. Seine Augen suchten nach einem Tuch und wurden in einer Ecke fündig. Dort lag ein alter öliger Lappen. Damit wischte er oberflächlich das Blut ab und warf den Stofffetzen zurück auf den Boden. Danach betrachtete er noch einmal verächtlich den Leichnam von Heilmann, knipste das Licht aus, öffnete die Tür einen Spalt und sah hinaus. Auf dem Platz und vor dem Zelt war alles ruhig. In etwa 30 Minuten begann die Pause, bis dahin allerdings würde er Kassel längst verlassen haben.

Er schlüpfte durch die Tür, schloss von außen ab und ging an der Längsseite des Containers vorbei zu den Parkplätzen hinter der Filiale des Sinn-Leffers-Modemarktes. Dort öffnete er die Heckklappe des VW-Passats, entnahm einer Stofftasche den quadratischen Metallkasten und prüfte ein letztes Mal die Funktion des elektromagnetischen Verschlusses. Mit einem trockenen Klacken bewegte sich die Mechanik. Zufrieden ging er noch einmal die einzelnen Schritte seines Planes durch: Er würde den Kasten direkt über dem Ansaugtrakt des Heizgebläses anbringen, dann die Zeitschaltuhr auf acht Minuten einstellen. Diese Zeit sollte ihm reichen, um sich vom Gelände zu entfernen. Mit dem Ablaufen der Uhr würde der elektromagnetische Verschluss geöffnet, der Deckel nach unten fallen und das Strontium 90 direkt in den Ansaugkanal geleitet und danach im Zelt verteilt werden.

Er stellte die Metallkiste zurück in die Tasche, zog den Reißverschluss zu, griff nach den Trägern und drückte die Heckklappe ins Schloss. Langsam, ohne Hast, machte er sich auf den Rückweg zum Heizungscontainer. Aus dem Zelt war nun die Stimme eines Ansagers zu hören, doch der Mann mit der Sporttasche konnte nicht verstehen, was er sagte. Er stellte die Tasche neben die Tür, griff nach Heilmanns Schlüsselbund und suchte sich den passenden Schlüssel. Als er ihn gefunden hatte, steckte er ihn ins Schloss und drehte kräftig nach links.

Die Bewegung, die seine Hand machte, war nicht natürlich. Nach einem starken Widerstand drehte sich der Schlüssel plötzlich viel zu leicht. Der Killer sah sich vorsichtig um, atmete tief ein und betrachtete den Schlüssel. Oder besser das, was davon übrig war. Zwischen seinen Fingern befand sich das runde Oberteil, das gezackte Ende war verschwunden. Er atmete erneut tief ein und warf einen Blick auf das Schloss. Dort ragte ein halber Millimeter des fehlenden Endes heraus. Mit geschlossenen Augen rasterte er die Möglichkeiten ab, die ihm blieben, um seinen Auftrag erfolgreich zu Ende zu führen. In diesem Moment hörte er eine Stimme hinter sich.

»Hallo, was machen Sie da? Drehen Sie sich bitte um und nehmen Sie die Hände hoch.«

Martin Franck folgte langsam der Anweisung. Als er sich um 180 Grad gedreht hatte, sah er zwei Polizisten, die etwa zehn Meter hinter ihm standen. Er hob vorsichtig die Hände, schüttelte den Schlüsselbund, ging einen Schritt nach vorne und lächelte die beiden an.

»Ich bin Zirkusmitarbeiter. Leider ist mir gerade der Schlüssel zum Container abgebrochen.«

»Bitte bleiben Sie stehen. Kommen Sie nicht näher.«

Der Linke der beiden hob den rechten Arm und führte das in seiner Hand liegende Funkgerät zum Mund. Franck brauchte nur eine knappe Sekunde, um die Heckler & Koch zu ziehen und abzudrücken. Der Schuss traf den jungen Polizisten in die linke Herzkammer und riss große Teile des umliegenden Gewebes mit sich, als er aus dem Rücken austrat und den Mann umriss. Der andere Polizist sah wie paralysiert auf die rauchende Waffe. Sein Mund bewegte sich, aber es war kein Ton zu hören. Dann das Plopp des nächsten Schusses. Und gleichzeitig stürmten die ersten Menschen schreiend und in wilder Panik aus dem Zirkuszelt.

36

»Das ist die Zeltheizung«, antwortete das junge Mädchen erschrocken. »Was wollen Sie ...«

»Ich muss ins Zelt!«, blaffte der Kommissar sie an. »Oder noch besser, wo ist Ihr Chef? Der Zirkusdirektor.«

Sie sah ihn an, als sei er völlig durchgeknallt. Lenz zog seinen Dienstausweis aus dem Mantel und hielt ihn ihr vor die Nase. »Ich brauche wirklich Ihre Hilfe, es ist ein Notfall.«

»Gut«, erwiderte sie und schien sich gefangen zu haben. »Der Direktor sitzt im Regieraum, da bringe ich Sie jetzt hin. Okay?«

»Sehr okay, aber machen Sie bitte schnell.«

Im Laufen griff der Polizist zu seinem Telefon und drückte die Schnellwahltaste für Hains Mobilanschluss, doch sein Kollege nahm das Gespräch nicht an. Lenz hinterließ eine Nachricht auf der Mailbox und rannte weiter neben der jungen Frau her. Längst hatten sie den Eingangsbereich hinter sich gelassen und liefen auf eine lange Metalltreppe zu.

»Dort oben«, wies sie auf eine rot-schwarze Tür in etwa sechs Metern Höhe. Lenz stürmte, immer zwei Stufen auf einmal nehmend, die Treppe hinauf, schlug die Klinke nach unten und schob sich, wild keuchend, in den mit Monitoren und Computern vollgestopften Raum. Durch eine große Glasscheibe konnte man das gesamte Zelt überblicken.

»Was …?«, weiter kam der dicke, bärtige Mann nicht, der sich erschrocken umgedreht hatte. Auch ihm hielt der Kommissar seinen Dienstausweis unter die Nase.

»Lenz, Kriminalpolizei Kassel. Das Zelt muss sofort geräumt werden.«

Der Mann erhob sich langsam und bedachte den Polizisten mit einem jener Blicke, die eigentlich für Kinder reserviert sind, wenn sie Unsinn reden.

»Guter Mann, das ist eine Premiere. Wir …«

Lenz war nicht nach einer Diskussion.

»Hör zu, du Arsch, es ist mir scheißegal, was hier stattfindet, und ob da drin der Papst im Kettenhemd boxt. Möglicherweise ist die Veranstaltung von einem terroristischen Angriff bedroht. Also, alles raus aus dem Zelt!«

Die Sache mit dem terroristischen Angriff schien den Mann zu verunsichern. Er sah zu dem zweiten, der unbeteiligt einen Joystick bediente. »Sag doch was, Klaus!«

Klaus hob langsam den Kopf. »Scheiß Terroristen. Willst du mit dem ganzen Gelumps hier in die Luft fliegen?«

Das wirkte. Der Dicke sprang so vehement auf seinen Stuhl zurück, dass Lenz dachte, er würde umkippen, griff nach einem Mikrofon auf dem Tisch und bediente ein paar Regler. Sofort wurde die Musik im Zelt leiser und die Besucher in grelles Licht getaucht.

»Meine Damen und Herren, aufgrund eines technischen Problems muss ich Sie leider bitten, das Zelt zu verlassen …«

Lenz hörte nicht mehr hin, sondern wandte sich dem anderen Mann zu.

»Rufen Sie bitte die 110 an und sagen dem Wachhabenden, dass hier im Zirkus mit dem Einsatz einer Schmutzigen Bombe gerechnet werden muss. Haben Sie das verstanden?«

Der nickte und griff zu einem Telefon. »Hab ich. Wie viel Zeit haben wir, bis es bumm macht?«

»Keine Ahnung.«

Damit rannte der Kommissar aus dem Raum, hetzte die Treppe hinunter und nahm Kurs auf die Cafeteria. Als er den Eingang passierte, hörte er die ersten Schreie aus dem Verbindungsgang zum Zelt. Dann drängten sich die Menschen auf ihn zu. Auch von links strömten Besucher in nackter Panik in Richtung Ausgang. Er stoppte, verließ das Zelt vor der herannahenden Meute und bog nach links ab. Über Wasserleitungen und Elektrokabel springend, hetzte er an der Längsseite des Zeltes vorbei, umkurvte ein paar Kleintransporter und Zugmaschinen und wollte gerade einem Schaltkasten ausweichen, als ihm zwei Männer auffielen, die sich vom Zelt wegbewegten. Der eine hatte ihm vor nicht einmal einer Viertelstunde den Zugang zum Zirkus verweigert, der andere war Erich Zeislinger.

37

Der zweite Polizist fiel auf die Knie, ohne den Blick von dem Schützen zu nehmen. Dann wurde er bewusstlos und kippte seitlich um. Der Killer ging zur Ecke des Containers, sah vorsichtig zum Zelt hinüber und stellte mit Befriedigung fest, dass keiner der aus dem Zelt Flüchtenden etwas von den Schüssen bemerkt hatte. Er steckte die Waffe in den Hosenbund, zog die Jacke darüber und ging langsam in Richtung der Menschen, die auf ihn zurannten. Innerhalb von Sekunden war er im Gewühl untergetaucht. Dann wurde sein Auge von etwas angezogen, das eine gewisse Routine und Professionalität ausstrahlte. Umgeben von vier Sicherheitsbeamten, die mit gezückten Waffen vor, hinter und neben ihm herliefen, bahnte sich der Ministerpräsident den Weg nach draußen. Franck registrierte außerdem, dass mehrere gut gekleidete Männer versuchten, nicht den Anschluss an diese Gruppe zu verlieren. Und dahinter wurde das Profil eines Mannes sichtbar, den er ein paar Mal auf Bildern in der lokalen Presse gesehen hatte und den er als Oberbürgermeister der Stadt Kassel erkannte. Er trat ein paar Schritte nach links, ließ den Ministerpräsidenten mit seinen Leibwächtern passieren und drängte sich dann Zeislinger in den Weg.

»Ich bin vom BKA, Herr Oberbürgermeister. Kommen Sie mit mir, ich bringe Sie in Sicherheit.«

Zeislinger blieb wie angewachsen stehen, sah Franck

in die Augen und nickte. »Sie schickt der Himmel, Mann. Was, um Gottes willen, ist hier eigentlich los?«

Ohne zu antworten, zog Franck ihn leicht am Arm, drängte ihn nach rechts und wurde schneller. Zeislinger fing an zu traben, doch seine Korpulenz verhinderte ein höheres Tempo. Sie umkurvten die Zugmaschinen und die Unterkünfte der Arbeiter und nahmen Kurs auf die Baumreihe zwischen dem Friedrichsplatz und der Straße davor.

»Moment, Moment, ich kann nicht so schnell. Außerdem sind Sie mir noch eine Erklärung schuldig!«, trötete Zeislinger wie ein Elefant und völlig außer Atem. Franck sah sich kurz um, doch die meisten Flüchtenden liefen in die andere Richtung davon.

Dann blieb er in der Dunkelheit zwischen zwei Straßenlaternen stehen und beugte sich zu Zeislinger.

»Einzelheiten darf ich Ihnen leider nicht mitteilen, Herr Oberbürgermeister. Allerdings handelt es sich um eine Angelegenheit von nationaler Bedeutung. Und jetzt muss ich Sie bitten, mir weiter zu folgen.«

»Aber wohin wollen wir denn?«

In diesem Moment kam ein Mann auf die beiden zugerannt.

»Herr Zeislinger?«

38

Lenz wurde langsamer. Er war noch etwa 50 Meter von den beiden entfernt, die jetzt den Steinweg überquerten und auf die Schöne Aussicht zuhielten. Als sie das AOK-Gebäude passiert hatten und auf der gegenüberliegenden Straßenseite angekommen waren, blieb Zeislinger stehen und gestikulierte mit dem anderen. Lenz rannte über die Straße und war noch 25 Meter von den beiden entfernt, als Zeislinger ein lautes »Nein« von sich gab und sich in seine Richtung bewegen wollte. Der andere Mann jedoch hielt ihn am Arm und redete leise auf ihn ein.

»Hallo, Herr Zeislinger, alles in Ordnung mit Ihnen?«, rief Lenz.

»Ganz und gar nichts ist in Ordnung, nicht? Ihr Kollege hier will mir nicht sagen, wo er mit mir hinwill.« Offenbar hatte Zeislinger den Polizisten erkannt, mit dem er schon einige Male zusammengetroffen war. Der Mann hinter ihm sagte nichts. Er griff nach hinten und hatte einen Sekundenbruchteil später eine Pistole mit aufgesetztem Schalldämpfer in der Hand, mit der er sofort auf Zeislingers Kopf zielte. Der Oberbürgermeister brauchte einen Moment, um die Situation zu begreifen, in der er sich befand.

»Oh, mein Gott«, stöhnte er.

Lenz hatte im gleichen Moment zu seiner Waffe gegriffen wie der Killer, sich hinter einem dünnen Baum postiert, und zielte im Dämmerlicht einer blassen Straßenlampe auf dessen Kopf. Im Hintergrund waren die Sirenen von Polizeiautos zu hören, doch die drei waren nicht mehr im Blickfeld des Friedrichsplatzes.

»Fallen lassen!«, befahl Franck völlig ruhig. Lenz schüttelte den Kopf und führte auch seine linke Hand an den Griff der Waffe, um ruhiger zielen zu können.

»Bitte, Herr Lenz, tun Sie, was der Mann verlangt«, flehte Zeislinger.

Wieder schüttelte Lenz den Kopf und suchte den Blickkontakt zu dem Killer. »Nein. Sie nehmen die Waffe runter und lassen sie fallen. Und wenn Sie dabei auch nur eine zu schnelle Bewegung machen, erschieße ich Sie.«

Für einen Moment konnte er die weißen Zähne des Mannes blitzen sehen, der ihn offenbar auslachte, dann seine Waffe senkte und einen Schuss abfeuerte. Zeislinger schrie auf, als die Kugel die vordere Kappe seiner teuren Lederschuhe durchschlug, aber er wurde nicht verletzt.

»Herrje, Herr Lenz, bitte. Legen Sie Ihre Waffe weg. Der erschießt mich!«, jammerte Zeislinger.

Der Kommissar zielte weiterhin auf den Kopf des Killers und machte dabei einen Schritt auf die beiden zu. Ihm war klar, dass er nicht abdrücken konnte, ohne den Bürgermeister zu gefährden, aber er war sich sicher, dass auch sein Gegenspieler ihn nicht erschießen würde, wollte er nicht ohne Geisel dastehen.

Ein klassisches Patt, dachte er und war trotzdem bereit, bei der ersten verdächtigen Bewegung zu feuern. Der Killer hielt sich jedoch geschickt hinter Zeislingers massigem Körper versteckt. Dann aber zog er den OB mit einem Ruck circa zwei Meter zurück auf das hinter ihm liegende

Gebüsch zu. Beim nächsten Schritt kam Zeislinger ins Straucheln und wäre fast gestürzt, machte eine grotesk wirkende Bewegung und stand wieder gerade.

Die nächste Aktion kam ansatzlos und mit atemberaubender Geschwindigkeit. Der linke Arm des Killers hinter Zeislingers Körper bewegte sich kaum sichtbar nach vorne. Aus der geschlossenen Hand flog ein kleiner Zylinder auf Lenz zu, der dem Impuls widerstand, die Augen zusammenzukneifen. Der Gegenstand befand sich etwa einen Meter vor seinem Kopf, als er explodierte.

Der Kommissar hatte den Eindruck, als hätte jemand den Blitz einer Kamera direkt vor seinen Augen ausgelöst. Die Helligkeit schmerzte gnadenlos und wurde untermalt von einem ohrenbetäubenden Knall. Obwohl er über Blendgranaten und deren Wirkung gelesen hatte, war er überrascht, wie stark er paralysiert war. Für mehrere Sekunden sah er nichts als einen dunklen Film, der sich vor seine Augen gesetzt hatte. Hören konnte er ebenfalls nichts. Jedoch wurde er von seinem Hirn mit der Erkenntnis gemartert, dem Killer blind und taub ausgeliefert zu sein.

15, vielleicht 20 Sekunden später kehrten die ersten Schemen zurück, und er konnte die hellen Punkte der Straßenlaternen erkennen. In seinem Kopf dröhnte und fiepste es abenteuerlich, und noch immer war er von der Angst beseelt, der Killer könnte neben ihn treten und ihn erschießen. Außerdem fragte er sich, was wohl aus dem jammernden Zeislinger geworden war.

Dann wurde er umgestoßen und landete mit dem

Gesicht im feuchten Gras. Seine Arme wurden nach hinten gerissen und zusammengebunden. Lenz ließ es widerstandslos geschehen, weil er wusste, dass der Mann, der ihm eben mit der Waffe in der Hand gegenübergestanden hatte, sich diese Mühe nicht machen würde.

Nach etwa zwei Minuten, während denen er regungslos dagelegen hatte, bemerkte der Kommissar eine Hand auf seiner Schulter. Er öffnete die Augen und sah schemenhaft Hains Gesicht, neben dem noch immer Blitze zu tanzen schienen. Der Mund seines Kollegen bewegte sich, seine Arme fuchtelten hektisch auf und ab, doch für Lenz war das alles ein Stummfilm. Dann waren seine Hände plötzlich frei, und jemand half ihm, sich auf die Seite zu legen. Hain, der noch immer neben ihm kniete, lächelte ihn an. Lenz wollte zurücklächeln, doch vorher wurde er bewusstlos.

39

Es war wie in einem dieser amerikanischen Filme. Lenz lag auf einer Trage und wurde einen langen Flur entlanggeschoben. Über seinem Kopf wechselten sich Neonlicht und dunkle Phasen ab. Der Geschmack in seinem Mund war grausam, die Kopfschmerzen fürchterlich. Links neben ihm ging eine Krankenschwester, rechts ein Mann, der wie Thilo Hain aussah. Schmerzhaft wurde ihm bewusst, dass er noch immer der Zuschauer eines Stummfilms war.

Die Trage folgte einer 90-Grad-Kurve und stoppte vor einer Schiebetür. Lenz legte den Kopf nach rechts und sah in Thilo Hains Gesicht. Der junge Oberkommissar griff nach seiner Hand, tätschelte sie und sagte etwas, das wie ›Wird schon wieder‹ aussah. Nun erschien ein ernst dreinblickender Mann in einem weißen Kittel auf der Bildfläche und stellte der Krankenschwester offensichtlich ein paar Fragen. Dann wurde es wieder schwarz um Lenz.

Als er die Augen öffnete und aus dem Fenster sah, tanzten Schneeflocken durch die kahlen Äste eines Baumes. Irgendwo klapperte Geschirr, und der unverwechselbare Geruch von Krankenhaus stieg ihm in die Nase. Neben dem Bett, in dem er lag, stand ein Apparat, der ein rhythmisches Piepen von sich gab. Mein Herzschlag, dachte Lenz. Er versuchte sich zu erinnern, doch es kamen ihm nur Bruchstücke in den Sinn: der Zirkus. Erich Zeislinger mit einer Pistole am Kopf, der Schmerz.

Jetzt ging leise die Tür auf, und eine weiß gekleidete Frau mit einer Kladde in der Hand trat in den Raum. Als sie seine offenen Augen sah, fing sie an zu lächeln.

»Schön, dass Sie aufgewacht sind. Dann hole ich gleich den Arzt.«

Lenz nickte. Sie verließ das Zimmer, kam keine Minute später mit einem Mediziner im Schlepptau zurück und stellte sich ans Fußende des Bettes. Der Arzt gab Lenz die Hand, stellte sich als Doktor Lang vor, zog sich einen Stuhl heran und setzte sich.

»Wie fühlen Sie sich?«, fragte er.

Der Polizist schloss kurz die Augen und zuckte mit den Schultern.

»Benebelt. Aber im Gegensatz zu meiner letzten Erinnerung kann ich sehen und hören. Das macht mich ziemlich glücklich.«

»Schön«, bestätigte Dr. Lang. »Wir haben erwartet, dass diese Funktionen zurückkehren, allerdings waren wir uns über die Dauer der Ausfälle nicht im Klaren.«

Lenz ließ seinen Blick durch das Krankenzimmer wandern.

»Soweit ich es erkennen kann, funktioniert das Sehen gut. Das Hören ist noch etwas in Watte gepackt.«

»Kein Problem, auch das wird sich nach meiner Meinung geben. Vielleicht dauert es aber ein paar Tage.«

»Damit kann ich leben. Meine Erinnerung ist bruchstückhaft, wird sich das auch geben?«

»Bestimmt. Vielleicht sollten Sie ja froh sein, wenn Sie

sich nicht an alles, was Sie vorgestern Nacht erlebt haben, erinnern können.«

Der Kommissar sah ihn erstaunt an. »Vorgestern Nacht?«

»Wir hielten es für angebracht, Sie für eine gewisse Zeit aus dem Verkehr zu ziehen, um es Ihrem Körper zu ermöglichen, zu regenerieren. Seitdem haben Sie geschlafen.«

»Wow«, machte Lenz. »Was hat mir denn gefehlt?«

»Nach meinen Informationen waren Sie der Explosion einer Blendgranate ausgesetzt. Zudem wurden Sie mit einem Gemisch aus Reizgas, Xenon und Äther betäubt. Das ist für den menschlichen Organismus ein Frontalangriff. Außerdem bestand für eine gewisse Zeit der Verdacht, Sie könnten radioaktiv verstrahlt sein. Das hat sich zum Glück nicht bestätigt.«

Lenz schluckte.

»Wie lange muss ich hierbleiben?«

»Ein paar Tage werden wir schon brauchen, um Sie wieder halbwegs auf die Beine zu bekommen. Außerdem müssen Sie noch ein paar neurologische Untersuchungen über sich ergehen lassen, bevor wir Sie nach Hause schicken.«

»Kein Problem.«

»Und Sie sollten sich darauf vorbereiten, dass die Medien sich auf Sie stürzen werden. Auch dazu muss man fit sein.«

»Warum das?«

»Das erklärt Ihnen sicher Ihr junger Kollege. Er hat uns gebeten, ihn anzurufen, wenn Sie wach sind. Ist das für Sie in Ordnung?«

»Aber ja, natürlich.«

Der Arzt stand auf.

»Dann veranlasse ich das gleich. Und Sie versuchen, sich in den nächsten Tagen möglichst zu schonen. Dank Ihrer guten Grundkonstitution haben Sie sich bis jetzt erstaunlich schnell erholt, aber wir sollten kein Risiko eingehen. Also: ruhig liegen, viel trinken und keine Aufregung.«

»Danke, Herr Doktor, das werde ich machen.«

20 Minuten später wurde die Tür vorsichtig geöffnet, und Thilo Hains Kopf erschien. Der junge Oberkommissar kam grinsend auf ihn zu.

»Mein Gott, siehst du scheiße aus, Paul.«

Lenz setzte sich mit einem Stöhnen aufrecht.

»Ich dich auch, Thilo.«

»Dieses Wrack hier vor meinen Augen soll der Held sein, der unserem allseits geliebten Oberbürgermeister Erich Zeislinger das Leben gerettet hat?«, schoss Hain eine rhetorische Frage ab, um die Antwort gleich hinterherzuschicken. »Schwer vorzustellen. Da bin ich ernsthaft froh, dass ich nur auf eine Stippvisite vorbeikommen kann.«

»Was ist mit Schoppen-Erich?«

»Gibt ein Interview nach dem anderen. Die versammelten Medien des Landes drücken sich die Klinke seiner Bürotür in die Hand.«

»Und was ist mit den Menschen passiert, die im Zirkus waren?«

Hain setzte sich auf den Stuhl, den der Mediziner vor dem Bett stehen gelassen hatte.

»Zwei haben sich leichte Verletzungen zugezogen, als sich auf ihrer halsbrecherischen Flucht vor der Radioaktivität ihre Kraftfahrzeuge ineinander verkeilt haben. Ansonsten gibt es keine Personenschäden zu vermelden.«

»Das heißt, dieses ›Chamäleon‹ hat den Anschlag nicht bis zum Ende durchgezogen?«

Hain schüttelte den Kopf.

»Nein. Alle, die im Zelt waren, hatten unglaubliches Glück. Der Kerl hat im Heizungscontainer einen Zirkusmitarbeiter erschossen. Dabei ist ihm wohl der Schlüssel in die Blutlache gefallen, die er selbst verursacht hat. Wie Heini es mir erklärt hat, muss er beim Abschließen das Blut im Schloss verteilt haben, und als er wieder rein wollte, war das Schloss zugefroren, und er hat den Schlüssel abgebrochen. Damit hatte er keine Chance mehr, die Sache zu Ende zu bringen, weil er nicht mehr an den Ansaugkanal gekommen ist. Leider hat er kurz danach noch einen uniformierten Kollegen erschossen und einen weiteren lebensgefährlich verletzt. Aber der kommt durch.«

»Heilige Scheiße. Habt ihr den Kerl erwischt?«

Der Oberkommissar verzog angewidert das Gesicht.

»Keine Chance. Der Typ ist wie vom Erdboden verschluckt. Ich hab gestern mit diesem Dr. Jelinski aus Wiesbaden telefoniert, der geht davon aus, dass er längst in Übersee ist und sich die Sonne auf den Bauch scheinen lässt. Immerhin hat sich Stefan Wahlburg in Österreich der Polizei gestellt. Ob du es glaubst oder nicht, er hatte Heimweh nach seiner Frau. Der Auslieferungsantrag ist schon gestellt.«

Lenz hätte seinen Kollegen gerne nach Maria Zeislinger gefragt, verkniff es sich jedoch.

»Aber es ist ja schön, dass alle Zirkusbesucher unverletzt geblieben sind.«

»Ja, auf jeden Fall. Du bist der Einzige, der richtig was abgekriegt hat. Wie fühlst du dich denn überhaupt so?«

»Schlechter, als ich aussehe.«

»Das ist schwer zu glauben.«

Die Tür ging erneut auf, und Uwe Wagner betrat vorsichtig das Zimmer. Als er Hain am Bett sitzen sah, entspannte sich sein Gesichtsausdruck.

»Das hätte ich mir denken können. Der Meister und sein Geselle in trauter Runde.« Er gab seinem Freund die Hand und nickte Hain zu. »Wir hatten ja heute schon das Vergnügen.«

»Stimmt. Und ich lasse euch alte Knacker jetzt auch wieder allein, weil ich meine Freundin vom Arzt abholen muss.« Er stand auf und drückte Lenz die Hand. »Wahrscheinlich komme ich später noch mal vorbei, dann erzähle ich dir den Rest der Geschichte. Den Teil, den unser Schreibtischhengst hier nicht kennt.« Er warf Uwe Wagner einen freundlichen Blick zu. »Bis später dann.«

Nachdem Hain das Zimmer verlassen hatte, setzte sich Wagner auf den Stuhl neben dem Bett.

»Und, wie geht's, mein Großer?«

»Wird langsam wieder. Ich soll viel schlafen und mich ausruhen, sagt der Arzt.«

»Ich hoffe, das schaffst du. Was man so gehört hat, war die Sache ja nicht ohne.«

»In ein paar Tagen bin ich hier raus. Dann nehme ich mir erst mal eine Woche Urlaub. Vielleicht fahre ich sogar mal weg.«

»Ich hab mir ernsthaft Sorgen gemacht, als ich dich auf der Trage liegen gesehen hab.«

»Wo hast du mich denn gesehen?«

»Bevor du in den Krankenwagen geschoben wurdest. Ich war an der Schönen Aussicht. Und ich hab Erich Zeislinger live erlebt, als die ersten Kameras aufgetaucht sind. Furchtbar, der Mann.«

»Ja, Thilo hat schon davon erzählt.«

Wagner sah ihn ernst an.

»Ich befürchte, dass diese Geschichte seine Chancen, wiedergewählt zu werden, erheblich steigert.« Der Pressesprecher beugte sich näher zu seinem Freund. »Warum hast du ihn nicht einfach abgeknallt?«

Lenz lachte laut los.

»Weil wir leider nicht mehr im Wilden Westen leben, Uwe. Aber vielleicht hab ich es ja versucht, leider fehlt mir die Erinnerung daran.«

Wagner winkte ab.

»Vergiss es. Schoppen-Erich hat nur einen Schuss in die Spitze des linken Schuhs abbekommen, leider ohne jegliche körperliche Folgen. Und bei ihm war die Wirkung der Blendgranate erstaunlicherweise nicht so gravierend wie bei dir. Vielleicht, weil er selbst eine ist und außerdem viel weiter von dem Ding weg war als du.«

»Und wie bist du so schnell da draußen gewesen?«

»Zufall. Meine Schwiegermutter hatte das Licht an ihrem Wagen angelassen, als sie sich mit ihren Senioren zur Gymnastik getroffen hat. Als ich sie abholen wollte, hab ich den Aufmarsch gesehen und bin gleich abgebogen. Was auch für dich richtig gut war, vermute ich. Zumindest war es für deine Freundin gut.«

»Maria?«

»Natürlich, wer sonst? Nachdem du auf dem Weg ins Krankenhaus warst, bin ich rüber zum Friedrichsplatz. Da stand sie ein klein wenig verloren rum, war tierisch sauer, weil ihr Erich sie im Gewühl verloren hatte und trotzdem einfach hinter dem Ministerpräsidenten aus dem Zelt gestürzt ist, und hat offensichtlich ganz konspirativ nach dir gesucht.«

Lenz richtete sich auf. »Und? Hast du mit ihr gesprochen?«

»Klar. Ich bin vorsichtig auf sie zu, hab mich vorgestellt und sie gefragt, ob ich sie kurz sprechen könnte. Es ginge um einen gemeinsamen Freund. Dann sind wir unter den Altan, und ich hab ihr erzählt, dass ich über euch Bescheid weiß und wie es dir vermutlich geht, weil das in dem Moment ja noch niemand so genau wusste.«

Der Hauptkommissar strahlte. »Du bist mein Held, Uwe. Vielen Dank.«

»Das ist noch nicht alles. Sie hat mir ihre Telefonnummer gegeben, und ich musste jeden Tag bei ihr anrufen, um ein ärztliches Bulletin zu übermitteln. Ist wirklich sympathisch, die Frau. Und sie war, oder besser ist, maximal besorgt um dich.«

»Dann werde ich sie gleich anrufen, wenn du weg bist.«
»Schön, dass du so lange warten willst.«
»Stimmt. Obwohl es mir echt schwerfällt.«

EPILOG

Zwei Wochen nach den Ereignissen auf dem Friedrichsplatz wurden nach einem anonymen Hinweis die Geschäftsräume von VogtSecure in Kassel durchsucht. Am nächsten Morgen wurde Walther Olms, das Faktotum von Wilhelm Vogt, erhängt in seinem Haus aufgefunden. In einem Abschiedsbrief erklärte er, dass er der alleinige Auftraggeber des Mannes gewesen sei, der den Anschlag auf den Zirkus verübt hatte. Der Brief endete mit den Worten:

Ich wollte nur das Beste für die Firma.

Noch am selben Tag wurde eine Presseerklärung der Firma VogtSecure veröffentlicht, in der das Unternehmen sich in aller Form von den Machenschaften ihres Mitarbeiters Walther Olms distanzierte. Solche Menschen, die sich über Recht und Gesetz stellten, erklärte Wilhelm Vogt, hätten in seinem Unternehmen keinen Platz. Gleichzeitig gab er bekannt, mit dem Land Hessen über einen Großauftrag für Überwachungstechnik zu verhandeln.

Etwa in diesen Tagen übernahm in Newport im australischen Bundesstaat New South Wales ein circa 45-jähriger Mann eine neue Nautor's Swan 45-Fuß-Yacht. Er sprach Englisch mit kaum wahrnehmbarem französischem Akzent und brach eine Woche später zu einer Weltumsegelung auf.

Am 22. März des folgenden Jahres wurde Oberbürgermeister Erich Zeislinger mit überwältigender Mehrheit im Amt bestätigt.

ENDE

Weitere Krimis finden Sie auf den folgenden Seiten und im Internet:

WWW.GMEINER-SPANNUNG.DE

Kommissare Lenz und Hain ermitteln:

1. Fall: Nervenflattern
ISBN 978-3-89977-728-4

2. Fall: Kammerflimmern
ISBN 978-3-89977-776-5

3. Fall: Zirkusluft
ISBN 978-3-89977-810-6

4. Fall: Eiszeit
ISBN 978-3-8392-1002-4

5. Fall: Bullenhitze
ISBN 978-3-8392-1037-6

6. Fall: Schmuddelkinder
ISBN 978-3-8392-1084-0

7. Fall: Rechtsdruck
ISBN 978-3-8392-1130-4

8. Fall: Zeitbombe
ISBN 978-3-8392-1202-8

9. Fall: Menschenopfer
ISBN 978-3-8392-1237-0

10. Fall: Höllenqual
ISBN 978-3-8392-1308-7

11. Fall: Pechsträhne
ISBN 978-3-8392-1422-0

12. Fall: Bruchlandung
ISBN 978-3-8392-1523-4

13. Fall: Müllhalde
ISBN 978-3-8392-1596-8

14. Fall: Halbgötter
ISBN 978-3-8392-1737-5

15. Fall: Paketbombe
ISBN 978-3-8392-1824-2

16. Fall: Unkrautkiller
ISBN 978-3-8392-1958-4

Hain und Ritter ermitteln:

1. Fall: Tödliche Ferien
ISBN 978-3-8392-2117-4

2. Fall: Tödlicher Befehl
ISBN 978-3-8392-2346-8

3. Fall: Tödlicher Betrug
ISBN 978-3-8392-2478-6

WWW.GMEINER-VERLAG.DE
Wir machen's spannend

Mystische Morde

Uwe Ittensohn
Abendmahl für einen Mörder
Kriminalroman
314 Seiten; 12 x 20 cm
Paperback
ISBN 978-3-8392-2560-8
€ 14,00 [D] / € 14,40 [A]

Eine Autofahrerin wird durch den Steinwurf von einer Brücke schwer verletzt. Nur die unbedachte Tat eines Jugendlichen? Stadtführer André Sartorius vermutet mehr dahinter. Als eine mysteriöse Nachricht des Täters auftaucht und man kurz darauf bei einem Mordopfer eine ähnliche Botschaft findet, ermittelt er auf eigene Faust. Aus Steinskulpturen am Domportal, theologischen Texten, Schutzpatronen, Märtyrern und Reliquien ergibt sich für ihn ein verstörendes Bild. André ist sich sicher, dass noch weitere Tote folgen werden…

GMEINER SPANNUNG

WWW.GMEINER-VERLAG.DE
Wir machen's spannend

Schwarzes Gold

Marion Demme-Zech /
Frank Krajewski
Ahrtrüffel
Kriminalroman
250 Seiten; 12 x 20 cm
Paperback
ISBN 978-3-8392-2561-5
€ 12,00 [D] / € 12,40 [A]

Eine Leiche auf einer Trüffelplantage im Ahrtal macht den Unternehmer Peter Siedenburg und die Journalistin Greta Schönherr zu unfreiwilligen Partnern. Siedenburgs Firma droht der Ruin, da die Keimfähigkeit seiner eigenen Trüffeln erschöpft ist. Als er bei der Suche nach neuen Trüffeln auf eine stark verweste Leiche auf seinem Grund stößt, gilt er schnell als Mörder. Greta Schönherr soll seine Unschuld beweisen. Sie vertraut Siedenburg nicht, doch sie wittert eine große Story und lässt sich auf einen gefährlichen Deal ein.

GMEINER SPANNUNG

WWW.GMEINER-VERLAG.DE
Wir machen's spannend

Helge Weichmann
Mörderjagd mit Elwetritsch
Kriminalroman
220 Seiten; 12 x 20 cm
Paperback
ISBN 978-3-8392-2584-4
€ 12,00 [D] / € 12,40 [A]

Kommissar Marcel Bleibier zweifelt an seinem Verstand, als urplötzlich ein buntes Vogelwesen neben seiner Badewanne steht. Ein Schoppen zu viel? Eine Halluzination? Mitnichten – es ist eine Elwetritsch aus dem tiefen Pfälzerwald, die anfängt, seine Weinvorräte zu plündern und die Wurstdosen zu dezimieren. Zuerst geht ihm die Tritsch gehörig auf die Nerven, doch bald schon braucht Bleibier die Hilfe des Sagenwesens. Denn das Verbrechen hält Einzug in das beschauliche Örtchen Grumberg an der Weinstraße.

GMEINER SPANNUNG

WWW.GMEINER-VERLAG.DE
Wir machen's spannend

Was ist ein Leben wert?

Volker Dützer
Die Unwerten
Zeitgeschichtlicher
Kriminalroman
473 Seiten; 13,5 x 21,5 cm
Premiumklappenbroschur
ISBN 978-3-8392-2646-9
€ 15,00 [D] / € 15,50 [A]

Frankfurt am Main, 1939. Die vierzehnjährige Hannah bricht vor ihrer versammelten Schulklasse in einem Krampfanfall zusammen. Bisher war es ihr gelungen, ihre Epilepsie zu verheimlichen, doch ihr linientreuer Lehrer meldet sie bei der Obrigkeit. Hannah gerät ins Visier des NS-Terrorapparates, denn die Nazis haben sich zum Ziel gesetzt, alles »lebensunwerte Leben« zu vernichten. Hannahs Schicksal liegt nun in den Händen des Gutachterarztes Joachim Lubeck, einem gewissenlosen Opportunisten, der für seine Karriere über Leichen geht.

GMEINER SPANNUNG

WWW.GMEINER-VERLAG.DE
Wir machen's spannend

DIE NEUEN

ISBN 978-3-8392-2628-5

ISBN 978-3-8392-2615-5

ISBN 978-3-8392-2620-9

ISBN 978-3-8392-2635-3

ISBN 978-3-8392-2618-6

ISBN 978-3-8392-2623-0

ISBN 978-3-8392-2630-8

ISBN 978-3-8392-2631-5

ISBN 978-3-8392-2632-2

ISBN 978-3-8392-2405-2

ISBN 978-3-8392-2622-3

ISBN 978-3-8392-2545-5

ISBN 978-3-8392-2629-2

ISBN 978-3-8392-2634-6

GMEINER KULTUR

WWW.GMEINER-VERLAG.DE
Mensch, Kultur, Region

Zeitfracht Medien GmbH
Ferdinand-Jühlke-Straße 7,
99095 - DE, Erfurt
produktsicherheit@zeitfracht.de